撮ってはいけない家

矢樹純

講談社

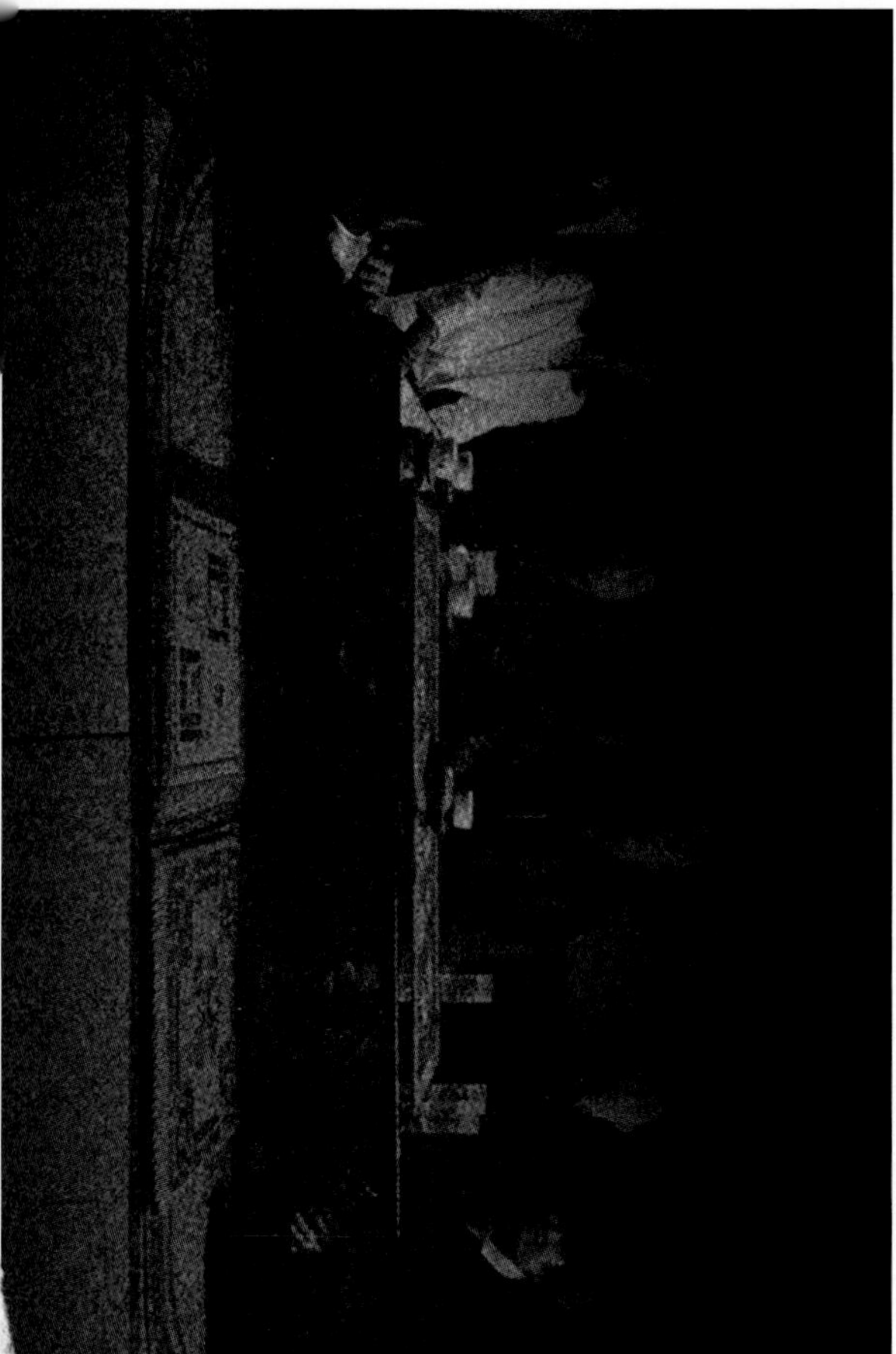

目次

装幀　鈴木久美
写真　getty images
図版　赤波江春奈

撮ってはいけない家

第一章

一

「ねえ、阿南《あなん》君。この《生首》の話、あといくつ聴かないといけないの？」

耐えかねた私は、ハンドルを握る阿南幹人《みきと》に尋《たず》ねた。阿南はカーナビの画面に表示されたタイトル番号に目をやると「まだ八話目なので、あと二十話あります」と、なぜか誇らしげに答えた。

四谷《よつや》の事務所を出発する際に「運転中はそれぞれ自分の好きな曲を流しましょう」と阿南から提案されたが、その後、こんな事態になるとは思わなかった。首都高から中央自動車道に入り、談合坂《だんごうざか》サービスエリアで阿南に運転を交代するまでは、好きなミステリードラマのサントラを聴きながら快適に走ってこられた。だが、今や最悪のドライブだった。

「音楽じゃなく怪談を聴きたいっていうのは、まあいいとして、なんで似たような話ばかり集めてあるのかな」

私は率直に文句を言った。最初は「深夜の小学校の校庭でサッカーをしている子供たちがいて、よく見たら蹴《け》っているボールが生首だった」という話。次は「クローゼットから人の話し声がするので不審に思って開けたら、バイクのヘルメットの中に生首が収まっていた」という話。そしてさっき聞いた八話目が、「タイで野犬の群れに紛《まぎ》れて日本人らしき人間の生首が残飯をむしゃむしゃ食べていた」というものだった。これをあと二十話も聴かされるのは、たまったものではない。

「いくらこれからホラードラマのロケハンでも、さすがにつらいんだけど。せめて別の話にならない？」

阿南は私より一歳下の三十一歳。ほぼ同年代のアシスタントディレクターだ。ディレクターの私は彼の上司の立場だが、これくらいの主張は、パワハラには当たらないだろう。

私たちが所属する映像制作会社《キュープロ》は社員三十余名の小さな会社で、テレビ局から依頼された再現VTRのほか、独自企画として心霊系の番組や実話怪談のシリーズ番組など、主にホラー系の映像作品を手がけている。今日は来春に放送予定のホラードラマ『赤夜家《あかしやけ》の凶夢《きょうむ》』のロケハンと、撮影に協力してくれる民家の所有者との打ち合わせのために、二人で山梨県に向かっていた。

「佑季《ゆき》さんがそうおっしゃるなら、《落武者《おちむしゃ》》の話に変えましょうか。全部で四十九話集めたんですが……ああ、でも《落武者の生首》の話もいくつか入っているかも」

オーディオボタンに手を伸ばしかけた阿南が、困ったようにつぶやく。厳しい口調にならないようにと気をつかったのが、馬鹿《ばか》らしくなった。

「だから、なんで同じような話ばっかり続けて聴かなきゃいけないのよ」

苛立《いらだ》ちを抑えずに問うと、阿南はよく聞いてくれたとばかりに顔を輝かせた。そして嬉々《きき》として口を開く。

「こうして系統立てて聴くことで、見えてくるものがあるんですよ。体験者たちにとって《生首》とはなんなのか。いわば概念としての《生首》について考察するわけです。心霊体験というのはまさに心で霊を感じ取る体験で、つまり視覚的、聴覚的な情報というよりも、脳がその状況をどう捉《とら》えたかという話ですから」

概念としての生首って何？　――という私の疑問をよそに滔々《とうとう》と独自の怪談論を語ると、阿南はまばらに生《は》えた口髭《くちひげ》を大事そうに撫《な》でた。

某有名怪談タレントを信奉する阿南は、ボサボサの天然パーマに口髭、マオカラーのジャケットと、コスプレのようにその某タレントの外見を真似《まね》ている。だが長身でひょろっとした体格の上に髭が薄い体質とあって、貧相なインチキ占い師にしか見えなかった。細く黒目がちな吊《つ》り目に薄い唇《くちびる》、青白い頬《ほお》といった顔のパーツも、どちらかと言えば怪談の語り手というより、怪談に登場する幽霊のような印象だった。

まだ何か話したげな阿南から無言で視線を逸《そ》らすと、ため息をつく。どうして彼と同じ班にされてしまったのか。

阿南は子供の頃からオカルト番組が大好きで、怪奇現象や超常現象に尋常でない興味を抱いていたらしい。そして自身もいつか心霊番組などの制作に携わりたいと志望して、そうした作品を多く手がけているキューブプロの入社試験を受けたという変わり種だった。

応募にあたって阿南が提出したポートフォリオは、二十作もの自作の心霊ドキュメンタリー映像と、過去にテレビ番組で取り上げられた五十ヵ所もの心霊スポットについて考察したレポートで、ジャンルの偏向は懸念されたものの、人事担当者の満場一致で採用が決まったそうだ。

　対して私は映画や小説ではミステリーやサスペンスなどの作品が好みだが、幽霊や呪《のろ》いといったオカルトの類には興味がなく、信じてもいない。縁あってキュープロに入社したものの、テレビ局からの依頼で再現VTRなどを制作する班に所属していた。

　それが昨年、人手が足りないからと、心霊ドラマの制作に駆り出されることになった。慣れないジャンルながらも、ホラー映画を何十本も観《み》たり、書籍を読んだりと自分なりに勉強して脚本を仕上げたところ、この作品が思いのほか高評価を受けた。それで今回の企画を任されることになってしまったのだ。

　心を無にして九話目の生首怪談を流し聴きつつ、助手席側の窓から外を眺《なが》める。平日だからか道は空いていて、予定より早く現地に到着できそうだった。こんもりとした濃い緑の山の向こうに、青みがかった大きな富士山《ふじさん》が見えて、思わず息を呑《の》む。すじ雲が流れる水色の空を背に、形良く堂々と立つ姿はやはり見事だった。

　まだ九月も半《なか》ばを過ぎたばかりで東京は残暑の日々だが、エアコンに取り込まれたこの辺りの外気には、秋の匂《にお》いが混じっている気がした。

「白土《しらど》家への到着時間は、午後一時頃の予定でしたよね」

　しばし景色に見とれていた私に、阿南が確認してくる。撮影で使わせてもらうことになった山梨県北杜《ほくと》市北部の白土家までは、都心から二時間半程度の道のりだ。

「このペースだと、十一時には北杜市に着いちゃうよね。先に市内の撮影箇所を回って、ついでにお昼を済ませちゃおう」

山梨のロケでの撮影のほとんどは、白土家の敷地《しきち》内で行われる予定で、それ以外に必要な場面は市街地と白土家周辺の集落の情景、移動の車窓からの景色と車の走行シーンくらいだった。ならばかなり時間に余裕がある。

「そうだ。白土さんへの手土産、持ってくるの忘れてないよね」

ふと心配になって、社用車であるミニバンの後部座席を振り返る。阿南に頼んで買ってきてもらった銀座のチョコレート専門店の紙袋は、きちんとカメラバッグの隣に積んであった。ほっとして視線を前へと戻した時、阿南が尋ねた。

「撮影に協力してくれる白土家って、小隈《こぐま》プロデューサーの婚約者のご実家なんですよね」

私たちの先輩社員である小隈好生《よしお》は現在三十七歳。今回の企画のチーフプロデューサーを務めている。

「江戸時代から続く旧家だそうですけど、ホラードラマの撮影だということも、承知してくれてるんですか」

阿南はいつになく神妙な面持ちで確かめる。

「それは大丈夫だよ。小隈さんが事前に紘乃《ひろの》さんを通じて根回ししてくれたし、私からも企画書を送って、ご両親にきちんと説明したから」

「紘乃さんって、まだ二十代でしたよね。その若さでお母さんになる決心ができたなんて、どういう方なんでしょう——佑季さんは面識があるんですよね」

どこか探るような素振りで阿南が言った。小隈は初婚ではなく、七年前に死別した前妻との間に小学六年生になる一人息子がいた。

「確かに若いけど、しっかりした人だと思うよ」と返しながら、小隈の婚約者である白土紘乃と初めて対面した日のことを思い出していた。

私がキュープロの入社試験を受けたのには、当時なかなか内定が出ず、見かねた小隈が自分の勤める会社を受けたらどうかと勧めてくれたという経緯があった。小隈は私が大学時代に所属していた映像研究サークルのOBで、さらには前妻の美津《みつ》も同じサークルの先輩という間柄《あいだがら》だった。

二ヵ月ほど前、プライベートでも長年親しくしてきたその小隈から昼食に誘われ、新宿《しんじゅく》駅地下街のカフェレストランで待ち合わせた。するとそこへ、小隈が紺のワンピース姿の色白で小柄な女性を連れて現れた。

「杉田《すぎた》。俺、彼女と再婚することにしたんだ」

唐突に告げられ面食らった。恋人ができたという話はそれとなく聞かされていたが、写真を見せてもらったことはなく、どういう女性なのかも知らなかった。

「こいつ、いつも話してる後輩の杉田佑季」

「白土紘乃と申します。好生さんがいつもお世話になっています」

小隈が私をぞんざいに紹介し、彼女が頭を下げると、長い黒髪がさらりと華奢《きゃしゃ》な肩に掛かった。人形を思わせるきめ細かな肌と整った面立ち。それでいて色の濃い大きな瞳《ひとみ》が印象的な紘乃は、清冽《せいれつ》な泉の奥底に静かな熱情を秘めているかのような、ある種独特の雰囲気のある女性だった。

紘乃は現在二十九歳で、都内の総合病院で管理栄養士として働いているのだという。一昨年の秋にたまたま参加したイベントで出会い、一年半の交際を経《へ》て結婚することを決めたのだと小隈は言った。小隈は少々背が低く、丸顔でくりっとした目の童顔なので、八歳の年の差がある紘乃と並んでもさほど違和感はない。むしろ小柄な彼女とはよく似合っていた。

「昂太《こうた》とも、何度か三人で一緒に飯食ったり、遊びに行ったりしてさ。結婚しようと思うって話した時は『別に、お父さんが好きならいいんじゃない?』なんて生意気なこと言ってたけど、結構喜んでるみたいだよ」

そんな小隈の報告に、今ではたまにしか会うことのない昂太の成長を感じ、微笑《ほほえ》ましく思った。

小隈は数年前まではアシスタントプロデューサーの立場で、今以上に仕事が忙しかった。実家が遠方のため助けを借りられず、美津の死後、シッターを頼めなかった時などは私が保育園のお迎えに行ったり、昂太を預かったりしたことがあったのだ。

美津の生前も、後輩ということで小隈家にはしょっちゅう出入りしていたので、昂太は私にとって親戚《しんせき》の子供のような感覚だった。最初は昂太君と呼んでいたのも、いつしか呼び捨てになっていた。

「小隈さんの息子の昂太も、今は紘乃さんに懐《なつ》いているみたい。この間も、三人で上野《うえの》の博物館に行ったってメッセージ来てたし。小隈さんは途中で疲れて脱落して、紘乃さんが最後まで付き合ってくれたんだって」

高学年になってスマートフォンを買ってもらった昂太とは、現在も時々メッセージアプリでやり取りしていた。先日昴太から聞いた話を明かすと、阿南は「確かにあそこは半日じゃ回れないくらい展示が膨大ですからね」と苦笑する。それから急に真面目《まじめ》な顔になった。

「ところで――昴太君の誕生日はいつですか」

唐突に発せられた質問に、阿南が私と同じあることを気にしているのだと察した。

「来月だよ。十月十八日」

簡潔に答える。なるほど、と口の中でつぶやいた阿南が、前方を向いたまま目を細めた。インターチェンジの出口まで、あと二キロだという案内標識が出ていた。それ以上のことは語らず、阿南はウインカーを左に出すと走行車線に移った。

二

須玉《すたま》インターチェンジで高速を降り、国道を北に進む。その辺りで私はビデオカメラを構え、風景のテスト撮りを始めた。須玉川に架かる橋を渡ると、ほどなく焼肉店やラーメン店などの飲食店が並んだ広い通りに出た。

「県道に入るとあまりお店はないだろうから、この辺でお昼にしようよ」

どの店にしようかと相談し、結局全国チェーンのファミリーレストランに車を入れた。お昼時だったがテーブルは空いていて、すぐに席に案内される。食事を終えて二人ともドリンクバーのお代わりを取ってきたところでビデオカメラの電源を入れ、ここまでに撮影した風景の映像をモニターでチェックした。

「これだとちょっと、看板とか賑《にぎ》やかすぎかな。もう少し建物が減ってからの方が絵になりそうだね」

「じゃあこのあと山道に入るので、そっちで撮りましょうか」

阿南がスマートフォンのナビアプリを起動する。白土家までの所要時間は三十分と表示されていた。まだ十二時を過ぎたばかりなので、約束の午後一時までは充分余裕がある。

「これ、ひとまず作ってみたんだけど」と、次いで私はファイルから昨日作成した香盤表《こうばん》――脚本に沿って出演者と各シーンの撮影場所、時間等を表にまとめたものを取り出した。

「実際にお宅を拝見して白土さんの要望と擦り合わせて修正するけど、家の外観は絶対だよね。それと玄関や廊下と広めの和室――あとは庭と、庭にある蔵の中のシーンも欲しい」

先日、白土家に電話で問い合わせた際には紘乃の父の秀継《ひでつぐ》は「うちの敷地内だったら、どこでも撮ってもらって構わないから」と言ってくれたが、そういうわけにもいかない。妻の寿江《ひさえ》の意見も聞いて、撮影して良い場所と立ち入らない場所とを分けなくてはならない。

事前に小隈から得た情報によれば、白土秀継は北杜市内で長年医師をしている、穏《おだ》やかで気のいい人物らしい。勤務先の診療所は、もとは白土家の隣に建っていたのを、過疎化にともない移転したのだそうだ。秀継は婿養子《むこようし》として白土家に入ったとのことで、ならば家の中を取り仕切っているのは寿江に違いなかった。

阿南は渡された香盤表を手に、今日のロケハンで撮っておくべき撮影箇所を確認していた。やがて顔を上げると、「これを二日で撮るって結構ハードですね」と感想を漏らした。

「個人宅だし、それが限度じゃないかな。演者さんの拘束時間とか考えても、予算的にぎりぎりだと思うよ」

　低予算で制作するというのは、企画を出したプロデューサーの小隈の方針だった。そのためロケの当日、小隈と私と阿南の三人は、市内のホテルではなく白土家に宿泊する段取りだという。小隈は身内だからそれでもいいだろうが、撮影場所を提供してもらった上に宿代わりにさせてもらうのは、かなり気が引けた。だから一時間並ばなければ買えない有名店のチョコレートの詰め合わせを阿南に買ってきてもらったのだ。

「でも白土さん、本当にこの家を撮っていいと言ってたんですか」

　書類をこちらへ戻しながら、意味深な言い方で尋ねる。何が言いたいのかと問い返すと、

「だって、このドラマのプロット――」と、阿南は予想どおりのことを口にした。

「ドラマに出てくる《赤夜家》って、実は白土家をモデルにしてるんじゃないですか」

「そんなわけないじゃない」と即座に否定する。だが実のところ、私も同じ懸念を抱いていた。あり得ないとは思いながらも、小隈の企画書にあったプロットは、奇妙に現実とリンクしていたのだ。

　小隈にディレクターを務めるように言われた今回の企画は、田舎《いなか》の旧家を舞台とした九十分のホラードラマだ。旧家の一人娘と結婚することになった男が、その家にまつわる因縁《いんねん》に巻き込まれていくというストーリーで、小隈が自身の境遇からヒントを得たことは明白だった。プロットを読んだ時、私は真っ先にその点を指摘し、どこまでが本当の話なのかと小隈に質《ただ》した。

「もしこれが全部本当だったら、ホラードキュメンタリーのドラマが撮れたのにな」

冗談ともつかない口調ではぐらかされたが、つまり事実も混じっているということらしかった。

悪趣味だとは思ったが、オカルトエンタメ業界では田舎の集落や旧家の因習といったジャンルは常に人気で当たったコンテンツも多い。さらに昨今ではモキュメンタリー、あるいはフェイクドキュメンタリーと呼ばれるドキュメンタリータッチでフィクションを描いたホラー作品も評判を得ている。小隈が考えたプロットもまさにその手法が取られており、ホラーだけでなくサスペンスやミステリーの要素もある、広く受け入れられそうな内容だった。

通常、こういった企画を立ててプロットや脚本を書くのは、ディレクターが担う仕事だ。今回のようにプロデューサーがプロットまで作り込んだ状態で企画を任せてくることはあまりないが、小隈もディレクター時代は評価される作品をいくつも世に出しており、思いついたアイデアを形にしたかったのかもしれない。

「阿南君だって、プロットを最後まで読んだでしょう。あの旧家のモデルが白土家で、例の因縁が事実だとしたら、息子がいる小隈さんが紘乃さんとの再婚を決めるはずないじゃない。昴太を危険に晒《さら》すことになるんだから」

こんな話を周囲に聞かれたらと、小声になりながら主張する。その旧家にまつわる因縁は、ある一定の年齢の男児に降りかかるとされていたのだ。だが阿南は平静な表情で食い下がった。

「それを知ったものの、事実だと思わずに結婚することにしたのかもしれませんよ。あるいは、なんらかの意図があって受け入れたとか」

そんなもの、あるはずがない。そう撥《は》ねつけたかったが、喉《のど》が詰まったように言葉が出なかった。

「馬鹿なこと言ってないで、そろそろ出るよ」

伝票を摑《つか》むと、荷物をまとめる阿南を待たずにレジへと向かう。店員に領収書の宛名《あてな》を伝えながら、私は昴太の母親である美津から七年前に投げかけられた言葉を思い浮かべていた。それを告げた直後、彼女は当時四歳だった昴太を遺《のこ》し、交通事故で亡くなったのだ。

社用車に乗り込むと、阿南の運転で出発する。カーオーディオからは再び怪談が流れ出した。阿南は得意げに解説を始める。

「これ、山梨ロケということで事前に調べておいた山梨のご当地怪談なんです。もとはお寺だった土地を買い取って建てた新興宗教の施設で集団自殺が起きて、それから廃墟《はいきょ》になったその建物に肝試しに行った大学生が行方不明になって、家族が捜しに行ったら敷地に停《と》めっぱなしにされていた車のフロントガラスに、なんと大量の赤ん坊の手形がついていたんだそうです」

宗教法人売買に絡んでお寺の跡地に新興宗教団体の施設が建つというのはよくある話で、妙なリアリティに感心しながらも、情報量が多すぎる怪談を聴き流す。仕事のメールに返信しつつ国道をしばらく進んだところで交差点を左に折れ、県道へと入った。

道の両側には広大な田んぼが広がっていて、黄金色の稲が眩《まぶ》しく風にそよいでいる。平坦《へいたん》な道のりを五分ほど走ると、その先は山へと分け入る上り坂だった。道の左手は山肌を覆《おお》う擁壁《ようへき》で、右側のガードレールの向こうは雑木林となっている。車窓にカメラを向けてテスト撮りをするうち、空が隠れ、車内が暗くなった。鬱蒼《うっそう》と茂る木々の中をカーブしながら、緩《ゆる》やかな傾斜を登っていく。

「実は怪談だけではなく、山梨県のある旧家についての興味深い話を見つけてあるんです。今回の制作のヒントになればと思って」

何度目かの大きなカーブを曲がり切った時、それまで黙っていた阿南が唐突に切り出した。変にぼかすような物言いに、「それってつまり、白土家のこと?」と尋ねる。阿南は「そういうわけでもないんですが……」と要領を得ない返答をしたあと、まるで無関係とも取れる質問をしてきた。

「十年ほど前にDVDで発売された『日本縦断《にほんじゅうだん》・奇妙《きみょう》な村々』ってドキュメンタリードラマ、観たことありますか」

タイトルからして絶対に手に取りそうにない作品だった。ないと即答すると、阿南は山梨県北部のとある集落に存在するという旧家にまつわる話を始めた。それが先ほどのDVDに収録されているエピソードなのだそうだ。

「集落にはX家という江戸時代から続く旧家があるんですが、その家は集落の人間から《鬼《き》眼《がん》の家》と呼ばれて、恐れられているそうなんです」

「『きがん』って?」と尋ねた私に、阿南は「『鬼』の『眼』と書きます」と言い添えて説明した。阿南によれば《鬼眼》とは、普通の人には見えないものが見える力のことなのだという。X家は《鬼眼》を持つ子供が生まれる血筋で、その力を利用して家を繁栄させてきたのだそうだ。

「ですが《鬼眼》の力を保《たも》つためには、代償を払う必要があるんです。そのせいでX家には、ある呪いがかかったとのことでした。しかもその呪いはX家だけでなく、一族と関わりを持った者にも及ぶとされていて、集落の人間はX家には近づかないようにしているんだそうです」

「よく分からないんだけど、その呪いっていうのは具体的に、何が起きるの？」

ややうんざりしながら尋ねる。阿南はカーオーディオの音量を絞ると、くっきりと澄んだ声で答えた。

「家が絶える――そういう呪いだそうですよ」

思わず阿南の横顔を見た。凍りつく私をよそに、表情を変えずまっすぐに前を向いたまま泰然と続ける。

「家を繁栄させる力を得たために家が絶えるというのはある種寓話《ぐうわ》的な構図ですが、まあよく聞くような呪いですよね。けれどそういう理由で僕は、小隈さんのプロットが事実に基づいた話なのではないかと――そのX家が、これから向かう白土家なのではと想像してしまったわけです」

足元に漂うエアコンの冷気の温度が下がったように感じた。知らず止めていた息を吐《は》くと、口を開く。

「阿南君がどう想像しようと、あのお話は小隈さんが考えたフィクションだよ。白土家が呪われているなんて、あるわけがない」

声を張って主張する。小隈とは、もう十年来の付き合いなのだ。確かに飄々《ひょうひょう》としていて何を考えているのか分からないところはあるが、彼が一人息子の昴太を大切に育ててきたことは間違いない。それにプロットには、明らかに実際と異なる点もあった。しかし阿南は「そう思う根拠はなんですか」と追及するかのように問い質す。

「呪いなんて、現実に存在するはずないから」

これ以上言い合うのが面倒で言い捨てると、阿南は細い目を見開いた。そして思いもよらない問いを口にした。

「佑季さん。呪いとは何か、説明できますか」

散々さっきから呪いだのなんだのという話をしてきて、なぜ今になってそんなことを聞かれるのか。馬鹿にしているのだろうかと睨《にら》むと、阿南が慌て気味に言葉を継いだ。

「佑季さんが呪いをどのように定義しているかを知りたいだけです。それが分かった上でなければ、議論もできないですから」

呪いの存在の有無について阿南と議論したいとは思わなかったが、ここで会話を拒否するのも、このあと一緒に仕事がしづらい。私は渋々《しぶしぶ》、自分の知識と言葉で呪いとは何かを説明することにした。

「私は呪いは存在しないと考えているから、ひとまず《呪いとされているもの》について話すね。一般的に呪いとされているのは、何かの行動が原因となって降りかかった、病気や事故といった不幸のこと。例えば山登りに出かけた人が、登山道で道端《みちばた》に積み上げてあった石をうっかり蹴り飛ばしてしまった。そうしたら帰り道で転んで足をくじいた。あとになって、その積み上がった石が山で亡くなった人の慰霊のためのものだったと知った」

怪談にありがちな話ですね、と、阿南が相槌《あいづち》を打つ。

「でも石を蹴り飛ばしたことが足をくじいた原因だとするのは、当人の思い込みだよね。だからここで呪いとされるのは《単に偶然起きた不幸》でしかない」

阿南は「意外と深く考えてるんですね」と感心した顔をした。やはり馬鹿にされているような気持ちになりながら、私はさらに補足する。

「もう一つ、順番が逆のパターンがある。登山者はその石が慰霊のために積まれたものだと知っていた。でもいたずら心で、それを蹴り飛ばした。すると帰り道で足をくじいてしまった」

「そういう場合はどうなるんですか」と阿南は興味津々といった様子で聞いてくる。

「この場合、登山者は慰霊のための石を蹴り飛ばしたと自覚しているよね。もしかして罰を受けるのではと、心のどこかで恐れている。その無意識の罪悪感から生じた《不幸が起きるだろうという思い込み》のために転んでしまった——私の定義する呪いとされているものは、この二つのどちらかよ」

「なるほど。確かに僕もそれらの思い込みは呪いではないと思います」と、阿南は深くうなずいた。

「行動と不幸に因果《いんが》関係はない。あるいは不幸が起きたのは当人の思い込みのせいである。だから呪いは存在しない、というのが佑季さんの考えなんですね」

阿南はここまでの見解を総括すると、一呼吸おいて口を開いた。

「僕は、呪いは存在すると信じています。それを実証する文献も、データもあるんです」

確信に満ちた口調に少々たじろぐ。

「もちろん信じる人にとっては、存在するよ。私がそれを思い込みだって言ってるだけで」

早くこんな話を終わらせたくて、私は阿南の主張を受け流そうとした。呪いがあると信じる人間と、ないと信じる人間が議論しても、平行線を辿《たど》るだけだ。

「思い込みとは違います。僕が定義するところの呪いは、信じない人にとっても、事実として存在しているんです」

「じゃあ、さっさとその定義を明らかにしてくれる？」

もったいぶった語り口に、つい尖《とが》った声になった。林が途切れ、景色が開ける。道の先にアーチ形の赤い大きな橋が見えた。

「僕が定義する呪いとは——《確率の偏《かたよ》り》です」

フロントガラスから注ぐ陽光に目を細めながら、阿南は言った。にわかには理解できず、どういう意味かと尋ねる。車が橋に差しかかる。赤色の高欄が、窓の外を流れていく。

「佑季さんが出してくれた例で説明しましょう。登山道の道端の石を蹴り飛ばしてしまった人が、帰り道で足をくじく。これが一度なら、まあ偶然で片づけられるでしょうね。でも別の登山者も、また別の人も、何人もの登山者が同じ経験をしたとすると、どうでしょう。これも偶然でしょうか」

サイドミラーに小さくなっていく赤い弧に目をやったあと、「偶然だと思う」ときっぱり言った。阿南はその返答に、満足げな笑みを浮かべた。そして続ける。

「イギリスのノース・ヨークシャー州にあるサースク博物館に《ザ・バズビー・ストゥープ・チェア》という椅子《いす》が展示されているんです」

まったく聞いたことのない話だった。「なんなの、それ」と先をうながす。

「一七〇二年、サースク村に住むトーマス・バズビーという男が、義父――妻の父親を殺した罪で絞首刑となりました。彼には長年愛用してきた椅子があったのですが、妻が処分したその椅子は、あるパブに置かれていたんです。死刑になった男の椅子だということで、面白半分に座った人間が、なぜか次々と死んだ。酔って椅子に座った海兵たちが乗る戦艦は爆撃で沈没し、全員死亡。空軍のパイロットはパブの帰り道に交通事故死。他にも建設作業員が翌日に高所から落ちて首の骨を折って死んだり、記者が座って二時間後にバスタブに頭を打ちつけて死んだりと、きわめて短期間のうちに命を落としているんです。新聞に記録も残っていて、この椅子に座って死んだ人間は六十人以上にのぼっています」

淡々と阿南が語った来歴に、ぞくりと悪寒が走った。戦死した海兵については、戦時中だったのだから不思議でないとも考えられるが、亡くなったのは兵士だけではない。それぞれ属性の違う人たちが、椅子に座ってから短期間のうちに、六十人以上も偶然亡くなるなどということがありうるだろうか。

「その椅子が、博物館にあるの?」と、なぜか小声になって尋ねる。「ええ」と阿南はうなずいた。

「自殺志願者が座ることがないようにと、高い位置に吊り下げて展示しているそうですよ」

その情景を思い浮かべ、再び背筋が冷えた。

「この椅子の場合、《座ると死ぬ》という情報がすでに与えられているのですから、思い込みによって起きた不幸も含まれているかもしれません。でもこれだけの人数が、椅子に座ったのちに短期間で命を落とす確率は、何パーセントでしょうか。思い込みだけでそんなことが起きるでしょうか」

さらに、と阿南は、前方に見えてきたトンネルの入口を見据えたまま続ける。

「こうした《確率の偏り》とも言える現象は、この例だけではないんです。同じくイギリスで、別々に起きた海難事故で唯一の生存者となった人物が同姓同名であったとか、所有者の家が必ず火事で全焼するのに、なぜかそれだけまったくの無傷で燃え残り続ける少年の絵画であるとか」

息を呑んだ瞬間、車はトンネルへと吸い込まれる。車内が闇《やみ》に包まれ、一瞬遅れて運転席のメーターパネルが緑色に光り出す。

「僕は呪いとは、そういう偶然とするには説明のつかない事象のことだと考えています。だからそれが、とても恐ろしい」

真剣な口調に、思わず阿南の方へ視線を向ける。オレンジ色のナトリウムランプに照らされた横顔が、見知らぬ誰かのもののように感じられた。

「このトンネルを抜ければ、集落はもうすぐです」

薄暗いまっすぐな道の前方に、かすかな光が見えていた。

三

北杜市北部の山間にある奥砂村《おくすな》は、狭い土地を切り拓《ひら》いたと思《おぼ》しき田んぼと畑の中にぽつぽつと二十戸ほどの民家が点在するだけの、小ぢんまりとした集落だった。現在はこの区域も市に合併され、村の名前は地区名として残っているらしい。

田んぼの中を突っ切る一本道は舗装されていたが、車がぎりぎりすれ違える幅しかない。ミニバンタイプの社用車で走るのに、阿南も気が抜けないようだった。

農道を進むと、山林を背にした一番奥まった土地に、瓦葺《かわらぶ》きの日本家屋が見えてきた。外壁は滑《なめ》らかな白い漆喰《しっくい》塗りの二階屋で、ごく最近リフォームしたような印象だ。敷地の手前は道路を挟んで畑になっており、その一角に休耕地なのか、広めの空き地があった。事前に指示されたとおりそこに車を停める。

「ちょうど一時ぴったりですね」とカーナビに表示された時刻を確認し、阿南はエンジンを切った。車外に出て伸びをしたあと、二人で手分けして後部座席の荷物を降ろす。

庭の一部に生垣があるだけで、特に塀などで囲われてはいない。そのためどこからどこまでが所有地か分からないが、先ほどの畑と空き地を含め、相当な広さがあるようだ。敷石が連なる前庭を進み、玄関へと向かう。花壇には支柱が立ててあり、私の背丈《せたけ》より大きなひまわりがぎっしりと種を実らせていた。その隣にはダリアやケイトウなど、秋らしい色合いの花が咲いている。

木目調の引き違い戸の横にあるインターホンを押すと、ややあって「はい」と落ち着いた女性の声が応答した。

「キュープロの杉田と申します。先日、ご主人とお話しさせていただいて、この時間にと伺ったのですが」

「ええ、今まいります」と声がして間もなく、格子の磨《す》りガラスの向こうで影が動き、からりと戸が開けられる。黒のロングスカートにベージュのニットを合わせた細身の女性が顔を見せた。年齢は五十代前半だろうか。

「あなたが好生さんの後輩の方ね。紘乃の母です。遠いところ、ご苦労さまでした」

寿江は淡い笑みを浮かべて会釈すると、どうぞ、と中に入るようにうながす。こうして対面すると、身長百六十センチの私より少し背が高いようだ。紘乃が小柄なのは父親似なのかもしれない。顔立ちも整ってはいるが、意志の強そうな直線的な眉《まゆ》や高い鼻筋、細く切れ長な目は、あまり紘乃とは似ていなかった。ただ肩につかない長さで切り揃《そろ》えたまっすぐな黒髪は、紘乃のそれにそっくりだった。

名刺を渡し挨拶《あいさつ》して上がると、寿江のあとについて廊下を進む。磨《みが》き上げられた広い廊下は左右にドアと襖《ふすま》があり、突き当たりの手前に階段が見えた。中ほどまで行ったところで寿江がこちらを振り返る。

「どうしましょう。さっそく家の中を見ていただくのがいいのか、それともまずお話を伺ってからの方がいいかしら」

「でしたら、先にざっとお宅を拝見させていただいても良いでしょうか。そのあとにどのお部屋で撮影をさせていただくか、ご相談できればと思います」

寿江はうなずくと廊下の左側の襖を開ける。十二畳ほどもある広い和室で、正面の開け放たれた障子《しょうじ》の向こうが縁側、右手に奥の部屋を仕切る襖があった。部屋の中央には大きな黒檀《こくたん》の座卓が据えられている。

「ではこちらの客間に手荷物を置いてもらって、一階から案内させていただくわね。この隣は仏間になっているの」

私たちがバッグや書類ケースなどの荷物を下ろすのを待って、寿江は奥の襖を開けた。そちらは少し小さな十畳の和室で、左手に赤富士の掛け軸と日本刀が飾られた床の間、そしてその横に大人の背丈ほどもある、大きな黒い仏壇が鎮座《ちんざ》していた。右手の鴨居《かもい》の上には、先祖のものと見える数枚の遺影が掛かっている。

阿南は寿江に許しを得るとビデオカメラを構え、画角を変えながら室内のテスト撮影を始めた。私はバッグから手帳を出し、無地のページに間取りを描き取った。

ふと手を止めた阿南が「お仏壇は映さない方がいいでしょうか」と確認する。寿江は「構いませんよ。戒名《かいみょう》なんかが見えなければ」と許可をくれた。

「こちらも素材は黒檀なんですね。こんな立派なお仏壇、なかなかないですよ。いやあ、素晴らしい」

阿南が仏壇を褒めちぎると、寿江はきょとんとした顔で「はあ、どうも」と返した。

他の部屋はまだ見ていないが、これだけの広さがあって家具も少ないので、機材とスタッフが入っても動きやすそうだ。コンセントの位置を確認し、電源を借りられるか寿江に尋ねる。寿江は快《こころよ》く了承してくれた。

　和室を出ると、寿江が間取りを説明しながら一階の各部屋を案内してくれる。玄関を入ってすぐ左手のドアは応接間で、こちらはソファーセットが置かれた洋室だった。その向かいのドアが台所とリビングとなっている。そして奥にはトイレと洗面所、浴室があった。食事や入浴のシーンはないため、和室と仏間と応接間だけで撮影するので充分と思えた。手帳の間取り図にその旨をメモする。

「廊下と階段は、移動のシーンもあるので撮影させていただきたいです。それと玄関も、最初の場面で必要になるかと思います。ロケ当日には破損などの事故がないように装飾品は事前にこちらで片づけさせていただきますし、万が一に備えて保険にも入っていますので」

　廊下の突き当たりは飾り棚となっていて、菊やリンドウの活《い》けられた白磁の花瓶《かびん》の隣に、赤い顔に立派な尾羽のキジの剝製《はくせい》が飾られている。その上に土の塊《かたまり》のようなものが吊り下げられており、よく見るとそれはスズメバチの巣だった。表面を覆う鱗《うろこ》状の外皮や、欠けた部分から覗《のぞ》く六角形が集合した巣穴は、少々不気味に感じられる。この辺のものは個別に撮影して、雰囲気を出すためのモチーフにしても良いかもしれない。剝製とハチの巣を撮らせてほしいと頼むと、こちらも承諾をもらえた。

「祖父が地元の猟師さんから譲っていただいたとかで、私が子供の頃からずっとここに飾ってあるのよ。よく腐らないものだと思うわ」

「ということは、こちらのお宅は奥様のお祖父様の代から建っているんですね」

　そうなると、築年数は何十年くらいだろう、と頭の中で計算する。

「昭和の初め頃に、東京から大工《だいく》さんを呼んで建てたらしいの。だから築九十年になるのかしら。当時の白土家は、この辺り一帯の地主だったのだけど、戦後にＧＨＱが指令した農地解放で大部分を手放すことになってしまって。今所有しているのは、家の前の田んぼと畑と、裏のお山くらいよ」

それでも充分広い敷地だと私などは思うが、寿江は謙遜《けんそん》するように言った。

続いて二階を見せてもらうことになり、急な直線階段を寿江のあとについて上っていく。造りはしっかりしているがかなり古いようで、ぎいぎいと音が鳴った。

「ああ、この階段の風合いも、踏み板の軋《きし》む音も、とてもいいですね。足元から視線を上げると、女がこっちを見下ろしているって場面、相当怖いと思いますよ」

私の後ろでカメラのモニターを覗きながら、阿南が浮き立った声で感想を述べる。寿江は風変わりなものを目にしたように、やや戸惑った表情でその様を眺めていた。

「二階は娘の部屋と客間と書斎と夫婦の寝室と、あとは両親が生前使っていた和室くらいね。和室は祖母の代からの和簞笥《わだんす》があるせいで狭いし散らかってるから、できれば中は撮らないでもらえるかしら」

廊下に立つと、それぞれの部屋を指しながら寿江が説明する。夫の秀継は「どこでも撮影して構わない」と言っていたが、やはり寿江の意向とは異なっていたようだ。

「承知しました。では二階は廊下のみ撮影させていただくようにします」

屋内をひと通り案内してもらったところで、玄関から外に出る。家の外観を撮っても良いか確認すると、表札が映らなければ大丈夫とのことだった。前庭から縁側に面した庭の方へと進む。日当たりの良いこちらの庭には花壇だけでなく、家庭菜園も作られていた。

人参《にんじん》や大根、カブらしき葉が生えた畑の隣には、きゅうりやナス、シシトウがたくさん実をつけていた。そしてそれらの区画を囲うように、梅や柿《かき》といった庭木と、低木の生垣が配されている。花がないので分からないが、葉の形からするとツツジだろうか。そして庭の一番奥の方に、太い立派な松の木と並んで、白の漆喰壁の大きな蔵が建っていた。

家ほどの高さはないが、こちらも二階があるようで、木製の引き戸の上に両開きの大きめの窓がついている。屋根は瓦葺きで、外壁の下半分はなまこ壁というのだろうか。タイルのように貼《は》られた瓦の目地を漆喰で埋めた頑丈そうな造りとなっていた。

「確か、蔵の中でも撮影したいってことだったわよね。そんなに高価な物はないはずだけれど、かなりごちゃごちゃしてるの。邪魔になるようだったら、そちらで適当に移動してもらえるかしら」

「もちろん、前もって写真などで記録を残して、撮影が終わったら元どおりにさせていただきます」

この広さでは草むしりまでは追いつかないのか、ところどころ雑草が生えた砂利道を突っ切り、蔵の前まで辿り着く。事前に外してあったのか普段からそうなのか、戸に鍵《かぎ》は掛かっていなかった。

古い木製の戸は建てつけがあまり良くないらしく、寿江は両手で力を込めるようにして引き開けた。徐々に隙間《すきま》が開き、薄暗がりに光が差す。ごちゃごちゃしているという話だったが、思いのほか物は少なく、手前の土間には古い農機具が置いてあるだけだった。奥の板の間には年代物の簞笥や長持が置かれ、壁際に設《しつら》えられた棚には掛け軸か巻物と見える巻き紙や、小さな木箱が並んでいる。箱の大きさからすると、焼き物か何かだろうか。

もっとよく見たいのだが、なぜか寿江は戸の横に立ったまま、中に入ろうとしない。どうしたのかと訝《いぶか》りつつ待っていると、隣でカメラを構えていた阿南が焦《じ》れたように一歩前へ出た。「中の方、撮らせていただいていいでしょうか」と寿江に声をかける。

阿南の問いかけにはっとしたように顔を上げると、寿江はええ、とうなずいた。

「私、アレルギーなのか埃《ほこり》が苦手で……あなたたちだけで入ってもらえるかしら。どこでも自由に撮ってもらって構わないから」

どこか取《と》り繕《つくろ》うように早口で述べる。その態度に多少違和感を覚えながらも、阿南とともに中に入った。カメラを回してもらいながら、どの位置から撮影するのが適当か考える。ある程度は光が入る場所の方がいいのだが、左手に小さな窓があるだけで、それも松の木の陰《かげ》になってしまっている。

ならばあそこが良いのではと、土間の天井の壁際に四角く切られた穴を見上げた。二階の窓は比較的大きく、遮《さえぎ》るものがないので日が入りそうだ。様子を覗いてみようと蔵の中を見渡した私は、そこにあるべきものが見当たらないのに気づいた。入口で待っている寿江に、すみませんと呼びかける。

「二階へ上る梯子《はしご》って、どちらにあるんでしょうか。できれば二階の方も見せていただきたいのですが」

尋ねたその瞬間、寿江の顔が強張《こわば》ったのがはっきり分かった。目を逸らし、あら、とわざとらしい声を上げ、物を探す素振りできょろきょろと首を動かす。

「前は蔵の中にあったんだけれど、ほとんど上には用がないから、どこか別の場所にやってしまったのかしら」

「別の場所というと、物置かどこかでしょうか。心当たりがあるのでしたら、僕が探してきます」

申し出た阿南が蔵から出ようとするのを、寿江が押し留《とど》める。

「どちらにしても、二階はずっと使っていないから、もしかすると床が傷んでいるかもしれないの。だから撮影は一階だけにしてもらえる？」

そう言われては了承するしかない。光量が足りない分は照明で補うことにしてテスト撮影を終えると、蔵を出て母屋の方へと引き返した。

四

再び客間に戻ると、寿江が三人分のコーヒーを運んできてくれた。お土産のチョコレートの詰め合わせを手渡し、改めて今回の協力への感謝を伝える。そしてバッグから手帳を取り出した。

「では事前にお送りさせていただいた『赤夜家の凶夢』の企画概要をもとに、具体的にどの場所なら撮影が可能か相談させていただければと思います」

先ほど寿江に案内してもらいながら描いた白土家の間取り図のページを開く。そして一階の客間や玄関や廊下、蔵など、撮影に使わせてほしい箇所について確認してもらった。

「スタッフが出入りするのは今お願いしたところだけで、二階の居室など、プライベートなお部屋に立ち入ることはありません」

「ええ、それで大丈夫です。もし必要なら、トイレや洗面所も使ってもらって構いませんから」

　寿江はそんな提案までしてくれた。ロケバスにもトイレはあるが一つだけなので、二十人以上のスタッフでの終日の撮影であることを思えば、その申し出はとてもありがたかった。

　丁重にお礼を言い、次いでファイルからドラマのあらすじを取り出す。

「こちら、企画概要と合わせて先日送らせていただいたものですが、改めてご確認いただきますね」

　それは小隈が書いたプロットを、私が読みやすい形にまとめたものだった。一枚を寿江に差し出し、もう一枚を読み上げる。


《都内のテレビ局でディレクターを務める安藤《あんどう》が再婚した女性の生家——赤夜家には、ある因縁めいた言い伝えがあった。その旧家の男子は皆、十二歳でなんらかの形で命を落とすか、行方不明になるのだという。奇妙なことにある時期から女児しか生まれなくなった赤夜家は、長年婿を取ることで家を存続してきた。

　安藤には十一歳の息子がおり、赤夜家の両親は障《さわ》りがあってはいけないからと結婚に反対したが、安藤は彼らを説得し、自身が婿入りする形で籍を入れた。するとそれから間もなくして息子が気味の悪い夢を見るようになった。安藤は言い伝えが真実か、担当番組で検証できないかとプロデューサーに持ちかける……》

そこまでを聞いた寿江が苦笑を漏らす。

「好生さんはどういうつもりで、そんなお話を考えたのかしら」

寿江が笑ってくれたことにほっとする。これが今回のドラマ制作において、私がずっと引っ掛かっていた点だった。小隈は実際にはまだ籍を入れていないはずで、婿入りするとも聞いていない。だが息子の昴太の年齢は十一歳と、このあらすじと合致するのだ。

移動の車中で阿南が《鬼眼の家》と呼ばれる旧家の話をしたのも、家が絶えるという呪いが、まさにこの因縁と符合するからだろう。

私は企画を任されて以来感じてきた不安を解消すべく、ここで探りを入れてみることにした。明るい口調を心がけ、慎重に切り出す。

「奥様もそう思われますよね。このお話、主人公の子供の年齢や再婚話のことなんかが、小隈さん――小隈と紘乃さんの状況とよく似ていて……もちろん、こんな言い伝えは小隈の作り話でしょうけど」

緊張のあまり社外の協力先を相手に普段の呼び方が出かけたのを訂正しつつ、同調する。寿江は「ええ、まさか」と困ったように笑うと、カップに手を伸ばした。やはりあの話は、単なる創作なのだ。そう安堵《あんど》しかけた時――。

「ですが白土家が女系で、代々婿を取ることで家を存続してこられたというのは、事実ですよね」

平然と阿南が言い放つ。取っ手にかけた寿江の指が、そのままの形で硬直した。ゆっくりと阿南に視線を向け、「どこで聞いたのかしら」と冷えた声で問う。

「確かにうちはそういう家系ですよ。でも男の子が十二歳で命を落とすだとか、行方不明になったなんて話は、私は聞いたことがないわ」

そうですか、と言ったきり、阿南は黙ってコーヒーをすすっている。寿江は阿南の言動に、少なからず不審を抱いている表情だ。私はこの場をとりなすべく、「そういえば……」と話題を変えた。

「小隈からお願いしていたと思うのですが、小道具としてこちらのお宅で保管されてきたという古い経文をお借りすることになっていましたよね。よろしければ今日、実物を確認させていただけないでしょうか」

その経文は小隈が以前、白土家に挨拶に訪れた際に見せてもらったというものだった。小隈いわく「筆使いになんとも言えない凄《すご》みがある」とのことで、ドラマに登場させたいと義父となる秀継に頼んでいたのだそうだ。

「確かにお約束していたわね。主人の書斎にあるはずだけど、どこに置いたのか聞いていなくて。ちょっと待っていてもらっていいかしら」

寿江はこの場を離れられることに幾分ほっとしたように和室を出ていった。

「どういうつもりよ。あんな言い方、失礼でしょう」

足音が遠ざかったところで、小声で阿南を咎《とが》める。だが阿南はまるで気にしていない様子で、「だって本当のことですから」と受け流した。

「事前に調べたら、そのぐらいの情報はすぐに出てきましたよ。言い伝えのこと、奥さんは知らないと言いましたが、何か隠しているふうじゃなかったですか」

　言い返されて言葉に詰まる。阿南の追及を受け、寿江は明らかに動揺していた。それでも非常識な振る舞いを許すわけにはいかない。

「だからってこれからお世話になる方に家の事情を根掘り葉掘り聞くことはないでしょう。呪いやら因縁やらに興味があるのは勝手だけど、ここへは仕事で来ているの。もしも白土さんの気分を損《そこ》ねて協力してもらえないということになったら、ロケ場所から探し直さないといけないんだよ。どれだけの人が迷惑を被ると思うの？」

　上階に聞こえないよう配慮しつつ、語調に力を込めて説き伏せる。阿南はさすがに自身の行いを省みたようで、神妙な顔で謝罪を述べた。

　大好きなホラードラマの制作に携わることになり、浮き足立ってあれこれ企画の背景を調べて想像を膨《ふく》らませていたのだろう。だがこのドラマはモキュメンタリーであり、フィクションだ。すでにプロットも脚本も完成しており、あとは撮影を予算内で滞りなく遂行することが、今の私たちに課せられた責務なのだ。

　ただ、阿南も悪気があったのではない。良い作品にしたいという思いが強かったからこそ、それだけ熱が入ったのだろう。

「阿南君が納得できるように、このプロットが小隈さんの創作だと思う根拠をもう一つ教えてあげる」

彼の努力をねぎらうつもりで、これまであえて黙っていた件を明かすことにした。それは昴太の見る《夢》に関することだった。

「小隈さんの息子の昴太のこと、私は小さい頃から知ってるの。昴太は昔から時々、不思議な夢を見ることがあってね。小隈さんが書いたプロットの『息子が気味の悪い夢を見るようになった』ってエピソードは、その夢から着想したんだと思う」

昴太がそれらの夢を見始めたのは、小隈が紘乃と出会うより以前のことだ。だからプロットにあったように、籍を入れてから夢を見るようになったというのは事実と合わない。あの筋書きは、あくまで小隈が考えた作り話なのだ。

阿南は「そんなことが……」と考え込むように顎《あご》に手をやり、しばし沈黙した。やがて顔をあげると「ちなみに、それってどんな夢なんですか」と、それまでのしゅんとした様相は消え失《う》せ、食いついてきた。彼の興味に新たな火種を投げ込んでしまったのではと不安を覚えつつ、質問に答える。

「以前何かで読んだんだけど、人が夢を見ている時、脳の中では記憶の整理が行われているそうなの。つまり夢というのは自分がこれまでに見たものの記憶から形成されているわけ。でも昴太が見たのは、《まったく見覚えのない光景》らしいの」

私はまず、それらの中で自分が知る限り最も古い夢について話すことにした。

「最初にその夢の話を聞いたのは、まだ昴太が保育園の時。四歳の頃にね、『誰かに食べられちゃう夢を見た』って」

異様な内容に、阿南が眉を上げる。

「知らない人たちが自分のことを囲んで、箸《はし》でつまんで食べてしまう夢なんだって。そんな場面、過去に見てるはずないでしょ。しかも同じ夢を、その後も何回か見てるの。あと一番最近教えてもらったのは、点滴の夢」

そちらは二年前のことだった。ある日、昴太が唐突に「入院する夢を見た」とメッセージを送ってきたのだ。

「仰向けに寝たままただ動けずに、金属のスタンドに提がった点滴の袋を見上げている夢なんだって。袋のラベルに名前が書いてあるんだけど、苗字《みょうじ》の漢字が難しくて読めなくて。目が覚めてから覚えていたその漢字を調べたら、《砧三郎《きぬたさぶろう》》って名前だったたって」

「つまり、学校で習ってもいない漢字が夢に出てきたってことですか」

阿南は感心したようにうなずくと、マオカラーのジャケットの胸ポケットから小さなノートを出し、メモを取り始めた。

「視界に入っているのは点滴だけなんだけど、自分の頭の横に誰かが座っている気配がして、それが誰かは分からないけど、凄く落ち着かないと感じる――そんな夢だったたって言ってた。でも昴太は過去に入院したことはもちろん、点滴を受けたこともなかったの。それで、目が覚めたら泣いてたんだって」

最後に付け加えた一言に、阿南が「どういうことですか？」と怪訝《けげん》な顔になる。

「それも、この不思議な夢の特徴の一つなの」と説明を続けた。

これらの夢の特異な点は、その夢の妙な現実感と、見覚えのない情景であるということに加えて、夢を見た際に感情とは関係なく涙が出ることなのだ。

点滴を見て悲しいと感じるはずもないし、そばにいる人物に対しても、怒りや悲しみの感情はなかったという。なのに目を覚ますと枕《まくら》を濡《ぬ》らすほどに涙がこぼれていたのだそうだ。誰かに食べられる夢にしても、昴太は痛くも怖くもなかったと言い張り、なぜ自分が泣いたのか分からない様子だった。

昴太は子供の頃からたびたび、こうした《涙の夢》を見たと訴えてきた。だがその頻度は年齢を経て、徐々に減っているようだった。

ここまでの話を聞いた阿南は、なるほど……とつぶやいたまま、思案顔で固まっていた。ややあって、何かに気づいたように手元のノートを凄い勢いでめくり始める。開いたページを凝視したあと、阿南は顔を上げた。

「つまり彼も《鬼眼》の持ち主なのか。だからこの家に引き寄せられた――」

独《ひと》りごとのように言うと突然立ち上がり、隣の仏間に歩を進める。そしてまっすぐに仏壇へと向かった。何をするつもりかと慌ててあとを追う。

仏壇の正面で立ち止まった阿南は、はからずも首を垂れて手を合わせた。ただ静かに目を閉じて拝んでいる。拍子抜《ひょうしぬ》けしながら、見るともなく古びた大きな仏壇を眺めた。

本尊の観音菩薩《ぼさつ》が描かれた掛け軸はかなり昔のものらしく、すっかり色が褪《あ》せていた。右手前に鈍《にぶ》く光るおりん、奥に香炉と蠟燭《ろうそく》台、一段高くなったところに湯吞《ゆの》みや果物などの供物が置かれ、そのさらに上段に先祖代々のものと見える、大きさや素材の異なる位牌《いはい》がいくつも並んでいる。

不意に阿南が頭を起こした。一歩前に出ると、いきなり位牌の一つを摑み取る。ぎょっとして小声で制したが、耳に入っていないようだ。手にした位牌に顔を近づけ、「これは違うな」と元に戻し、隣の位牌を持ち上げる。次々とそれらを検《あらた》めていくと、最後の一つを手に取ってはっとしたように目を見開いた。だがすぐに落胆した顔になる。

「ちょっと、何してるの。早く戻して」

ようやく叱責《しっせき》の声に気づいたらしい阿南がこちらを見る。そして手の中の位牌を私の方へ向けると、力なく弁明した。

「位牌を見れば、本当に子供が亡くなっていないか分かると思ったんです。これ、子供の年齢だから一瞬そうかと思ったんですが、『享年十四』とあるので違いますね」

その言葉に、彼の無作法を非難するのも忘れて「違う」とつぶやいていた。脳裏には七年前の、美津の葬儀の光景が浮かんでいた。

祭壇に置かれた美津の位牌には、「享年三十」とあった。美津は亡くなった時、二十八歳だった。

「享年は、数え年で表すの。仏教ではお腹《なか》に宿った時点で命だと捉えるから、生まれた時で一歳。それから元日に、誕生日に関係なく一歳が加算されていく」

私の注釈に、阿南は再び位牌に目を落とす。「じゃあ、この子は――」と彫られた文字に見入る阿南の手元を覗き込む。

「満年齢だと十二歳かもしれない。俗名が白土政一《せいいち》とあるから、男の子だね」

亡くなった男児の名を見つめるうち、あることが気になり、口にした。

「その名前、どうして位牌の端の方に彫ってあるんだろう。普通、真ん中に彫るよね」

それを聞いて、阿南は強張った表情で、ゆっくりと位牌を裏返した。そこにあるものを見た瞬間、胃がせり上がるような感覚がした。
位牌の裏側――おそらくは本来表側だった面には、『享年十四』あるいは『享年十三』と彫られた男児と思しき子供の名が五つ、びっしりと詰め込むように刻まれていた。

五

階段を下りる足音が聞こえ、慌てて位牌を元の位置に置くと客間に戻った。ほどなくして襖が開き、寿江が一抱《ひとかか》えもある文箱《ふばこ》を運び入れてくる。いかにも重たそうなそれを阿南が受け取った時、縁側の方から車のエンジン音が聞こえた。

「主人が帰ったみたい」と廊下に出た寿江に阿南と私も続いた。からからと戸が開く音がして、ずんぐりした体型の壮年の男性が「ただいま」と入ってくる。その肩越しに前庭に停まるグレーのセダンが見えた。

白の開襟シャツにスラックス姿の白土秀継は、私たちの姿を認めると「ああ、テレビの方」と柔和な目を細め、愛想《あいそう》良く笑った。年齢は寿江の四歳上で、五十六歳だと小隈から聞いている。「お邪魔しております。映像制作会社キューブプロの杉田です」と名刺を渡して挨拶しつつ、それとなく訂正した。テレビ局の社員と間違われるのはよくあることだった。

秀継は持っていた鞄《かばん》を上がり框《がまち》に置くと、早足で廊下を奥へと歩き出す。広い額にはしわが刻まれているが、頬がふっくらして血色が良く、若々しい印象だった。年齢にしては豊かな白髪交じりの髪を、オールバックになでつけている。

「今、お借りすることになった経文を拝見させていただくところだったんです」

「ああ、あれね。僕も一緒に見せてもらおうかな」

そう言うとせかせかと客間に入っていきながら寿江を振り返り「お母さん、麦茶お願い」と頼んだ。体型の割に忙《せわ》しない人のようだ。ほどなくお盆に麦茶を載せた寿江が戻ってきて夫妻が揃って腰を落ち着けたところで、阿南が座卓の横に文箱を運んだ。

「どうぞ、ご覧になって」と秀継にうながされ、「失礼します」と私が蓋《ふた》を開ける。入っていたのは筆書きの文字が記された半紙の束《たば》だった。ざっと確認した厚みからして、数十枚はありそうだった。

なんと書いてあるのかと目を凝《こ》らした刹那《せつな》、ぐにゃりと視界が歪《ゆが》んだような、目眩《めまい》に似た感覚に襲われる。なぜだか動悸《どうき》がして、息を吸いながら胸を押さえた。阿南も異様なものを感じたのか、距離を取るように後ずさる。

「なんだか、気持ちが悪いでしょう。あまり上手な字でもないし、誰が書いたものか分からないんだけれど、祖父からは捨てないようにと言われたの。どうしてこんなものをずっと取ってあるのかしら」

同じように少し離れて見守っていた寿江が眉根を寄せた。

文字はすべて漢字で、読み取りづらいが《南無》や《是空》と読める箇所があるので、お経を書き写したものだとは分かった。筆圧が一定でないのか、太い文字と細い文字とが混在しており、字の大きさもばらばらだった。さらには行の間隔や文字数も定まっておらず、妙に隙間が空いている箇所もある。その一貫性のなさが、心許《こころもと》ない感情を呼び起こすのかもしれない。気分が落ち着かず、長く見ていることができなかった。

いったいこれを書いたのはどんな人物なのか。字の拙《つたな》さから、もしかすると子供が書いたのではと考えつく。難しい漢字でも、手本を写せば書けたかもしれない。だが子供にこれだけの枚数を写経させるのは、至難の業だろう。大人でも相当な根気のいる作業のはずだ。

「紙の裏側の端に、何か書いてありますね」

阿南が訝しげに文箱に顔を近づけた。秀継は「ああ、そういえば……」と無造作に半紙を数枚摑み出す。そしてそれらを畳の上に裏返して並べた。

一枚目の半紙は左右の端の中央付近に、紙の端を一辺とした小さな三角形と、少し離れて斜めに飛び出た線。その傍に右側は平仮名で「と」、左側は「ち」と記されている。そして紙の下側には紙の端を斜めの辺とした台形が描かれ、その横に「い」とあった。二枚目は上下の端に台形、左右の端に三角形と斜め線の記号が描かれ、文字は右が「へ」、左が「と」、上が「に」下が「ほ」となっている。三枚目は右端に三角形と斜め線、上の端だけに台形の記号があり、文字は右側が「を」、上辺が「ほ」と記されている。何かの印のようだが、意図がまったく摑めない。

「こういう平仮名の文字や記号みたいなものが全部に入っているんだけど、ページ順を表しているようでもないし、意味が分からなくてね」

秀継によれば、記号は半紙の左右の端に描かれた三角形と斜め線を組み合わせたものと、上下の端の台形の二種類。ひらがなの文字は「い」「ろ」「は」「に」「ほ」「へ」「と」「ち」

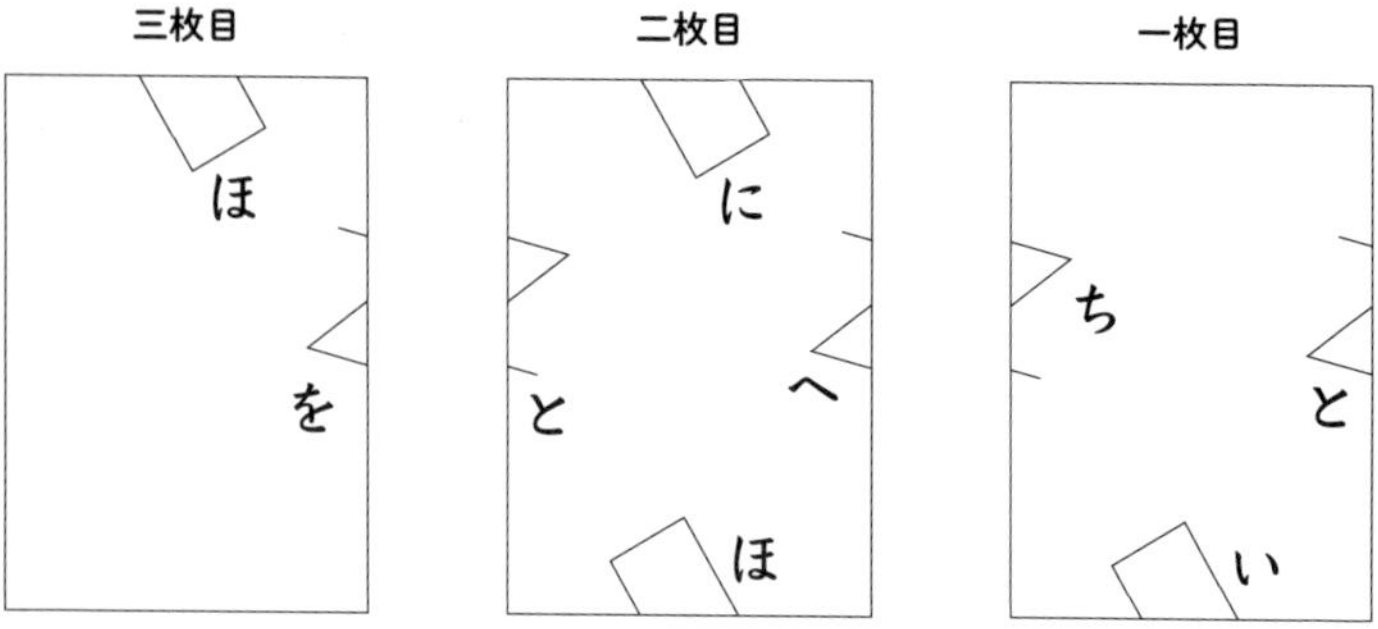

「り」「ぬ」「る」「を」の十二種類あったはずだという。上下左右、どこか記号が欠けているものもあるが、最低でも二ヵ所に記号と文字が記されているとのことだった。
「そのほかに規則性らしきものがあるとすれば、平仮名の『い』から『ほ』までは半紙の上下の端、『へ』から『を』までは左右の端に書かれてるってことくらいかな。でも、いろはの順に並べてみても、表のお経の方は上手《うま》く繋《つな》がらないんだよ」
　順番を表すのでないとすると、この写経をした人物は、書き写したお経をこのような記号で分類しようとしたのだろうか。もし本当に子供が書いたものだとすれば、数字を知らず、代わりに記号を使ったという見方もできる。裏表をそれぞれ照らし合わせてみれば何か分かるかもしれないが、この読み取りにくい文字ではだいぶ苦労しそうだった。秀継は婿入りして初めてこの経文を目にして以来、ずっと来歴が気になっているのだと語った。
「誰が書いたものか分からないと伺いましたが、白土家のどなたかが書いたものなのか、それともどこからか譲り受けたものなのか、それだけでも分かりませんか」

経文から顔を上げた阿南が尋ねると、寿江が「ああ、それなら……」と間を置かずに答える。

「子供の頃に祖父から、この家の者が書いたのだと聞いたわ。お前とも縁の深い人の手によるものだから、大事にするようにって」

ということは、寿江の祖父は誰が書いたのか知っていたのだ。日記などの遺品を調べれば詳しいことが分かる可能性もあるが、そこまでしてもらうのは迷惑だろう。それより、これを書いたのが白土家の人間だと分かっているなら、違うアプローチができるのではと考えが浮かんだ。

「こちらは墨で書かれていますから、専門家に鑑定を頼んで書かれた年代を調べてもらえば、どなたが書いたものか絞れるんじゃないでしょうか」

由緒が分からない古い文献について、いつの時代に書かれたものか調べる方法があると聞いた気がした。たった今思いついたアイデアを提言すると、横から阿南が割って入る。

「佑季さんが言っているのは、放射性炭素年代測定のことですよね。あれは何百年と前に書かれた文献について調べるための手法で、かなり誤差もありますから、今回の件には向いていないと思います」

あっさりと否定しつつも、「ですが専門家に見てもらうというのは、良い方法かもしれません」と続けた。

「僕の知人に歴史学の准教授がいまして、専門は日本近世史なんです。彼は史料読解のプロですから、僕らのような素人とは別の視点で意見をくれるのではないかと思います。差し支えなければ一部を写真に撮らせていただいて、その画像を彼に見せて知恵を借りるというのはどうでしょうか」

頼もしげな阿南の言葉に心を動かされたようで、「じゃあ、お願いしようかな。お母さんもいいよね？」と秀継はすっかりその気になっている。寿江も異論はないようだ。

「ではこちら、何枚か撮影させていただきますね。阿南君、並べるのを手伝って」

畳の上に表側を五枚、裏側を五枚、上下に横並びにすると、立ち上がって全体を写真に収める。その上で記号や文字をアップにした写真も撮った。撮影を終えて元どおり半紙を仕舞うと寿江に返す。それから先ほど寿江に説明した内容を秀継にも伝え、撮影可能な日程の確認を終えた頃には、時刻は午後五時になろうとしていた。

「ディレクターさんだなんてきっと忙しいお仕事でしょう。打ち合わせのために、わざわざこんな遠くまで来てもらって申しわけないね」

打ち合わせが一段落し、そろそろ腰を上げようとすると、秀継がねぎらいの言葉をかけてきた。

「とんでもないです。こういうお話はやはり顔を合わせての方がいいでしょうし、事前に撮影場所を見せていただくこともできましたから」

どちらかと言えばそのロケハンの方が目的のメインだったので、恐縮しながら返す。すると秀継が思いもよらないことを言い出した。

「もうすぐ夕飯時だし、良かったらうちで食べてったら？　東京に着くのは少し遅くなるかもしれないけど、せっかくだから地元の美味《おい》しいものをご馳走《ちそう》したくてね」

それはさすがにご迷惑ですから、と慌てて手を振ると、寿江が「遠慮なさらず、ぜひ」と微笑む。

「主人が、なかなかお客さんが来ることなんてないからゆっくりしてもらおうって言うもので、最初からお誘いするつもりだったの。家庭料理だけれど、良かったら召し上がっていって」

ということは、寿江はそのつもりで準備をしてくれていたのだろう。阿南と目線を交《か》わす。撮影のために自宅を提供してくれる白土夫妻とは、良好な関係を保つ必要がある。打ち解けるには良い機会かもしれない。夕飯をご馳走になったとしても夜のうちには東京に戻れるだろうし、何より昼が早めだったので、すでにお腹が空き始めていた。

「いいんですか？　できればこの土地のことなど、じっくりお話を伺えたらと思っていたんです」

私より先に、阿南が顔を輝かせて応じた。

「お世話をおかけしてすみません。ではお言葉に甘えさせていただきます」

丁重に頭を下げると、寿江に「何かお手伝いすることはありますか」と伺いを立てる。

「あとはもう温めるだけだから大丈夫よ。準備ができたら呼びに来ますから。お父さんも着替えてきたら」

寿江が立ち上がると、仕事帰りの格好だった秀継も、「じゃあちょっと失礼して」と客間を出ていく。阿南と二人きりになったところで、先ほど寿江に尋ねたような余計なことは決して口にしないと約束させた。

六

　ほどなく支度《したく》ができたと寿江から声がかかり、居間へと向かった。ダイニングテーブルには豚肉とかぼちゃ、人参、長ネギといった野菜が煮込まれた大鍋《おおなべ》が載っている。他にも山菜のおひたし、肉の佃煮《つくだに》などの小鉢が並んでいた。

「これ、ほうとうですよね。僕、食べたことがなかったんです。味噌《みそ》仕立てなんですね」

　よく見ると、大鍋にはたっぷりの具とともに平たいうどんのような麺《めん》が湯気を立てている。私も名前だけは知っていたが、どういう料理なのか今日まで知らなかった。

「こっちは桜肉の佃煮だよ。熊本《くまもと》なんかと比べるとそんなに有名じゃないけど、山梨も昔から馬肉を食べる文化があるんだ」

　秀継が小鉢を示して教えてくれる。家庭料理として桜肉を食べるなんて、ずいぶん贅沢《ぜいたく》な気がした。

「車で来てるんじゃ今日は飲ませるわけにいかないけど、撮影の時はぜひ好生君も一緒に酌《く》み交《か》わそう。美味しい地酒もあるからね」

　そう言って秀継は冷蔵庫から一升瓶《いっしょうびん》を取り出した。グラスに注いだそれは、意外にも日本酒ではなく赤ワインだった。ラベルには《葡萄酒《ぶどうしゅ》》とあり、おそらく地元のワイナリーのものなのだろう。

　揃って席に着くと、冷えた麦茶とワインで乾杯らしきことをして、夕餉《ゆうげ》の時間が始まった。初めて食べるほうとうは、もちもちした食感の麺と大きめに切られた野菜の滋味が相まった優しい味で、今日一日の疲れが癒《い》やされるような心持ちがした。桜肉の佃煮は甘辛い味つけで肉が柔らかく、ご飯にも合うがお酒にも合いそうな一品だった。

秀継は上機嫌でワインをお代わりしながら我が社の映像制作業務について、大物女優が出演した作品はあるか、海外に撮影に行ったことはあるかなどと、色々質問してきた。

「うちで手がけてるのは再現ＶＴＲがメインで、ドラマも地上波でないものが多いので、あまり有名俳優さんと仕事をすることはないんですよ」

「再現ＶＴＲって、実際に起きた事件やなんかをドラマ仕立てにしたやつでしょ？　へえ、ああいうのをねえ」

感心したようにうなずくと、秀継は思い出したというふうに続ける。

「そういえばこの間、医者が誤認逮捕されたって事件の再現ドラマを観たよ。あれはもしかして、おたくの会社？」

自身も医師なので記憶に残っていたのだろうか。だが番組名を聞くと、うちと取引のあるテレビ局ではなかった。

「それってどういう事件だったんですか？　私、ちょっと覚えがなくて」

「確か東京で起きたんだったかな。再現ドラマになったくらいだから、有名な事件だと思うよ。調べればすぐ出てくるんじゃないかな」

あとで検索してみます、と返すと、「やっぱり東京は、事件が多いんでしょう」と、寿江が不安そうな顔で頬に手を当てる。

「紘乃が東京で働くって言い出した時、私も主人も、だいぶ反対したのよ。あの子はずっと、山梨から出たことがなかったから」

紘乃は高校を卒業後、甲府市の私立大学の管理栄養学科に進んだのだそうだ。管理栄養士の資格を取得し、夫妻はてっきり地元で就職するものと思っていたが、いつの間にか東京の保育園で働くことを決めていたらしい。栄養士専門の人材バンクに、勤務地を東京と希望して登録していたのだという。

「保育園でも給食センターでも、県内にだってあるんだから、わざわざ東京に行かなくてもいいでしょうに。でも、あの子は言い出したら聞かないところがあるからね」

秀継も当時のことを思い返してか、眉を曇らせる。二人の話を聞いて、私は一つ思い当たったことがあった。

「もしかして紘乃さんは、小隈の息子の昴太君の保育園で働いていたんですか?」

紘乃は現在、総合病院で管理栄養士をしていると話していた。たまたま参加したイベントで知り合ったと聞いたが、映像制作会社のプロデューサーである小隈とどのような接点があったのだろうと、少々疑問に感じていたのだ。

「ええ。最初に就職したのが、昴太君が通っていた野城《のしろ》保育園だったの。紘乃を採用してくださった当時の園長先生には、とてもお世話になったのよ。うちで穫れた野菜を送ったら、丁寧なお手紙を添えてお菓子を送ってくださったりしてね」

当時の園長というと、おばあちゃん先生と呼ばれていた野城育子《いくこ》のことだ。寿江が「今も年賀状のやり取りをさせていただいてるのよ」と壁のレターラックを示す。

「私、小隈が忙しい時に、よく昴太君のお迎えを代わってあげてたんです。育子園長は確か四年前に引退なさって、今はお孫さんが園長をされているはずですよ」

野城育子は昴太が在園していた頃にすでに八十歳を越えており、園児や保護者からは保育の大ベテランとして頼りにされていた。実務に携わることはあまりなかったが、園長室を訪ねて育児の悩み相談に乗ってもらう保護者も多く、また絵本や紙芝居の読み聞かせをしてくれるので子供たちにも慕《した》われていた。ちなみに私のもとへもいまだに、育子の手書きの年賀状が届いている。

「紘乃が今の職場に転職したあとに保育園のバザーに顔を出して、そこで好生さんと出会ったらしいの。在籍していた園児や職員には案内が届くから、毎年参加していたみたい」

寿江の話で小隈と紘乃のなれそめを知り、ならば二人を引き合わせたのは亡くなった美津なのかもしれないと胸が詰まった。昴太を野城保育園に通わせると決めたのは美津だった。自由と自立を重んじる教育方針が気に入り、園の近くに引っ越しまでしたと聞いていた。

「向こうで就職しても、ある程度働いたらこっちに帰ってくると思っていたんだよ。それが東京の人と結婚するとなったら、いよいよ老後はお母さんと二人だけってことになる」

だいぶ酔ってきたのか、秀継は目のふちを赤くしてため息をつく。そして不意に立ち上がり、居間のキャビネットから立派な布張りの表紙のアルバムを持ってきた。汚れないようにと、慌ててテーブルの上を片づける。

「ほら、これが生まれてすぐの紘乃。予定日より二週間も早かったから、小さくてね」

アルバムの最初のページには、ぎこちない手つきで赤ん坊を抱く若き日の秀継の写真が貼られている。

「紘乃は子供の頃、病気ばかりしていてね。これは退院した時に、病院の前で撮ったんだ。こっちは庭で、その日にもらってきた子犬のシロと撮ったやつで――」

口元を緩ませた秀継がアルバムをめくりながら、それらの写真がいつ、どんな場面で撮られたものかを延々と説明する。空いた食器をシンクへと運びながら、寿江が「ごめんなさいね」と苦笑交じりに詫《わ》びた。

「最近はお酒を飲むと、ああしてしょっちゅう紘乃の小さい頃のアルバムを見てるのよ」

いずれは地元に帰ってくると思っていた一人娘が東京住まいの男と結婚を決めたことが、よほど寂《さび》しいのだろう。それでも娘婿のために、この家でドラマ撮影を行うことを許可してくれたのだ。その婿の後輩である私たちとしては、秀継の気が済むまで付き合うしかない。

紘乃の七歳の誕生日に、友達を呼んで誕生会をした時の写真。小学五年生の時の、家族キャンプの写真。中学校の入学式の日の朝に、セーラー服姿の紘乃を玄関前に立たせて撮った写真――。アルバムの最後のページがめくられるまで、秀継が語る紘乃との思い出に耳を傾けた。失礼なことに、阿南は途中から考え事をしている様子で上の空となっていたが、私はきちんと相槌を打ちながら、三十分近くもそうして話を聞いていた。

夜八時を過ぎ、秀継が眠たそうにし始めたので、そろそろお暇《いとま》しますと告げて客間で荷物をまとめることにした。説明に使った資料を仕舞っていると、遅れて阿南が入ってくる。

「佑季さん、ちょっと見てほしいものがあるんです」

いつになく真剣な顔で訴えた阿南は、先ほどの紘乃のアルバムを手にしていた。

「何？　変なものでも写っていたって言うんじゃないでしょうね」

オカルトマニアの彼のことだ。心霊写真が紛れていたとでも言い出すのではないか。だがそうした写真の大体が光の反射や埃の写り込みであったり、フィルムの二重写しであったり、何かが人の顔のように見えるという思い込みの類であることは、心霊番組を制作してきた私にとっては周知のことだ。それに見せてもらった写真に、そのようなおかしなものはなかったはずだ。

しかし阿南は、硬い表情できっぱりと答えた。

「ええ、変な写真が何枚もありましたよ」

断言すると、座卓の上でアルバムを開く。そして写真を指差し、張り詰めた声で告げた。

「これ、おかしくないですか。犬が全部、違うんです」

阿南が何を言わんとしているのか、よく分からなかった。ただ犬という言葉に、飼い犬が写っているそれぞれの写真を見返した。

三歳くらいと見える紘乃と一緒に写っているのは、秀継がシロと呼んでいた、白い雑種の子犬。

誕生会の写真で友達に囲まれてソファーに座る紘乃の膝《ひざ》に載っているのは、茶色のポメラニアン。

家族キャンプの写真で紘乃の足にじゃれついているのは、成犬と思しき柴犬《しばいぬ》。

中学校の入学式の日の写真で、玄関先の犬小屋の前に寝そべっているのは、コリー犬だった。

ざわりと皮膚が粟立《あわだ》つのを感じた。写真の飼い犬の犬種が、どれも違っている。

「何頭かの犬を、同時に飼ってたんじゃないの」

「それは考えにくいです。どの写真も、一匹だけで写っているでしょう」

すがりつこうとした考えを、阿南が打ち消す。

三歳から中学校に入学するまでの十年近くの間に、そんなに飼い犬が《代替わり》することがあるだろうか。

「アルバム、返してきて。もう出なきゃ」

上擦る声で、阿南に命じる。ちりちりと胃が焼けつくような激しい不安に駆られながら、もどかしく書類ケースを閉じた。どうしてそのような事態が起こり得たのか。無遠慮だからという以上にただ恐ろしくて、白土夫妻に尋ねることはできなかった。


車に荷物を積み込み庭先まで見送られて白土家を出たのは、午後八時半のことだった。夫妻に丁重にお礼を伝え、空き地に停めていた社用車を発進させると、阿南の運転で東京を目指す。

集落は街灯が少なく、しばらくはヘッドライトの光が頼りだったが、県道に出ると道も広くなり走りやすくなった。この時間でもまだいくらか車通りがあり、阿南は充分な車間距離を取って進んでいく。

行きの車中では延々と怪談の音声ファイルが再生されるのに辟易《へきえき》したが、阿南はカーオーディオを切ったままだった。何か考えに耽《ふけ》っているように、無言でフロントガラスの向こうを見つめている。

静かなエンジン音だけが響く車内で、私は今日起きたことをぼんやりと思い返していた。白土家を案内されて目にしたもの、阿南や夫妻とのやり取りを、整理のつかないままに頭の中で並べ上げる。

阿南が語った《鬼眼の家》の言い伝え。

二階に上がれない蔵。

十二歳で命を落としたと思われる、六名もの男児の位牌。

意味不明な記号が描かれた不気味な経文。

そして何頭もの異なる飼い犬の写真——。

もう一つ、気にかかっていたことを思い出した。白土家とはなんの関係もないが、夕食時に秀継が持ち出した再現ドラマの話。あれはどういう事件だったのだろう。スマートフォンを出すと、《医師》《冤罪《えんざい》》で検索をかけた。

該当する事件の記事はすぐに見つかった。それは二年前に起きた殺人事件が発端となっていた。東京都杉並《すぎなみ》区の自宅アパートで在宅看護を受けていた男性が心不全を起こし、病院に運ばれたのち死亡が確認された。その後の調べで男性の血液中から大量に投与すると心不全を引き起こすバルビツール酸系睡眠薬の成分が検出され、男性の主治医だった訪問医が逮捕されたのだ。だが十日間の勾留《こうりゅう》ののち、医師には薬物を投与する機会がなかったことが判明し、釈放された。真犯人はいまだ捕まっていない。

さほど興味を惹《ひ》かれることもなく画面をスクロールしていた時だった。不意に現れた関係者の名前を目にして、驚きのあまりスマートフォンを取り落としかけた。息が詰まりそうな胸騒ぎに襲われ、強く目を閉じる。

なぜ、ここでこの名前が出てくるのか。混乱しながら、なんとか気持ちを落ち着けようと浅い呼吸を繰り返す。

当初、医師に殺害されたと見なされていた、在宅看護を受けていた被害男性――。

ニュース記事には『砧三郎』と、その名が記されていた。

七

山梨の白土家から戻った翌日の午後四時。私は阿佐ケ谷《あさがや》駅前のファストフード店を訪れていた。前日に出張ということで半日の勤務で、打ち合わせた内容をまとめたり、報告書を書いたりと簡単な書類仕事をしただけで退社できた。

一階のテーブル席でアイスコーヒーを飲んでいると、自動ドアが開き、通塾リュックを背負ったすらりと手足の長い少年が入ってきた。店内を見回し、私と目が合うと八重歯を覗かせて笑う。

「昴太、何か食べる？」

「塾で晩ご飯食べるから、ポテトとナゲットとオニオンリングだけでいい」

この時間にそんなに食べて夕飯が入るのかと小六男子の食欲に呆《あき》れながら、向かいの席に昴太を着かせてカウンターに向かった。注文したサイドメニューとジンジャーエールを受け取り、テーブルに戻る。

「珍しいね、佑季さん。阿佐ケ谷まで来るの、久々じゃない？」

ナゲットのソースにポテトをつけながら、昴太が尋ねる。

「たまたま中央線で行くところがあったから、ついでに昴太の顔でも見ようと思って。お父さん、今日は千葉でしょ」

「うん。凄い朝早く出かけていった」

小隈は今日は千葉のショッピングモールでロケの予定で、顔を合わせることがなかった。ちなみに阿南は午後出社だったのでちょうど入れ違いとなり、挨拶程度の会話をしたのみだったが、相当眠たそうな様子だった。

「勉強の方はどう？　もう志望校とか決まったの？」

「第一志望はまだD判定。塾の先生は最後まで諦《あきら》めるなって言うけど、俺はもう受かればどこでもいい」

頬張ったポテトを飲み込むと、投げやりに言ってストローに口をつける。昴太の少し厚めの唇は、母親の美津と同じ形をしていた。

美津は大学の三年上の先輩だった。モデルのような長身にはっきりとした目鼻立ちという華やかな印象の彼女が、同じ映像研究サークルのOBである小隈と付き合うことになったと聞いた時は驚いたものだった。童顔で背の低い小隈は、親しみやすい外見ながら映画の話になると少々偏屈なところがあり、女子学生から敬遠されていたのだ。

私は小隈とはコーエン兄弟やデヴィッド・フィンチャー、クリストファー・ノーランなど映画の好みが似ていて、美津と三人それぞれ年度は違ったが、妙に馬が合って行動をともにすることが多かった。学生時代から一緒に作品を撮ったり、しょっちゅう誰かの家で飲んだりと、親しく付き合っていた。美津と小隈が結婚し、その二年後に昴太が生まれてからも、そうした関係は断続的に保たれていた。

「昴太、最近髪切ったのいつ？　前髪ちょっと長すぎじゃない？」

三つ目のオニオンリングをつまんだ昴太の、美津に似てふんわりとした明るい色の髪をつつく。「え？　いつだっけ」と昴太は色素の薄い切れ長の目を細めた。その目元も美津にそっくりで、昴太が保育園時代、よく女の子に間違われていたことを思い出した。

美津が亡くなった当時、昴太はまだ四歳で、死を理解していなかった。小隈が仕事で帰れず私が預かることになると、昴太はご飯を残さず食べ、お風呂《ふろ》では一人で体を洗い、夜八時には布団に入った。いい子にしていれば、母親が戻ってきてくれると信じていたのだ。

「好生さんに似て好き嫌いは多いし、夜はいつまでも寝ないの。好生さんが買ってくれた仮面ライダーのＤＶＤをエンドレスで観てるんだから」

美津は常々愚痴《ぐち》交じりに語っていた。私に対しても、よく子供らしいわがままを言って困らせていた。美津の死後、そんなふうにまったく手がかからなくなった昴太といると、胸の中が冷えていくような思いがした。

時間とともに、母親はもう帰ってこないと分かり、昴太はお母さんに会いたいと何度も泣いた。だが徐々に涙を見せることは少なくなっていった。小学校の高学年になる頃には、うちで預かる必要もなくなった。現在では友達と遊ぶことと携帯ゲームが何より好きな、ごく普通の明るい少年に育っている。身長も大人の私に届こうとしていた。

心配なのは小隈のプロットと現実との符合と、そしてあの奇妙な夢の件だけだった。

「――昴太、ちょっと前のことなんだけど、点滴の夢を見た時のこと、覚えてる？」

話を持ち出すと、昴太はなぜそんな昔のことをというように、不思議そうにこちらを見返した。

「小四だっけ。佑季さんにメッセージ送ったよね。また《涙の夢》を見たって」

「あの夢を見た時のこと、今も覚えてるなら、詳しく教えてほしいの。私が担当してるドラマの企画で、変わった夢の話をやろうと思ってるんだ。アイデアを出すのに、ヒントになればと思って」

軽い調子で尋ねると、「えー、でもメッセージに書いたこと以外、覚えてないけど」と困ったように視線を上に向ける。

「あの夢に出てきたのは、点滴の袋とスタンドだけ？　それ以外に何も見てない？」

「見てないと思う。あとは白い天井くらいかな」

「夢自体の話じゃなくてもいいの。その頃に印象的なニュースを見たとか、変わった話を聞いたとか、何か覚えてない？」

「なんか、そういうのが影響して、夢を見たんじゃないかっていうこと？」

怪訝そうな昴太の表情に、質問の仕方が悪かっただろうかと別の言葉を探したその時、

「あ」と昴太が、何かを思い出したように声を上げた。

「確かあの夢を見た前の日に、体育の授業で捻挫《ねんざ》して病院に行ったんだよ。お父さんに夢の

ことを話した時、そのせいで点滴の夢なんか見たんじゃないかって言われたんだ」

腑《ふ》に落ちたというように、昴太はほっとした顔になる。

「その捻挫した日、いつだったか覚えてない？」

尋ねると、連鎖的に当時の記憶が蘇《よみがえ》ってきたのか、「ゴールデンウイークの直前だった」とすぐに答えが返ってくる。

「捻挫したせいで、遊びに行けなくてがっかりしたのを覚えてる。だから四月末だよ」

あの殺人事件が起きたのは、ゴールデンウイーク明けの五月六日のことだ。そして現場となったアパートの住所は、昴太の通う小学校のすぐ近くだった。

夢を見た時点で、昴太が事件の被害者の名前を知っていたはずがない。昴太は自身の周辺で起こる事件を予知し、夢に見たということなのだろうか。

「そのあと、点滴に書かれていた名前をどこかで見たことない？　ニュースとか新聞とか」

どうにか平静を装って確かめる。昴太は「ううん。見てない」ときっぱり否定した。ということは事件のこと自体、何も知らないようだ。夢を見た経緯を思い出して安心したらしい昴太は、再びオニオンリングに手を伸ばしつつ、何気ない調子で言い添えた。

「前に佑季さんが教えてくれたけど、やっぱり夢って記憶から作られるんだね。なんか最近《涙の夢》を続けて見ちゃってさ。勉強のストレスとかでやられてんのかもって、気にしてたとこだったんだ」

不穏な告白に、胸の奥がざらつくのを覚えながら、どんな夢だったのかと尋ねた。昴太はあっけらかんとした調子で話し始める。

「一つ目は前にも話した、誰かに食べられる夢だよ。そういえばあの夢、何回か見てるけど、最初に見た時とちょっと変わってきてるんだ」

「変わってきてるって？」

それも私にとっては初耳だった。昴太が初めて見た《涙の夢》である《知らない人に食べられる夢》は、よほど印象的だったのか、以降も同じ夢を見たことがあるとは聞いていた。しかし変わってきているとはどういうことなのか。昴太は私の問いかけに、「ちょっと説明が難しいんだけど……」と眉根を寄せて口を開く。

「最初に見た時は、自分を囲んでいるのは知らない人たちだと思ってたんだけど、知っている人も交じってるような気がするんだ。でもその中に、自分の探してる人はいなくて、ただどうしてもその人に会いたいって思うんだよ。それが誰なのかも分からないんだけどさ」

かなり漠然とした話だが、いくらかは理解できた。《知らない人》が《知っている人》に思えてきたのは、単に何度か同じ夢を見ているせいかもしれない。だが誰かに会いたいと思い、探しているという感覚はなんなのだろう。しかもそれは、自分が囲まれて食べられているという状況下でのことなのだ。いくら夢だとしても、ずいぶん不可解な心情だった。

「まあ、そっちの夢はいいとして――もう一つの方がさ」

考え込んでいると、昴太が声のトーンを落として切り出した。続けて見たという別の夢のことのようだ。目を伏せると、話すのをためらうように小さく息をついて告げる。

「なんか、気持ち悪い夢だったんだよ」

絞り出すように発した言葉に、とてつもなく嫌な予感がした。手のひらに汗がにじみ、ざわざわと心が波立つ。

「気持ち悪い夢って？」

動揺を抑えて問うと、昴太は表情を曇らせて答えた。

「どこかの蔵みたいなところに、凄く大きい女の人と、一緒にいる夢」

ぐっと胸を潰《つぶ》されるような感覚がして、呼吸が苦しくなる。

「凄く大きい女の人っていうのは、どういうふうに大きいの？　太っているとか、背が高いとか？」

正体不明の恐怖に包まれ、なんとか声が震えないようにこらえて尋ねた。昴太は自分でもよく分からないというように首を傾《かし》げる。

「いや、体型とかは普通なんだけど、とにかく手も、頭も、凄く大きいって感じるんだよ。上手く言えないんだけどさ」

ということは、標準的な体型のまま、尋常でなく体格が大きいということなのか。想像して、そんな人間がいるものだろうかと背筋が寒くなる。

「女の人の……顔は見た？」

「うん。そばに大きな窓があって、日差しでちょっと逆光になってたけど、ちゃんと見たよ。知らない人だと思ったけど、今考えると、前にどこかで見てたのかな。そんな気がしてきた。それにやっぱり、あの夢を見たのにも理由があったんだ」

昴太は自身に言い聞かせるように語ると打ち明けた。

「それって、お父さんと紘乃さんの実家に挨拶に行った日に見た夢なんだ。白土さんのおじさんとおばさんに庭にある蔵を見せてもらったから、それであんな夢を見たんだと思う」

あの家の蔵で、大きな窓があるのは二階だけだ。だが梯子がないため、二階に上がることはできない。だから昴太が蔵の二階を見られたはずがない。

医師が冤罪で逮捕された殺人事件の被害者の名前と同様に、昴太はやはり、見たはずのないものを夢に見ている。いったいこれは、どういうことなのか。

《鬼眼》――普通の人には見えないものが見える力のことを、そう呼ぶのだと阿南は言った。でも昴太が見たのは夢だ。さまざまな記憶の断片が繋ぎ合わされて、偶然そんな光景になっただけかもしれない。

しかし……と、私は美津の面影《おもかげ》を偲《しの》ばせる昴太を見つめたまま、不安とも疑心ともつかない何かが胸の底で重く渦巻くのを感じていた。

小隈はどういった理由で、自分や昴太の置かれた状況と重なるようなプロットを書いたのか。『赤夜家の凶夢』に登場する呪いは、実のところ白土家にまつわる言い伝えを元にしているのか。だとしたら小隈はなぜ、紘乃との再婚を決めたのか――。

「でもさ……」と続けた昴太の声で我に返る。笑顔を作り、「何?」と先をうながした。

「お父さん、夢の話をすると、いつも変な目で俺を見るんだよ。まあ、変なこと言ってるのは、俺の方なんだけど」

言葉を切り、心細げに眉を下げる。苦いものを口にしたように、昴太は片頰を歪ませて言った。

「なんか、自分とは違う異物でも見ているみたいな、そんな目で」

瞬間、胃を摑まれたような感覚がして、身を硬直させる。

もしかすると小隈は、あのことを知ってしまったのではないか。

亡くなった美津が七年前、からかうような言い方で、けれど縋《すが》るような苦しげな眼差《まなざ》しで、私に投げかけた言葉――。

「実は昴太は、好生さんとは血が繋がってないって言ったら、どうする?」

第二章

一

小隈と昴太は、血が繋がっていない。

美津がそう匂わせるようなことを告げたのは、七年前、交通事故で亡くなる二週間前のことだった。

卒業と同時に小隈と籍を入れた美津は、新卒で採用された広告代理店の求人広告を制作する部署で、営業社員として働いていた。飲食店や服飾、美容関係など様々な店舗を回って受注を取らなければならず、その頃は小隈に負けず忙しそうだった。それでも結婚二年目にして二十四歳で昴太を出産し、産休を経て職場復帰してからは、保育園のお迎えに間に合うよう、仕事量を調整してもらえたらしい。

美津が社会人になってからは、たまにメッセージのやり取りはあったものの、実際に会って話す機会は少なくなった。だが私が小隈と同じキュープロに就職してしばらくすると、昴太の出産祝いを贈ったり、家事や育児の手伝いに行ったりと、交流することが増えた。

美津は東北の出身で、幼《おさな》い頃に母親と死別し、また昴太が生まれた翌年に父親を亡くしたため、頼れる親族はいなかった。小隈の実家は九州と遠方のため手を借りることができず、初めての育児に相当苦労しているようだった。

そのせいもあったのだろうか。亡くなる少し前、美津はずっと何かに思い悩んでいる様子だった。そこで気晴らしになればと、昴太と三人でテーマパークに行こうと誘った。アトラクションやパレードを楽しみ、一日遊んで回ったその帰りの車内で美津がぽつりと、昴太の出生にまつわる秘密を仄《ほの》めかしたのだ。

昴太は後部座席で疲れて寝入っていた。なぜそんなことをと発言の真意を尋ねたが、美津は力なく首を横に振っただけで、それ以上何も話そうとしなかった。

真偽を聞けないままに、翌月、美津は一人で車を運転中に電柱に衝突する自損事故を起こし亡くなった。かなりのスピードが出ていたとのことで、ハンドルに胸を強く打ち、心不全を起こしたのだという。

もしも本当に小隈と昴太が血縁関係にないのだとしたら、そのことを小隈は知っているのだろうか。確かめることができずにいるうちに、七年が過ぎていた。

だが昴太が異物を見るような目で見られたと語ったこと。そして小隈が『赤夜家の凶夢』の企画を立てた意図が分からないことに、私は言いようのない不安を感じていた。

阿佐ケ谷駅前のファストフード店で昴太と別れたあと、新宿まで戻り、阿南にメッセージを送った。私と同じく半日勤務だった阿南は、まもなく退社するところだという。私は阿南を夕食に誘い、歌舞伎町《かぶきちょう》のバルで待ち合わせた。

「白土さんの家で夕飯をご馳走になってからずっと、赤ワインが飲みたかったんですよ」

サラダバイキングと飲み放題が安くつけられるというので、以前職場の飲み会でも来たことのある店だった。阿南は最初からワイン、私はビールを頼んでいた。前菜の生ハムやチーズをつまみながら、まずはお互い昨日のロケハン出張の労をねぎらう。

「車を会社に返した時には、日付が変わってましたからね」

阿南はまだ寝不足だというように目をこする。昨晩は二人とも終電には間に合わず、タクシーで帰ったのだった。阿南は小隈と同じく中央線沿いの荻窪《おぎくぼ》に、私は川崎《かわさき》に住んでいる。

「そういえばあの経文、歴史学の先生に見てもらうって言ってたよね。もうお願いはしてあるの？」

「ええ、深夜でしたが、帰ってすぐに画像データを送っておきました。今のところ、まだ返信はないですけれど」

自身も興味があることなので、いつにも増して行動が早い。私は後日分かったことを教えてくれるように頼むと、通りかかったスタッフに飲み物のお代わりを注文した。

「ところでさ、今回の『赤夜家の凶夢』って、旧家の呪いに加えて夢が重要な要素になってくるじゃない。阿南君はオカルト関係強いけど、夢についても詳しかったりする？」

阿南が注文した二杯目の赤ワインと私のスパークリングワインが届いたところで、彼に意見を求めるべく切り出した。小さなドライフルーツを取り分けようと苦心していた阿南は、トングを下ろすと少しばつが悪そうに「いいえ」と答える。

「夢については、僕はオカルトというより、心理学の領域だと捉えているんです。それこそ、人の頭の中だけで起きていることではないかと――でも、夢が絡む怪談や都市伝説ってそこそこあるんですよね。小泉八雲《こいずみやくも》の『怪談』に収録されている《安芸之助《あきのすけ》の夢》とか、二千人近い人の夢に現れたという謎《なぞ》の男《THIS MAN》とか」

それだけ知っていれば充分だと感心しつつ、私は阿南に昴太の《涙の夢》について、今日までに新たに分かったことを語って聞かせた。

点滴のラベルにあった名前が、昴太の通学路で起きた殺人事件の被害者の名前であったこと。

だがその事件が起きたのは夢を見た数日後で、昴太は被害者の名前を絶対に知りようがなかったこと。

また《知らない人に食べられる夢》を見た際の印象や心情が、最初の頃とは変わってきていること。

そして昴太が白土家を訪れ、蔵を案内してもらった日の晩に、《蔵の中に凄く大きい女の人と一緒にいる夢》を見たこと――。

「しかもその場所が、蔵の二階としか考えられないんだ。大きな窓から日が差し込んでいたって昴太は言ってたの。一階の窓は小さいし、松の木の陰になっててほとんど日は入らないでしょう」

彼にすればそれくらいの怪異は珍しくないのか、阿南はさほど驚いた素振りも見せず興味深そうに身を乗り出して聞いていた。しかし蔵に関する夢の話になると、納得いかなそうに首を傾げた。

「蔵を見せてもらった当日のことだから白土家の蔵だと思ったのでしょうが、過去にどこか別の蔵を見たことがあって、そんな夢を見たとは考えられませんか」

「昴太の夢が、普通の夢だったら、私もそう思ったよ」

だが昴太はこの夢を見た時、悲しいという感情はないのに涙を流したのだ。

「昴太も、夢に登場するものは、以前自分がどこかで見たものの記憶の断片だって思い込もうとしていた。でも点滴の夢では、絶対に見たはずのないものを見ている。昴太の《涙の夢》には、何か特別な力が関わっている気がするの」

阿南はグラスを置くと表情を引き締めた。白土家へ向かう車中で、呪いが存在するかどうか阿南と議論したことを思い出す。あの時、呪いなどないと断言した私が、今は特別な力の存在を主張している。

「もしかしたら昴太は、いわゆる《予知夢》を見たんじゃないかな。これから自分の周囲で起きることを、夢として見るってやつ」

それが《涙の夢》の正体なのではないか。私はそう考え始めていた。

「阿南君は昴太の夢の話を聞いて、昴太が《鬼眼》――普通の人には見えないものが見える力を持っているんじゃないかって言ったよね」

「はっきりとそう言ったつもりはありません。佑季さんは、昴太君に特別な力があるという確証が欲しいんですか」

そういうわけじゃない、と否定する。

「ただ昴太の身に悪いことが起きるんじゃないかって心配なの。昴太のためにも、今置かれている状況をきちんと把握したい。私には阿南君みたいな知識はないから、見たものを常識に照らして判断することしかできない。だから助けてほしいの」

「それ、僕が非常識だって言われているように聞こえますね」

そうだとも言えず口ごもると、阿南は苦笑した。

「佑季さんの気持ちは分かりました。僕にとっても昴太君はお世話になっている小隈さんの息子さんだし、危険な目になんか遭わせたくないですよ」

ぼさぼさの前髪の下の黒目がちな瞳が、じっとこちらを捉える。

「僕で良ければ、この件について今後も一緒に考えさせてください。色々と、通常では手に入らないような情報を集めることもできますから」

柔らかな口調でそう告げると、阿南はまばらな口髭を撫でてうなずいた。このマオカラージャケット姿の風変わりな後輩が、初めて頼もしく思えた。


前菜が片づくとローストポークの皿が運ばれてくる。阿南にならって、私も次は赤ワインにした。甘酸っぱいソースのかかった厚切りの肉を頬張りつつ、私は白土家について、現時点で分かっていることや疑問点を整理しようと提案した。

「まず私が一番気になっているのは、あの位牌のこと」

寿江は亡くなった男児などいないと否定していたが、あの位牌には表と裏を合わせて六人の——おそらくは十二歳で亡くなった子供の名が彫られていた。少なくともそれだけの人数が命を落としているのだ。

「男児が亡くなるか行方不明になるという呪いが本当にあるとすれば、昴太君にもそれが降りかかることになりますからね。でも、もしそうだとしたら、小隈さんはどうして紘乃さんとの結婚を決めたんでしょう」

腕組みした阿南が眉を曇らせる。七年前に美津が仄めかしたあの件を明かすわけにもいかず、私はうつむいた。

「加えて僕が気になるのは、あの蔵の二階です。あそこには何があるんでしょうね。あるいは、誰がいるのか――」

阿南が放った言葉にぎょっとして顔を上げる。

「まさかあそこに、誰かが住んでるって言いたいの？」

「住んでいるというより、囚《とら》われていると言った方が正しいかもしれません。いわゆる座敷《ざしき》牢《ろう》ですね。誰なのかは分かりませんが、人目につかないようにあの場所に押し込められている人物がいるのではないでしょうか」

そんなわけはないと反論する。

「だってあの時、寿江さんは埃が苦手だからって外で待ってたけど、私たちは蔵の中に入ってるんだよ。でも二階から声や物音なんて聞こえなかった。誰か囚われている人がいたなら、助けを求めたはずだよ」

「決して音を立てないようにと脅されていたのかもしれませんよ。または薬で眠らされていたとか。秀継さんは医師ですからね。そうした薬も手に入りやすいでしょう」

夫妻と和やかに夕食をともにしながら、そんなことを考えていたのか。変わり者ではあっても人当たりのいい後輩と見なしていただけに、急に彼のことが恐ろしく思えてきた。

「それとやはり、犬のことが気に掛かりますね。佑季さんは《犬神《いぬがみ》》についての知識はありますか」

「犬神って、『犬神家の一族』の、あの家のこと？」

最近は海外ミステリーを好んで読んでいるが、横溝正史《よこみぞせいし》や江戸川乱歩《えどがわらんぽ》、夢野久作《ゆめのきゅうさく》といった国内の古典は大体読んでいた。いや、全然違います、と真顔で否定すると、阿南はワインのお代わりを注文してから口を開いた。

「犬神の力を借りることで、家を繁栄させることができるという古くからの言い伝えがあるんですよ」

「よく分からないけど、白土家が犬を何頭も飼っていたのはそのためだって言いたいの？」

運ばれてきたワインを一口飲むと、阿南は「ある意味ではそうかもしれません」と、なぜか暗い目で続ける。

「これは実際に犬神の力を得られるとされている方法なのですが……まずは犬を首から上だけ出した状態で、土に埋めます」

凄《すさ》まじく嫌な話を聞かされる気がしてきて、ごくりと喉が鳴った。顔が強張るのを感じながら、「それで？」と、うながす。

「そのあと、動けない状態の犬の目の前――届かないぎりぎりの位置に餌《えさ》を置き、食べ物も水も与えずに犬を衰弱させます」

なんのためにそんなことをするのかとは尋ねなかった。祈るように両手を強く組み合わせ、結末が語られるのを待った。

「犬はどうしてそんな仕打ちを受けるのか分からず、吠《ほ》えかかろうとしますが、動くことができません。ひたすら苦しみ続け、犬の恨みや憎しみが頂点に達したと思われたところで、その犬の首を刎《は》ねます」

思わず声が漏れそうになるのを、どうにかこらえる。

「その怨念《おんねん》がこもった犬の首を祀《まつ》ることで、呪法《じゅほう》を行った者に犬神の力が宿ると言われていたそうです」

しばし呼吸をするのを忘れていた。ようやく息を吐くとグラスに口をつけ、気持ちを落ち着けてから確かめた。

「つまりあのアルバムの犬たちは、犬神の力を得るのに利用されて死んだって言いたいの？」

「十年の間に何頭も犬が代替わりしていると分かった時に、その言い伝えを連想したというだけです」

アルバムを見せながら紘乃の子供時代の思い出を語る秀継の姿を思い浮かべる。娘が小さい頃はしょっちゅう病気をして大変だったということを、なんだか惚気話《のろけばなし》のように語っていた。寿江はそんな夫にワインのお代わりを注いでやりながら、私たちにも食事が足りているか尋ねたり、デザートを出してくれたりと、親切にもてなしてくれた。二人とも、とてもそのような残酷な行為をする人物とは見えなかった。

「私には、白土夫妻がそんなことをしたなんて考えられない。もし本当にあの犬たちが殺されたのなら、アルバムに写真を残したり、まして他人に見せたりはしないんじゃないかな」

ほとんど印象にすぎないが自分なりの見解を述べると、「まあ、そうですよね」と阿南はあっさりと同意した。

「僕も昨日のお二人の様子からして、そこまでのことをするとは思えませんでした。けれど一般的な犬の寿命を考えると、異常な事態が起きているのは間違いありません。それとなく探ってみた方がいいと思います」

先ほど聞いたおぞましい儀式は執り行われていないという結論に安堵しながらも、やはり白土家には何か不穏な秘密がありそうだと、今後のことを考えて気が重くなる。

昴太の身の安全の心配に加えて、私たちは来月あの家で二日間の撮影ロケをすることになっている。もしトラブルがあれば、ここまで計画を立てて段取りをしてきた企画が、立ち行かなくなる可能性もあるのだ。その点を改めて阿南に訴える。

「もう俳優さんや技術さんの手配も済んで打ち合わせを進めてるし、取引先に迷惑をかけるわけにいかないの。キュープロ社員としても、滞りなくロケができるように協力してね」

「ええ。『赤夜家の凶夢』は旧家の因習を題材としたありがちな設定のホラーモキュメンタリーではありますが、切ない家族愛を描いた良作だと思います。必ず形にして世に出せるように頑張りましょう」

私の脚本に対してやや上から目線な評価を加えつつ、阿南は乾杯をするようにグラスを持ち上げた。

それから二人でこれまでに検討した仮説を整理するうち、再び昴太の夢の話になった。

「点滴の夢のことだけど、白土さんの旦那《だんな》さんが事件の再現ドラマの件を言い出さなければ、気づかないままだったかもしれない」

帰り道にちゃんと検索して良かったと胸を撫で下ろすと、阿南も「偶然に救われましたね」とうなずく。あれから自身でも事件について気になって調べたとのことだった。

「その事件、誤認逮捕された医師は釈放されたものの、真犯人は捕まっていないんですよね。しかも同じ薬物を使った事件が以前にもあったとか」

他にも同様の事件が起きていたとは知らなかった。詳細を尋ねると、「そちらは五年近く前の話らしいです」と概要を教えてくれた。

「吉祥寺《きちじょうじ》で起きた事件なんですが、交差点で対向車線にはみ出した軽自動車がトラックと正面衝突して、軽自動車を運転していた男性が亡くなったんです。その男性の体から、心不全を引き起こす薬物が検出されたらしくて……バルビツール酸系の睡眠薬だったんですけど、男性がそのような薬を処方された記録はありませんでした」

知らず、手にしたフォークを握り込んでいた。「それ、どういうこと?」と、上擦る声で質す。

「つまり、病死に見せかけて被害者を殺そうと考えた犯人が、前もって薬を飲ませたってことですよ。バルビツール酸系の薬物には睡眠薬や鎮静剤、抗不安薬などだけでなく、動物の安楽死に用いられるものもありますから、通常の用量を超えて飲ませたのではないでしょうか。被害者はそれを知らずに車を運転し、心不全を起こして亡くなった……いや、最終的に命を奪ったのは、事故による外傷の方かもしれませんが。いずれにせよ、相手のトラックの運転手が無事で、他に被害者がいないのが救いでしたけれどね」

量を誤れば心不全を起こす睡眠薬を飲まされ、それが原因で事故死した――もしそんな事態が実際に起きた場合、検視で見過ごされるということはあり得るだろうか。

美津はいつも安全運転だった。あんなふうにスピードを出しすぎて電柱にぶつかるなんて考えられなかった。でもあの頃は何か酷《ひど》く思い悩んでいるようだったから、きっと気づいたらスピードが出てしまったのだと、そう信じようとしていた。だが――。

私の様子がおかしいのに気づいたのだろう。阿南は怪訝な顔で、どうかしましたかと尋ねてきた。

なんでもないと、どうにか笑顔を作る。こんなただの妄想を、何も証拠がないのに語る勇気はなかった。

今からでも、確かめる方法はあるだろうか。

美津の死は、本当に事故死だったのか――。

二

阿南と歌舞伎町で飲んだ二日後、白土家で確認した間取りや撮影可能な場所を踏まえ、香盤表の最終稿を完成させた。それをもとに、プロデューサーの小隈と撮影に同行するもう一人のディレクターの渡瀬《わたせ》修《おさむ》の三人で会議室に集まり、ミーティングを行った。

「二日間で撮影を終えるために、私と渡瀬さんとで班を分けて、場合によっては同時進行で二つのシーンを撮っていくようになります」

事前に送っておいた香盤表のファイルをそれぞれ手元のノートパソコンに表示させ、当日の流れを確認する。

来月のロケに参加するのは俳優が子役を入れて七名、委託した技術スタッフとして音声とカメラが各二名とメイク二名、そしてキュープロからはプロデューサーの小隈、ディレクターの私と渡瀬、アシスタントディレクターが阿南を含め六名という人員構成で、ロケ車二台に分乗して現地に向かうことになっていた。

「じゃあ現地に着いたらまずはADたちに撮影に使う部屋の貴重品の撤去や養生をしてもらいつつ、俺と杉田と渡瀬とで技術スタッフと実際の動きを打ち合わせる。その間に俳優さんたちには衣装やメイクなんかの準備をしてもらうって感じかな」

「ええ、それで大丈夫だと思います」

相談しながら小隈と渡瀬の意見を取り込み、香盤表に反映させていく。時間と場面、撮影場所の表は、それぞれ出演する俳優が分かるように色分けしてあった。その備考欄に、アシスタントディレクターにやってもらう作業を追加で書き込む。一応フォーマットはあるのだが現場によってまったく状況が異なるので、なかなか骨の折れる作業だった。そのあとは各自気づいた点など、細々したことを確認し合う。

「蔵の中の場面なんですが、窓が小さくて日陰になっていて、ちょっと光量が足りないみたいなんです。ケーブルを引っ張ってきてライトを当てないといけなそうで」

「そっか。蔵の中は電源なかったもんな。じゃあ長めのやつを一本持っていくか」

機材の方は渡瀬が取りまとめて準備してくれるとのことで助かった。渡瀬とは同期入社だが同業他社からの転職組で、私より年齢もキャリアも二年ほど上だった。今回は私がチーフディレクターを務めることになったが、渡瀬にサポートでついてもらえるなら何かと安心だ。小隈もそう考えてディレクターを二人体制としたのだろう。

ミーティングを終え、渡瀬はこのあとにオンラインでの打ち合わせがあるからと席に戻っていった。続いて会議室を出ようとした時、「杉田、今ちょっといいか？」と小隈が声をかけてきた。特に急ぎの用はなかったので承諾すると、わざわざ備えつけのマシンでコーヒーのお代わりを淹《い》れてくれる。

「一昨日、ありがとな。昂太、なんか色々ご馳走になったらしいじゃん」

カップを渡しながらお礼を言われ、ああ、そのことかと笑って手を振る。

「たまたまそっちに行く用事があって。昂太、すっかりお兄ちゃんになりましたね」

「いや、身長ばっかりでかくなってさ。しかも細いくせに、めちゃくちゃ食うんだよ」

ご飯の支度と食費が大変だという愚痴をこぼしたあと、「それでさ……」と少し声を落とした。

「昂太、また変な話をしてただろ？　蔵の夢の話」

小隈の方からその件を切り出されるとは思わず、驚きながらもうなずいた。

「受験のストレスもあるのかな。あの手の夢は前から見てるだろうに、あいつ、妙に気にしてさ」

昂太が《涙の夢》を見るのは昔からのことで、おそらく小隈の方がよく把握しているだろう。私に話していない夢の方が多いくらいなのかもしれない。

「小隈さん。昴太が初めて《涙の夢》を見た時のこと、覚えてますか」

私はあえてその話を持ち出すことにした。「忘れるわけないだろ」と返すと、小隈は机の上のカップから目線を上げる。

「美津の葬式の晩だったからな」

七年前――美津が亡くなったその日、昴太は普段どおり保育園に預けられていた。事故が起きたのは、夕方五時頃のことだった。

ロケ先で連絡を受けた小隈はすぐに病院に向かい、私に昴太を代わりに迎えに行ってほしいと頼んできた。周囲に事情を伝えて退社すると昴太を引き取り、病院へと急いだ。

まだ四歳だった昴太は、母親が死んだということを理解できていなかった。ベッドに横たわる美津に、「ママ、起きて」と何度も呼びかけていた。涙をこらえきれず、それでも息子の前で取り乱すまいと濡れた目で天井を睨んで立ち尽くす小隈を、昴太は不思議そうに見上げていた。

亡くなった二日後に通夜、その翌日が葬儀と決まった。美津が眠っているだけと捉えた昴太は、いつもと違う様子にとまどいつつも、一度として泣かなかった。岩手と長崎から美津と小隈の親族も駆けつけたが、誰もが昴太の誤解を解きたいとは思わず、説明する者はいなかったらしい。火葬の際、昴太にも最後のお別れはさせたが、収骨は怖がらせてはいけないと考え、立ち会わせなかったと小隈は語った。

そうして何が起きているのか分からないまま母親の葬儀が終わった翌朝、昴太が変な夢を見たと小隈に訴えてきた。それが《知らない人たちに食べられる夢》だった。

昴太はそのことを特に怖がってもいない素振りで、あっけらかんと話してきたらしい。だが頬には涙の跡が残り、枕やパジャマまで濡れていたという。

「知らない人に自分の体を食べられるっていうのは確かに不気味だけど、それで痛いとか苦しいなんて感じなかったみたいだし、そこまで異常な夢ってわけでもないよな。変わってるところと言えば、涙が出るっていうだけで」

小隈の見解に、そうですねと同意してみせる。小隈はどうやら夢のもう一つの特殊性——過去に見たはずのないものが登場するという点には気づいていないようだ。

「その最初に見た夢は、何度か繰り返して見てるんだ。蔵の夢の少し前にも見たって言ってたな。初めて見た夢だから、印象に残ってるんだろう。でもやっぱり怖い感じはなくて、むしろ懐かしいっていうか、安心した気持ちになるんだそうだ」

「昴太もこれまで、夢のことを特に気にしてはいなかったんですよね」

「だと思うよ。《涙の夢》を見た時は教えてくるけど、そんなに頻繁に見てるわけでもないしな。蔵の夢だって、久々に新しいのを見たくらいで」

そこまで言って小隈は言葉を止めた。

「あの夢を見る時、昴太の心の中では何が起きているんだろうな。やっぱり一度カウンセリングとか、どこかに相談に行った方がいいのかな」

そう漏らしてため息をつく様は、息子のことを心から心配しているようだった。

「——小隈さん。『赤夜家の凶夢』について、少し聞きたいことがあるんです」

腹を決めて切り出した。この作品を制作するにあたって白土家のことをどれだけ知っていたのか、さらには企画を立てた意図を、ここで確かめておきたかった。

「小隈さんのプロットによると、赤夜家に生まれた男児は十二歳でなんらかの形で命を落とすか、行方不明になる。そしてある時期から赤夜家には女児しか生まれなくなったため、長年婿を取ることで家を存続してきた……という設定になってますよね」

そうだな、と小隈は表情を変えずにうなずく。

「白土家も男児に恵まれない家系で、代々婿を取ってきたそうですね。それと先日のロケハンで、白土家の仏壇を拝見させていただいたんです」

言葉を切り、ぬるくなりかけたコーヒーを一口飲んでから続ける。

「享年十三、あるいは十四で亡くなった男の子の名前が六人分彫られた位牌がありました。満年齢だと十二歳だと思います。小隈さんはこのこと、ご存じでしたか」

小隈は無言で私の顔を見返していた。動揺している気配はない。知っていたのだと確信し、机に身を乗り出した。

「なんで紘乃さんと再婚するって決めたんですか。どういうつもりであんなプロットを書いたのか、説明してください」

強い口調で問い質す。重苦しい沈黙の時間が流れたあと、小隈は深く息を吐いた。そして嫌悪感をにじませた声で言った。

「杉田って、そういうの信じるタイプだっけ？　いい歳《とし》して恥ずかしくないか？」

かっと頬が熱くなった。なぜそんな言われ方をしなければならないのか。だがこちらの憤りを察することなく、小隈は淡々とした口調で続ける。

「紘乃との再婚を決めたのは、彼女が子供好きで、昴太の母親になりたいと言ってくれたからだよ。昴太も紘乃を気に入ってる。家族になるのに、それ以上の理由は要らないだろ」

言い返せず、それでも納得できずに黙っている私を一瞥《いちべつ》すると、小隈は呆れたように軽く肩をすくめた。

「まあ、お義父《とう》さんから白土家で昔、子供が何人か亡くなってるって話は聞いてるよ。だけどそれは因縁なんてものじゃない。杉田、位牌の年代を見たか？　全部昭和三十年代だったろう。戦後、医療や栄養状態が充分でなかった頃の話だ。お義父さんだって言い伝えみたいな非科学的なことは信じてないからな。隠す様子もなく教えてくれたよ」

確かに、すべてそのくらいの年代だったと記憶しているが、だとしたらほんの十年程度の間に、六人もの子供が、みんな十二歳で亡くなったということになる。

それに秀継は隠さなかったかもしれないが、寿江ははっきりとそれを否定していた。そうした話を聞いたことがないとまで言ったのだ。私にはなぜ寿江がかたくなに真実を伏せたのか分かった。秀継とは違い、寿江は恐れているのだ。小隈は起きている事態の異常性に気づいていないのだろうか。その点を指摘する。

「小隈さんの言いたいことは分かります。でも偶然、全員が十二歳で亡くなるなんておかしいでしょう。偏りがあるとは思いませんか」

反論しながら、阿南の言葉を思い出していた。《確率の偏り》――それこそが呪いなのだというのが、彼の主張だった。

小隈を正面から見据えると、言いようのない不安に声が震えそうになるのをこらえ、改めて問う。

「小隈さん……本当に、あの家、撮っていいんですか」

「白土家は呪われている。だから撮ってはいけないなんて言い出すんじゃないだろうな」

陰険な目つきで見返した小隈が、唇の端を吊り上げる。

「俺、フィクションとしてのホラーは好きだし、自分でも書くけどさ、そういう話は一切信じてないんだわ。昔から言ってるだろ？　ていうか杉田も前はそうだったじゃないか」

まさしく、以前の私は非科学的な事象を信じていなかった。私と小隈は否定派で、むしろ信じていたのは――。

「美津は結構そういうの気にするタイプでさ。自分でも色々見えるとか、声が聞こえるとか言い張って……付き合ってた頃は、あまり衝突することはなかったけど、結婚してから何度か喧嘩《けんか》になったんだ。昴太の保育園も、妙にこだわってあの野城保育園に行かせただろ？　教育方針が気に入ったって杉田には言ってたらしいけど、実際のところは違うんだ」

机に置いた自身の手元を、暗い目で見つめたまま続ける。

「こっちが納得するような理由も言わずに、昴太のためにそれが良いことなんだと押し切って、引っ越しまでしてあの園に通わせたんだ。確かにあそこは地元では評判が良かったけど、どこにでもある普通の保育園だよ。方針だって特に変わったところはない。占いなのか、方位なのか、何を根拠に決めたことか分からないけど、美津はそれすら話そうとしなかった」

まったく知らなかった美津の一面を今になって明かされ、どう受け止めていいのか分からなかった。美津がそこまであの保育園にこだわりながらも説明しなかった事情とは、なんだったのだろう。

「ちょうどその一年くらい前に、美津の父親が脳出血で急死したんだ。母親を早くに亡くして男手一つで育ててもらって、彼女は父親を強く慕っていた。だからそのショックもあって、変な考えに囚われるようになったのかとも考えたよ。でもそういうことが重なって言い合いになることが増えて、そのうちに、美津は塞《ふさ》ぎ込むようになって……」

小隈の声のトーンが低くなる。握り込んだ拳《こぶし》に、力が込められているのが分かった。

「小隈さん、もういいです。余計なことでした」

耐えきれず頭を下げる。美津を失った背景に、そんな夫婦の間での葛藤《かっとう》があったのだ。そのことも、私は美津から聞かされていなかった。

「でも昴太がどんな心理状況からああいう夢を見るのか、小隈さんも心配してるんですよね。カウンセリングを受けるのも手だと思います。私も何かできないか調べてみますから、良ければ昴太にあの夢のこと、もう少し詳しく聞いてもいいですか」

私の申し出に、小隈は少し面食らった顔で「ああ、それはもちろん構わないけど」と了承した。そして平静を取り戻したふうに「悪いな」と言い添えた。

「多分、昴太がことさらに夢のことを気にするようになったのは、白土家で見た蔵の夢のせいなんだ」

不都合な事実を打ち明けるように、小隈は逡巡《しゅんじゅん》しながらといった口調で語り出した。

「あの夢を見る時、昴太は涙を流すだろ？　でも白土家に泊まった夜は、それだけじゃなかった」

　どういうことかと問うと、小隈はうつむいた。

「《結膜下出血》って分かるか？　結膜の小さい血管が破れる症状で、朝起きたら昴太の両目の白目の部分が、真っ赤に染まっててさ」

　結膜炎や目の外傷、強くいきんだことなどが原因で起こるもので、それ自体は珍しい症状ではないが、両目同時にというのはあまり聞かない。昴太は目を擦る癖《くせ》などもなく、結膜下出血を起こしたのはそれが初めてだったそうで、本人も鏡を見て不気味がっていたらしい。

　なぜ急にそんな症状が出たのかと不可解さに首を傾げつつ、小隈に確かめる。

「白土家を訪問した際に、何か変わったことはありませんでしたか。いつもと違うことをしたとか」

　その時のことを思い出すように小隈は視線を上に向けると、「ああ、そういえば」と膝を打った。

「あの日、紘乃と籍を入れたんだよ。白土家には、その報告に行ったんだ」

三

　小隈と紘乃は、すでに入籍していた。小隈によれば婿養子に入ったわけではなく、紘乃が小隈姓となったそうだが、その場合、昴太は白土家の男児ということにはならないのだろうか。だが入籍したその日に異変に見舞われたことを考えると、安心はできなかった。

会議室からデスクに戻る途中で、小隈はもう一つ驚くべきことを告げた。来月の山梨でのロケの際、紘乃と昴太を白土家に同行させるつもりなのだという。

「一緒に行くと言っても、ロケ車に乗せてくわけじゃないぞ。俺が白土家に滞在する間、昴太を一人東京に置いとくわけにいかないだろ。だから昴太には紘乃と一緒に電車で白土家に行かせることにしたんだ。ちょうどスポーツの日で連休だしな。紘乃も里帰りのいい機会だって言ってたよ」

昴太の身の安全を図りつつ、滞りなく撮影を行わなければと構えていたところに、新たな課題が加わったかに思えた。だが二日にわたるロケの間、昴太に留守番はさせられないというのはもっともで、それならば自分たちのそばにいた方が良いような気もした。

その晩、昴太にメッセージを送り、これまでに見た《涙の夢》について覚えている限り、内容と見た時期、その近辺で起きた出来事を簡単に教えてほしいと頼んだ。先日話したようにドラマの企画のために協力を頼みたいのだと説明すると、思い出したものをまとめてみると返信があった。

そして週末、午前中に溜《た》まった家事を終えると川崎駅に隣接するショッピングモールで手土産を買い、東海道線で品川《しながわ》へ出て山手線《やまのてせん》と中央線を乗り継ぎ、阿佐ケ谷へと向かった。

阿佐ケ谷駅北口から大通りを進み、阿佐ケ谷神明宮《しんめいぐう》の手前を右に折れて住宅街の方へ十分ほど歩く。やがて緑色のフェンスに囲われた、赤い屋根に白いモルタル壁の保育園の外観が見えてきた。今日は休日とあって、園児の姿はなかった。

園の裏手に回り、《野城》と門柱にプレートのはまった戸建ての玄関ポーチに立った。少し緊張しながら、黒いドア横のインターホンを押す。自宅を訪ねるのはこれが初めてだったが、毎年届く年賀状に記載されていた番号にかけて面会したい旨を伝えると、快く了承してもらえた。

ほどなく「はーい」と懐かしい柔らかな声が応答し、ドアが開いた。

「いらっしゃい、佑季さん。お久しぶりね」

野城保育園の元園長、野城育子は眩しそうに目を細めた。昴太の卒園式以来だから、会うのは数年ぶりだろうか。グリーンのニットカーディガンに焦《こ》げ茶《ちゃ》色のスカートを合わせ、真っ白な髪をお団子にまとめている。かつてと変わらず快活そうな笑顔を浮かべ、「どうぞ、上がって」とうながした。

現在八十九歳となる育子は、園の敷地の裏に建つ二世帯住宅で孫夫婦とともに暮らしていた。育子の息子は区内の内科クリニックで院長をしていたが、一昨年に六十代で大腸がんで亡くなっており、現在、保育園はその息子が運営している。

「おかげさまで年の割には、足腰はしっかりしてるの。孫夫婦に助けてもらうこともあるけれど、身の回りのことは大体自分でやれているし、最近は日課の散歩と庭いじりを楽しんでいるわ」

先に立って廊下を進みながら、育子が近況を語る。現園長で育子の孫である野城圭輔《けいすけ》は、妻と中学生になる娘とともに日比谷《ひびや》まで映画を見に行っているとのことだった。数年前の時点ではまだ若い印象だったが、現在は四十代となり、園長としても少し貫禄《かんろく》が出ているのではないだろうか。子供が大好きで、昴太ともよく遊んでくれた優しい先生だった。

一階が育子、二階と三階が圭輔家族の居住スペースだそうで、日当たりの良い落ち着いた雰囲気のリビングへと案内された。台所で育子が紅茶を淹れるのを手伝い、持参した果物のゼリーと用意してくれていた阿佐ケ谷駅前の人気洋菓子店のパウンドケーキをガラステーブルに並べると、向かい合わせにソファーに座った。

「昴太君は、今は六年生よね。去年のバザーにもお友達と来てくれたの。ずいぶん大きくなっちゃって、私、すっかり抜かれちゃったわ」

背中が丸くなりかけているせいもあるが、育子は小柄な体格で、百五十センチを少し超えるくらいだろう。ふっくらとした、いかにもおばあちゃんという体つきをしている。べっ甲フレームの眼鏡《めがね》の奥の優しげな瞳は、加齢によるものか、膜がかかったように輪郭《りんかく》がぼやけていた。だがやや薄い唇は血色の良いピンク色で、九十近いとは思えない若々しさだった。

「私もこの間久しぶりに会って、成長に驚きました。今は中学受験に向けて勉強も頑張っているみたいですね」

そうなの、と感心しながら、会話の合間にゼリーを口に運ぶ。食欲も旺盛《おうせい》なようだ。

「バザーには、元スタッフの方なんかも招待しているんですよね。以前保育園の給食室で働いていた管理栄養士の白土紘乃さん、覚えておられますか」

「もちろん覚えてるわよ。山梨のご実家から何度もおうちで採れた野菜をいただいて——そうそう、昴太君のお父さんと結婚されることになったのよね。半年くらい前かしら。彼女、保育園の方に挨拶に来られたのよ」

そう言って表情をほころばせる。小隈の再婚の話が出たのは好都合だった。

「昴太も紘乃さんとは打ち解けているみたいです。美津さんが亡くなってから、もう七年ですものね。昴太はまだ小さかったから、あの頃のことはあまり覚えていないらしくて――育子先生は当時の美津さんのこと、何か覚えておられますか」

今がそのタイミングだと、聞きたかったことを切り出した。だがなぜか育子は笑顔のまま固まっている。やがて困ったように、ふっと目線を逸らした。当惑しつつ言葉を継ぐ。

「美津さん、育子先生を凄く頼りにしていましたよね。いつも育児のアドバイスをもらえてありがたいって。私も美津さんが亡くなってすぐの頃、昴太にどう接したらいいのか、育子先生に相談させてもらいました」

ええ、そうね……と返しながら、育子はどこか居心地悪そうにしている。何か彼女が避けたい話題にでも触れてしまったのだろうか。

だがここまで訪ねてきて、なんの収穫もなく帰りたくはなかった。私は思い切って、自分の心配を正直に打ち明けてみることにした。

「実は今日は、昴太のことで相談があって伺ったんです。育子先生は以前、昴太から変わった夢を見たという話を聞いたことはありませんか」

育子の目がわずかに見開かれた。おそらく知っているのだと察した。視線を合わせようとしない育子を見据え、昴太の身に起きていることを語って聞かせる。

昔から一風変わった夢を見る傾向があり、もしかすると普通の人には見えないものが見えているのかもしれないこと。

事実かどうか分からないが、紘乃の実家の白土家には何か曰《いわ》くがあるかもしれないこと。小隈が紘乃と入籍した日、白土家に泊まった昴太が例の《涙の夢》を見た上に、原因不明の結膜下出血を起こしたこと。

そして来月、ドラマの撮影のため昴太を連れて再び白土家を訪れなくてはいけないこと。

これらの突飛な話を、育子は口を挟むことなく真剣な表情で聞いていた。話が終わると、ここまで聞いたことを整理するようにこめかみに手を当て、テーブルの上のカップを見つめた。

「こんなことをしゃべって、私がぼけたなんて思わないでね」

しばらくして顔を上げた育子は、そう前置きするとぽつぽつと語り始めた。

「私も昴太君から一度だけ、夢の話を聞いたことがあるの。美津さんが亡くなった翌年のことだったかしら。ただ水に浮かんで、空を見上げているってだけの夢だったと思うけれど、見た時になぜか涙が流れていたと話していたのは覚えてる」

それはいかにも子供が見る夢という感じで、他の少々不気味な夢とは違うようだ。だが涙を流すという点は共通している。

「昴太君がどうしてそんな夢を見るのか分からない。けれど、普通の人には見えないものを見ているという佑季さんの考えは、間違っていないと思う。多分、お母さんの美津さんが、そういう人だったと思うの」

育子の告げた言葉に、はっとして息を呑んだ。

「美津さんも、そうした夢を見ていたってことですか」

握り込んだ手をもう片方の手で包み、どうにか気持ちを落ち着ける。育子は静かに首を横に振った。

「彼女は夢という形でなく、実際にそこにいるはずのない誰かを見たり、声を聞いたりということを子供の時から経験してきたみたい。美津さんのお祖母《ばあ》様にもそんな力があったらしくて、『この子は死者と通じやすい』って言われたそうなの。それが出産後に頻繁に起こるようになったとかで、美津さんは動揺していた」

育子は少しだけ微笑むと、「私はおばあちゃんと同じ年代でしょう。だから相談しやすかったんだと思う」と言い添えた。

「美津さんは幻覚や幻聴なんじゃないかって心配して、病院を受診したこともあったみたい。抗不安薬を処方されて飲んでいるって言ってたから」

思わずカップの紅茶をこぼしかけた。先日、阿南が話していた事故死に見せかけて殺害されたという男性は、バルビツール酸系の睡眠薬を飲まされていた。バルビツール酸系の薬剤には鎮静薬や抗不安薬などがあり、用量を誤れば心不全を起こす可能性もある。

美津は事故の際、ハンドルに胸を強く打ち、心不全を起こして亡くなったという。だがもしもそれが、薬物によって引き起こされたものだったとしたら――。死亡後に体内から薬物が検出されたとしても、美津が普段から服用している薬であれば、疑いを持たれなかったのではないか。

そして万が一それが事実なら、そうして事故に見せかけて殺害することができたのは、彼女がその薬を常用していたことを知っている、美津と近しい関係にあった人間だけだろう。

美津は昴太と小隈が血縁関係にないことを仄めかしていた。その背景を語ることはなかったが、美津が小隈以外の男性と関係を持ち、そのことを隠して昴太を産んだのだと想像してみる。のちに小隈が事実を知ったとすれば――それは小隈にとって、美津を殺してやりたいと思い詰めるほどの裏切りだったのではないか。

恐ろしい疑念にとらわれ、硬直したまま黙り込んでいた。育子が心配そうに覗き込んでいるのに気づき、すみません、と詫びる。

「美津さんがそういうことで悩んでいるって、知らなかったものですから。確かに亡くなる前に、沈み込んでいることが多かったとは覚えているんですが」

言いわけしながらも、美津は事故死ではなく、夫である小隈に殺害されたのではないかという馬鹿げた考えが湧《わ》いてくるのを止められなかった。手のひらにじっとりと汗が浮き、息が苦しくなる。

「そうね。あの頃、美津さんは酷く思い悩んでいるみたいだった。でもそれはさっき言ったような、何かを見たり聞いたりということとは別の理由だったと思う」

育子は言葉を切ると、カップの持ち手に指をかける。その先を語ることを躊躇《ちゅうちょ》するように窓の外へと目をやった。含みのある言い方に、もしかすると育子も美津からあの件を打ち明けられていたのではないかと思い至る。

「育子先生――美津さんが悩んでいたことというのは、昴太の出生に関することではありませんか」

つい口にすると、はっとした顔でこちらを向き、私がどこまで知っているのかを探るような視線を注いだ。やはり育子も聞いていたのだと確信し、どう話を切り出そうかと考える。だが次に発せられた言葉で、そうではないと分かった。

「詳しく話してはくれなかったけど、美津さんは昴太君に関して、自分のしたことを後悔していた。『私はあの子に、とんでもないことをしてしまったかもしれない。産んだのは間違いだったのかもしれない』なんて言って」

信じがたい告白に、胃の底から不確かで形のないものがせり上がってくるような感覚がした。どういうことですか、と恐る恐る尋ねる。育子は顔をしかめると、「さあ、知らないわ」と言い捨てた。穏やかだった声に、これまで見せたことのない怒気が交じっていた。

「私、美津さんのことを叱《しか》ってしまったの。産んだのは間違いだったなんて、絶対に言ってはいけない。昴太君は血の繋がった息子——あなたの宝物でしょう。そんなこと言ったら、罰が当たるわよって」

そこで言葉を止めると、泣き笑いのような表情になった。

「美津さんが突然事故で亡くなったのは、そのすぐあとのことだったの。ねえ、佑季さん。美津さんが亡くなったのは、罰が当たったからだと思う？」

四

野城育子を訪ねた二週間後、プロデューサーの小隈とディレクターの私と渡瀬、阿南を入れて六名のアシスタントディレクターたちは、朝六時にキュープロのオフィスビル裏の駐車場に集合した。ロケ車の一台は阿南、もう一台はアシスタントディレクターの横山《よこやま》という三十代の男性社員が運転手を務めることになった。

「横山君は俳優の皆さんを新宿駅で拾ってもらって、阿南君は技術さんたちと合流してから、それぞれ山梨に向かう段取りになってます。横山君が運転する一号車に小隈Pと渡瀬D、阿南君の二号車に私が乗るので、分からないことがあればその都度聞いてください。白土家には午前九時半に到着予定です」

集まったスタッフにこのあとの流れを簡単に説明すると、それぞれ割り当てられたロケ車に乗り込む。自社から持っていく機材は昨日のうちに積み込んであった。

助手席に着くと全員揃っているのを確認して阿南に出発を指示する。ビル街をしばらく進むと靖国《やすくに》通りに入り、曙橋《あけぼのばし》方向に進んだ。そして市ケ谷《いちがや》駅近くに事務所のある音声、カメラ、照明の技術スタッフたちをピックアップする。外堀《そとぼり》通りから国道二〇号に入ると首都高に乗り、中央自動車道方面に向かった。

渡瀬と道路状況や休憩ポイントなどやり取りをしつつ、山梨県北杜市を目指す。最寄り駅近くで一号車と合流し、白土家へは予定より早く、午前九時過ぎに到着した。前回同様空き地にロケ車を並べて駐車していると、インターホンを鳴らす間もなく秀継が寿江とともに出迎えてくれた。今日は医院は休診で、玄関の前庭にグレーのセダンが停まっている。

「ずいぶん大人数なんだね。やっぱりテレビは凄いな」

また私たちをテレビ局の人間だと思い違いしている秀継に、今度も会社名を伝えることでそれとなく訂正する。スタッフたち全員で白土夫妻に挨拶すると、機材を降ろして白土家へと運び込んだ。

一階の洋間の応接室を俳優たちの控《ひか》え室《しつ》として使わせてもらえることになったが、とても全員は入り切らないので、主要なキャストである主人公の夫婦と子役以外はロケ車で準備をしてもらうことになった。

「皆さん、今日はよろしくお願いします。翔《しょう》君、疲れてないかな？」

別のロケ車だったため、挨拶のまだだった俳優陣に声をかける。夫婦役の二人は舞台で活躍する中堅の俳優で、ドラマなど映像作品への出演経験も豊富だった。子役の葉山《はやま》翔は昨年、少年たちの群像劇で話題になった映画で、主人公の親友役を務めていた。まだ十一歳で演技経験は少ないが、透明感のある顔立ちで雰囲気のある少年だった。

私のあとを渡瀬が引き取り、俳優たちと今日の流れを確認する。事前に作った香盤表でやるべきことはリストにしてあったが、それでも現地で動き出すと予定どおりにいかないこともあり、技術スタッフとアシスタントディレクターにその都度してほしいことを伝えつつ、撮影に向けて準備を進めていった。

音声とカメラのテストを終えると、まずは天気が崩れないうちに屋外の撮影をしてしまおうということになり、家の外観のカットを何パターンか撮影する。最初のシーンということで渡瀬にもモニターを確認してもらい、ＯＫとなったところで次は渡瀬が蔵の外観を撮った。そのあとは私が一人で監督し、人物を入れた場面の撮影に入る。父親役の俳優と翔が玄関前で簡単なやり取りをするシーンで、セリフが少ないこともあり、こちらは二回でＯＫとなった。

「次、廊下のシーンに行きます。翔君、お願いします」

今度は翔の単独の撮影で、少年が廊下を歩きながら、剝製の不気味さに怯《おび》えるという場面だった。セリフはないが表情だけで演技しなければならず、なかなか難しいようだ。何度か撮り直したものの、五回目でそれなりの形になって安堵する。その間に客間では渡瀬が監督となり、祖父母役と父親役の俳優が長台詞《ぜりふ》で状況説明をするシーンを撮影していた。撮影班を二つに分けたことで、こうした効率的な進行も可能になった。

「佑季さん、峰子《みねこ》さんのメイク、見てもらっていいですか」

女性アシスタントディレクターの水谷千歌《みずたにちか》に外から呼ばれ、庭を横切ってこのあと撮影を行う蔵の方へと走る。押川峰子《おしかわ》は個性派の舞台女優で、今回は赤夜家に現れる女の怨霊《おんりょう》役を務めることになっていた。失礼します、と声をかけて開けっぱなしの引き戸から中へと入り、そこに立つ峰子の姿を見て言葉を失う。

白装束の峰子の乱れた黒髪の隙間から、赤く爛《ただ》れたまぶたで塞がれた右目が覗いていた。生きた人間のものとは見えない青白い肌。裂けんばかりにぽっかりと大きく開いた口。白く濁《にご》った左目が見開かれ、眉が吊り上がっている。

「凄いですよね。メイクさんが頑張ってくれて——この右目の傷、超リアルじゃないですか？」

千歌が誇らしげに微笑んでみせる。メイクスタッフ二名のうち一名は特殊メイクの経験のある人を頼んでいたのだが、期待以上の仕上がりだった。

「ねえ、私どうなってるの？　このメイクしてると、自分じゃよく見られないのよ」

峰子は大口を開けた演技をやめると、笑いを含んだ声で言う。

「動画に撮りましょうか。もしかしたらメイキングに使うかも」とスマートフォンのカメラを構えると、峰子はまた怨霊の決め顔を作ってくれた。「峰子さん、それマジでヤバいです。絶対夢に見そう」と千歌が褒《ほ》め称《たた》える。

私より四歳下の千歌は人懐《ひとなつ》っこい性格で、こうして誰にでも気さくに接しつつ現場のムードを盛り上げてくれる頼れる後輩だった。阿南と同じくディレクター志望だが、彼女の方が登用は先かもしれない。愛嬌《あいきょう》のある大きな丸い瞳にアーチ形の眉が元気で明るい印象を与え、外部スタッフや出演者からの評判も良かった。

「蔵のシーン、そろそろ翔君の衣装替えが終わるところなので、このまま少し待っててもらっていいですか。足元、ケーブルがあって危ないので座っててください」

左目は白のカラーコンタクトを入れているだけなので視界は確保できているはずだが、右目は完全に塞がっている状態なので、あまり動き回らない方がいいだろう。続いて奥の板の間で三脚にセットしたカメラを覗き込んでいるカメラマンの田尻《たじり》に声をかけた。

「どうですか。光量、ライティングでどうにかなりますかね」

顔を上げた田尻は「ええ、充分ですよ」とうなずく。そして壁際に立つ照明スタッフにOKの合図をした。

「このシーンだったら、暗い場所で光を当てて撮った方が雰囲気出ますよ。自然光よりしっかり影が出て画面がシャープになるので――ほら」

モニターを見せてもらうと、蔵の中の光景をただ映しているだけなのに、確かに緊迫感のある画《え》になっている。田尻は四十代後半のベテランカメラマンで、もう何度も一緒に仕事をしていた。こうしたイレギュラーなことが起こりがちなロケ先での撮影では、いつも頼りになる存在だった。

「お待たせしました。峰子さん、お世話になります」

田尻とやり取りをしているところに、マネージャーの女性に付き添われた葉山翔が姿を現した。「よろしくお願いします」とはきはきと挨拶して頭を下げる。そして峰子のメイクを見て、目を丸くした。

翔を立ち位置であるカメラの前に連れて行くと台本を開き、ここで撮影するシーン番号を伝えながら説明する。

「最初は物音に驚くシーン。次が床に落ちている人形を拾うシーンで、続けて峰子さんが背後に立っているシーン。一回目は気配を感じて振り向くけど何もいない、って流れだから、驚く必要はないからね」

振り向いても何もいないが、安心して前を向くと目の前に立っている——というホラー映画のお約束のようなシーンだ。

説明が済んだところで、まずは翔だけのシーンの撮影に入る。カメラを回さずにリハーサルを二回やって本番となった。私が床を打ち鳴らした音をきっかけにして、翔がびくりと肩を震わせ、表情を強張らせる。わざとらしく見えない自然な演技で、こちらは一発でOKとなった。続く人形を拾うシーンも、人形を手に取る時に少し動きが速かったのを心持ちゆっくりにしてほしいと頼んだだけで、二回目でOKカットが撮れた。

「翔君、いいですね。演技は上手いし勘も良くて、堂々としてますよね」

離れて見守っている女性マネージャーに声をかける。いえいえ、と彼女は謙遜したが、こんなに指示を的確に捉えながら、なおかつ子供らしい演技ができる子役はそういなかった。この分なら、残りのシーンの撮影もスムーズに進みそうだ。

「次は峰子さんの登場シーンになります。峰子さん、お願いします」

アシスタントディレクターの千歌が峰子の手を引いて立ち位置まで案内する。人形を拾い上げた翔の背後に峰子が立ち、気配を感じた翔が振り返るというシーンだ。先ほど翔にも説明したとおり、振り返ったが何もいない、というシーンに繋げて撮るため、ここでは振り返るところまでカメラを止めることになっている。

「動き出すまで、少し溜めを作って、ばっとこう、体ごと振り返る感じ。分かる？」

自分でやってみせながら説明すると、「はい。分かりました」とすぐに明るい返事が返ってくる。

「峰子さんはこの画角だと胸から下しか映らないので、顔はそのままで大丈夫です」

「了解。翔君、じゃあ頑張ってね」

白装束に怨霊メイクをほどこした峰子が親指を立てる。その見た目と仕草《しぐさ》のミスマッチに翔が笑い出し、現場は和やかな雰囲気となった。だが「本番行きます」と私が一言発すると、そこから一気に空気が引き締まる。

「よーい……スタート」

しんと蔵の中が静まり返る。セリフはないが息づかいを録《と》るため、音声スタッフがマイクのポールを伸ばしていた。人形に目を落としていた翔が、何かの気配を感じたように表情を硬くする。背後を気にしている素振りで視線を動かす。彼の後ろに立つ峰子は逆にまったく身動きせず、人間離れした凄みのある様相を漂わせていた。

先ほど指示したように、翔は振り返るのを躊躇するような溜めの演技を見せた。そして思い切ってというふうに振り返る。カット、と声をかけようとした瞬間だった。

「わあああっ！」と、翔が大声を上げた。驚いた面持ちでカメラマンの田尻がこちらを見る。打ち合わせと違う演技に、スタッフたちが困惑していた。

「はい、カットでーす。翔君。驚くのは、このあとのシーンだよ」

緊張で間違えてしまったのだろうが、落ち込ませてはいけない。明るい調子で注意したのだが、翔の様子がおかしかった。

「どうしたの？　私の顔見て、びっくりしちゃった？」

峰子が取りなそうとしてくれたが、その言葉すら耳に入っていないようで、人形を摑んだまま、あたかも溺《おぼ》れかけたかのように喘《あえ》いでいる。翔の視線は峰子の背後――壁の一点を向いていた。そばに近づき、小さな肩に手を置くと、ぎゅっと身を縮める。振り返った翔の目が、恐怖に泳いでいた。

「大丈夫？　翔君。もう一回、行ける？」

問いかけても翔は反応しなかった。異変に気づいた女性マネージャーが駆け寄ってくる。

「すみません、ご迷惑をおかけして――翔、どうしたの？　間違えてパニックになっちゃった？」

マネージャーが翔の前に屈《かが》み込むと、我に返ったように彼女の顔を見つめ、首を激しく左右に振った。

「違う。ごめんなさい。今、なんか――あれ？」

要領を得ない言葉を漏らしながら、翔はぽろぽろと涙をこぼし始めた。すぐにもう一回とはいかなそうだ。

「じゃあ、一度休憩挟みましょうか。そろそろお昼だし、ご飯休憩ということで。阿南君、手分けしてお弁当配ってくれる？　二号車に積んであるから」

ぱん、と手を打って呼びかける。阿南たちスタッフがそれぞれ動き出したところで、恐縮しているマネージャーに「気分直しできたら、午後から続き撮りましょう」と声をかけた。いくらか落ち着いたのか、翔は「すみませんでした」と頭を下げる。そしてマネージャーとともに共演する峰子にも詫びると、蔵を出ていった。

「峰子さん、早くからスタンバイしてもらってたのに、申しわけないです」

私からも謝罪すると、峰子は気にしていないふうで「全然いいですよ。ちょうどお腹も減ってきてたし」と手を振り、渡されたロケ弁当を怨霊メイクのまま頬張り始めた。この様子なら、きっと午後には問題なく撮影を再開できるだろう。

安堵しながら私も昼を済ませておこうと外に向かおうとした時、田尻に呼び止められた。

「杉田さん。今のシーン、一応カメラチェックしてたんですけど、見てもらえますか」

田尻は硬い表情で手招きする。そちらへ向かうとモニターを示しながらヘッドホンを差し出した。渡されるままに装着する。

「ちょっと、こんなの入ってるはずないんだけど……って感じのが録れちゃってて」

田尻が首を傾げながら再生ボタンを押した。人形を手にした翔の姿が、まずは真横から映し出される。

人形に目を落としていた翔が、何かに気づいたような表情になる。カメラが徐々に翔の前へと回り込む。翔が背後を気にする様子を見せるのに合わせて、後ろにピントをぼかした、白い着物が映った。しばしの溜めのあと、翔が振り向いた。その時――。

《おい》

耳に押し当てたヘッドホンから、男の太い声がした。まるで自分のすぐ背後で発せられたかのように思えて、田尻を振り返る。田尻は当惑した顔で息を吐いた。

「あの時、誰も、何も言ってなかったですよね。本番中だし、声を立てた奴《やつ》なんかいないんだよ。なんでこんなの入ってるんだろう」

五

休憩を挟んだことで気持ちを立て直せたのか、午後の蔵での撮影は滞りなく進んだ。私たちスタッフと峰子に再度謝罪してから本番に臨んだ翔は、自分を取り戻したように落ち着いた演技を見せ、ほとんどリテイクを出さなかった。

次の和室での撮影に入るため、移動しようと機材を運び始めた時だった。朝に前庭に停まっていたグレーのセダンが、ちょうど敷地に入ってこようとしているのが見えた。運転席に秀継が、そして助手席には見覚えのある黒髪の女性が座っている。

「昴太も紘乃もお疲れさま。お義父さん、お迎えありがとうございました」

私が声をかけるより先に、小隈が手を上げて近づいていく。撮影中で気づかなかったが、秀継は駅に着いた紘乃たちを迎えに出ていたようだ。

「紘乃さん、お世話になってます。昴太、荷物置いたら撮影の見学する？　これから和室の方で葉山翔君のシーンを撮るんだよ」

紺のパーカーにハーフパンツ姿で後部座席から降りてきた昴太にそう提案すると、「え、いいの？」と顔を輝かせ、小隈の方を見る。小隈は苦笑いしながら「絶対に物音を立てない、声を出さないって約束できるならな。あと何も触らないこと」と注意事項を言い添える。昴太は「急いで置いてくる」と手にしたリュックを肩に引っかけ、玄関に向かって走り出した。小隈が「走り回るのも禁止だぞ」と呼びかけつつ、慌ててそのあとについていく。

「昴太君、来週、誕生日なんですよね。プレゼントに欲しいゲームがあるのに、好生さんに受験生だから駄目だって言われたって電車で愚痴を聞かされました」

二人の背中を微笑ましげに眺めながら紘乃が言った。今日は昴太を連れての移動ということもあってか、白のシャツブラウスにジーンズと動きやすそうな服装だった。

「そうだ、杉田さん。さっき紘乃と話していたんだが、この近くに地蔵堂があるって教えてなかったかな」

ドアをロックしながら、秀継が不意にそんなことを言い出した。聞いていないはずだと答えると、「じゃあやっぱり、話し忘れていたんだな」と頭を掻《か》く。

「今日の撮影が一段落したら、紘乃に案内させるから、お参りしてきたらいい。うちの集落で古くから祀られてるお地蔵様でね。ここから歩いて十分も掛からない距離だよ」

ホラー作品の撮影にあたって神社やお寺にお参りするのはよくあることだが、私も小隈も不信心者なので、あまりそうしたことはしてこなかった。わざわざ案内してもらえるのなら、ロケの安全を祈っておくのも良いかもしれない。「ご迷惑でなければお願いします」と紘乃に頭を下げた。

紘乃と秀継について私も家に上がり、寿江に頼んで小道具として借りることになっていた経文を文箱ごと預からせてもらった。撮影は明日の予定だが、撮影場所である蔵が空いたので、今のうちにカメラテストをしておくつもりだった。

文箱を抱えて蔵に戻ると、必要な機材の運び出しはほとんど済んでいた。カメラマンの田尻と照明スタッフに指示を伝え、アシスタントディレクターの一人に俳優の代わりを頼んで、いくつか構図を変えながら文箱の発見シーンを撮ってもらう。田尻とモニターを確認し、方向を固めたところで、背後から「あの、先ほどはご迷惑をおかけしました」と遠慮がちな女性の声がした。

声の主は翔のマネージャーだった。私の手が空くのを待っていたらしい。改めて午前中の失敗の件を謝られた。

「なんだか翔、さっき誰かに怒られたような気がしたって——それで凹《へこ》んでたみたいなんです。でも本番中にそんな声を出す人なんていないし、私も聞いてないし、思い違いだって言って聞かせたんですけど」

言いわけと取られないように翔の勘違いだとしながらも、女性マネージャーは現場慣れした翔があのように混乱したことに対して戸惑っているふうだった。

「そうでしたか。差し支えなければ、翔君がどんなことを言われたと話していたのか、教えていただけますか」

マネージャーはしばらく言い淀《よど》んでいたが、「もちろん、本当にこんなことを言った人がいないのは私も分かっていますから」と前置きをした上で打ち明けた。

「『おい、見るな』って――男の人の太い声で、なんだか自分のすぐ近くで言われたような気がしたんですって。そんなこと、あるわけないのに」

女性マネージャーは頰に手をあて、困惑した様子でため息をつく。

「そう聞いた気がして、それで多分、錯覚を起こしたんだと思うんですよね」

自身に言い聞かせるように続けると、蔵の奥を指差した。

「あそこに、目のない女の子が立ってたって、翔が言うんです」

和室でのシーンは引き続き渡瀬が監督することになり、女性マネージャーは翔の撮影に付き添うため母屋に戻っていった。彼女を見送ったのち、テスト撮影の動画ファイルを観返しながら、今聞かされた翔の訴えについて考えていた。

録音されていたのは《おい》という男の声だけだったが、実際には《見るな》と続いていたという。だがその声は翔にしか聞こえていなかった。撮影された映像にも、おかしなものは何も映っていなかった。

翔が見たという目のない少女の姿を想像しかけ、思わず頭を振る。女性マネージャーが語ったように、それは錯覚の類だったのか。だが、男の声はマイクに収録され、私も田尻たち技術スタッフも耳にしている。なぜこんなことが起こり得たのか。

不可解な状況に煩悶《はんもん》するうちに小隈が戻ってきて、明日の撮影の段取りについて打ち合わせが始まった。それ以上翔の件を考えずにいられることにいくぶんほっとしながら、技術スタッフと事前に確認したことを報告する。

「蔵の中で経文を発見するシーンですけど、カメラさんに頼んでテストしてみたら、上の一枚だけを映すよりは、ある程度の枚数を並べた状態の方が画的に迫力が出るんです。だからカットを変えて、文箱を蔵から持ち出して畳の上に広げることにしようかと」

シーンの変更を提案すると、小隈もその方が良いと同意してくれた。現場で出たアイデアで脚本を修正するのは、今回のような小規模なドラマ撮影ではよくあることだった。

「小隈さん、佑季さん。今、ちょっといいですか」

戸口から声をかけられて振り向くと、阿南が神妙な表情で立っている。何かトラブルかと尋ねると、そうではないと打ち消し、次いで驚くべきことを口にした。

「歴史学者の友人から、やっと返信があったんです。それで、もしかするとその経文、ドラマに登場させない方がいいんじゃないかと思えてきて」

それは例えば、誰の手による写経だったのかが判明し、権利の問題が出てきたということなのか。しかし寿江によればこれは白土家の先祖の誰かが書いたもののはずだ。その点を確認すると、阿南は「いいえ、書いたのが誰か、分かったわけではないんです」と否定する。

「半紙に写経されていたのはごく一般的な般若心経《はんにゃしんぎょう》や観音経《かんのんぎょう》などで、それ自体に特徴はなく、書かれた背景も年代も不明とのことでした」

では何が分かったというのだろう。小隈も不可解そうに首を捻《ひね》っている。二人で続きを待っていると、どう話すか迷うように言葉に詰まっていた阿南は、やがて腹を決めた様子で、文箱から二枚の半紙を選び出した。そしてそれらを出し抜けに裏返した。

そこには以前見たとおり、三角形や斜め線、台形といった記号と平仮名の文字が記されている。

「この記号が何を意味するものなのか問い合わせたんですが、最初は見当もつかないという返事でした。でもそのあとに半紙を何枚か並べて撮った画像も送ってみたら、彼があることに気づいたんです」

阿南は裏返した経文の端に書かれた記号を、左右で組み合わせてみせた。するとそれぞれの三角形と斜め線が繋がり、アルファベットのZのような文字となる。

「墨入れといって、古くから大工が木材に墨でつける目印があるんですが、ご存じですか」

言われてみれば以前、建築中の家のそばを通りかかった時、直接建材に見慣れない印や文字が書かれていたような気がする。だがそこまで間近に見たわけではないので、どんな記号かまでは覚えていなかった。

「こうして半紙を二枚並べた時に現れる《Z》のような記号は、木材の中心を表す目印として使っていた《芯墨《しんずみ》》の記号と似ているそうなんです」

つまり二枚並べた半紙の接する辺を中心線と見て、そこに《芯墨》の記号を書いたということなのか。

「そう考えると、こっちの台形にも意味が出てくるんですよ」

言いながら、阿南は今度は経文の上下を組み合わせる。手書きだからか、少し大きさはずれるが、二つの台形が斜辺で接し、長方形を斜めにしたような記号が現れた。

「こちらは水平を表す《水墨《みずずみ》》という記号に似ています。つまりこれらの記号は、半紙の上下、左右の中心に書かれた、割印のようなものなのではないでしょうか」

だとすると、もしかして記号の横に記された平仮名は——。

「同じ平仮名が書かれた記号同士が接するように半紙の上下左右を組み合わせることで、おそらく正しい順番で半紙を並べられるのだと思います。実際、この二枚はどちらも上下がそれぞれ『ろ』と『は』、そして左右のどちらかに『ち』の平仮名が記されていますが、『ち』同士を組み合わせてできる《芯墨》らしき記号はぴったり揃っていて、ずれがありません」

私はこれらの半紙の記号の脇《わき》にランダムに記されたかに思えた平仮名の、唯一とも言える規則性——上下に記された平仮名は「い」「ろ」「は」「に」「ほ」、左右に記された平仮名は「へ」「と」「ち」「り」「ぬ」「る」「を」であることを思い出した。つまり「い」から「ほ」までが段を表し、「へ」から「を」までは行を表しているのだとすれば、すべての半紙に所定の位置があるということになる。

「それって、この経文の正しい並び順が分かったかもしれないってこと？」

私は驚きの声を上げた。ならばこの経文の正体を知りたがっていた秀継に、早く教えてやるべきだろう。

「凄いじゃないか。だったら経文を発見するシーンでも、正しい順番で並べて撮るべきなのかもな」

「それは絶対にやめた方がいいです」

感心する小隈の提案を、阿南が強い口調で退けた。そういえば先ほど、阿南はこの経文をドラマに登場させるべきでないと言ってきたのだ。改めてその理由を尋ねる。

「ここに正しい順番で並べた二枚の半紙があります。僕はこれを見て、この経文は世に出していいものではないと思いました。小隈さんと佑季さんは、気づきませんか」

小隈と二人、阿南が並べた経文を覗き込む。太さや大きさが違う墨で書かれた漢字の羅列は、確かに見ていると不穏な思いに駆られ、気分が悪くなってくる。だが、ホラードラマの小道具としては、むしろ良い演出になるのではないか。そう感想を述べると、阿南は胸ポケットから例の小さなノートを取り出した。

「やはり全体を見ないと、分かってもらえないようですね。さっきの仮説をもとに、並び順を表にしてみました。それに沿って、経文を裏返しに並べてみましょう」

ノートには縦六段、横八行の表が描かれ、段の罫線《けいせん》には上から「い」「ろ」「は」「に」「ほ」、行の罫線には右から「へ」「と」「ち」「り」「ぬ」「る」「を」と平仮名が振られていた。

「ジグソーパズルの要領で、まずは枠の部分から埋めていきましょう。印が二ヵ所しかないものは四隅《よすみ》へ。上端がないものは上辺に、この表を参考に並べてください。大きさは畳二枚分程度になるはずです」

三人で手分けして、まずは経文の印が四ヵ所あるものと、そうでないものとに分ける。それから私と小隈とで枠の部分の経文を印が表になるように並べ、阿南が内側を埋めていった。手間のかかる作業ではあったが、阿南が事前に作ったメモのおかげで、数分も掛からず四十八枚の半紙すべてを並べ終わった。小隈とともにささやかな達成感に浸っていると、阿南が重々しく告げる。

「見てほしいのは、裏ではなく表の経文の方です」

言いながら、阿南は板の間に膝をつき、長い腕を伸ばす。そして中央から少し右にある二枚の半紙を一枚ずつ、その位置と上下の向きが変わらないように裏返した。

それらの半紙は最初に並べて見せられたものだったが、立って俯瞰《ふかん》したからか、先ほどは気づかなかったあるものが浮かび上がって見えた。隣に立つ小隈もそれに気づいたのだろう。眉根を寄せて経文を睨んでいる。

「この部分は《左目》です。では端からすべて、表側に返してみましょう」

阿南が左端から、同じやり方で半紙を表にする。不揃いな文字の並ぶ半紙が、あっという間に二畳ほどのスペースに敷き詰められた状態となった。

「少し離れた方が、見やすいと思いますよ」

身を乗り出して食い入るように見つめていた私と小隈は、阿南の言葉に後ずさった。やや目を細めるようにして全体を眺め、息を呑む。小隈がうめき声を漏らした。

ぼさぼさの短い髪。狭い額。感情の読み取れない、どことなく左右が非対称な目と、薄い唇——。

経文の筆文字が、あたかも何百枚という小さな画像を組み合わせて絵画や写真のように見せるフォトモザイクのように、ある《絵》を浮かび上がらせる。そこに現れた顔貌《がんぼう》は、言葉で説明することのできない、けれど決して自分とは相容《あいい》れないものだという、強烈な違和感を放っていた。

「これを書いた人物は、ただ経文を写していたわけじゃない。それと分からない形で、別に描きたかったものがあったんです」

忌《い》むような目をそちらへ向けながら、阿南は硬い声で告げた。

経文の文字の羅列に隠されていたもの。

それは巨大な、そして見る者に凄まじい畏《おそ》れを抱かせる、無表情な女の顔だった。

六

蔵の床に巨大な女の顔が出現したことに戦慄《せんりつ》しながらも、私はこの顔に、どこか見覚えがあるような気がした。すぐには思い出せないが、知っている人に面差しが似ているように感じる。かすかな記憶を呼び起こそうとその目鼻立ちを見つめていた時、背後で「あっ」と声がした。振り返るとそこに、青ざめた昴太が立っていた。

「昴太、向こうで撮影を見学してたんじゃなかったのか」

小隈が声をかけるが、昴太は硬直したまま口を開こうとしない。床に並べられた経文を凝視し、唇を震わせている。様子がおかしいことに気づいたのだろう。小隈が「どうしたんだ？」と近づいていき、肩を揺さぶった。昴太はされるがままといったふうに、ぐらぐらと上体を揺らした。

「母屋に連れて行って、落ち着かせてくる。経文のことはあとで話そう」

小隈は焦った表情で昴太の背中に手を添え、蔵を出ていった。残された私と阿南は、ひとまず並べた状態の経文を写真に撮った上で、元どおり重ねて文箱に仕舞うことにした。その作業を終えたところに、心配そうに眉を曇らせた小隈が戻ってくる。

「頭が痛いって言うから、お義母《かあ》さんに布団を敷いてもらって二階に寝かせてきたよ。移動の疲れが出たのかもしれないな」

内科医である秀継は聴診器まで持ち出して、胸の音を聞いたり喉の奥を覗いたりと、やや大袈裟《おおげさ》なほど昴太の容体を案じてくれたらしい。結果、風邪の兆候はなく熱などもないそうで、少し休めば治るだろうと小隈は言った。

「話が途中になって悪かった。経文をこのまま小道具に使うかどうかだが、紘乃の両親にあの顔のことを伝えて、相談してから決めるのはどうだ」

小隈の提案に、私もその方がいいだろうと同意した。秀継と寿江にはこのあと小隈から話をするというので、今撮った写真のデータを送っておく。

経文を仕舞った文箱を小隈に渡し、和室での撮影に合流するために母屋の方へと向かいながら、先ほどの昴太の異常な反応を思い起こしていた。どうして昴太はあんなにも動揺していたのだろう。

もしもあの女の顔が、昴太の親類や学校関係者などの身近な人物に似ていたのだとすれば、小隈が知っていてもおかしくない。もちろん、小隈の面識のない相手であることも考えられるが、だとしても単なる知り合いであれば、怯える理由はないはずだ。

いったいなぜ……と考えて、あることに思い至り、ぞっと全身が総毛立った。

昴太が見たという《どこかの蔵みたいなところに、凄く大きい女の人と、一緒にいる夢》——。

その夢に登場した者こそ、蔵の床に広げた経文から現れた、あの女だったのではないか。


午後の撮影は日が暮れる頃まで続いたが、夕方五時の時点で予定のシーンはすべて撮り終えた。機材の不具合やセッティングの遅れなど色々と小さなトラブルはあったものの、ベテラン勢である小隈や渡瀬の対応に助けられてなんとか巻き返し、小隈と私と阿南を除くスタッフはロケ車でホテルに撤収していった。先日のロケハンのあとに再度夫妻に確認を取り、撮影一日目の夜は私たち三人が白土家に一泊させてもらう段取りになっていた。

「杉田さん、良かったら昼にお話しした地蔵堂にお参りに行きませんか」

せめて何か手伝おうと台所に向かうと、ちょうど夕飯の支度が一段落したところだという紘乃に誘われた。あとは寿江が味つけの仕上げをするくらいで、特にやることは残っていないのだという。

「好生さんは父と話し込んでいるみたいですし、あまり遅くなる前に阿南さんと三人で向かいましょうか」

夕方撮影が終わってすぐに、小隈と私と阿南とで経文の文箱を携えて秀継の書斎を訪ねた。小隈は経文に隠された絵について報告したあと、秀継とその扱いについて相談しており まだ戻っていなかった。紘乃の勧めに従い、私と阿南だけで出かけることにする。

紘乃とともに白土家を出ると舗装されていない農道をしばらく歩き、林の方へと向かう。日はすでに暮れていたが、まだ空は薄明るく、田畑の中にぽつぽつと建つ民家の屋根の色が判別できるくらいだった。

「昴太君、あれから一度様子を見に行ったんですが、よく眠っているみたいでした。顔色も良かったから、あの分なら大丈夫だと思います」

昴太は当初、紘乃と一緒に母屋の和室で撮影を見学していたのだという。気づくと昴太の姿がなく、その後具合を悪くしたと知らされて心配していたようだ。

「もしかすると寝不足だったのかもしれませんね。小隈さんの話だと、最近はかなり受験勉強を頑張っているみたいだから」

時折風が吹き抜け、道端に高く伸びた草を揺らす。紘乃と昴太のことなどを話しながら歩くうち、やがて林の中へと分け入る小道が見えてきた。

「夏は結構、虫が出るんです。これくらい涼しければ大丈夫だと思うけど」

林の木々が空を隠し、急に道が暗くなる。紘乃が懐中電灯で足元を照らしながら先に立ってくれた。

初めて会った時は小柄で華奢な体格と感じたが、服装が違うからか、こうして見るとジーンズの腰回りのラインが強調され、肉感的な印象を受ける。あの頃よりも、少しふくよかになったのかもしれない。

紘乃、私、阿南の順で山道を歩き出して間もなくのことだった。「紘乃さん、先ほどのことで伺いたいのですが――」と、不意に阿南が紘乃の背中に問いかけた。

「紘乃さんは、あの経文を正しく並べた状態の画像をご覧になって、どうお感じになられましたか。さっきはなぜ、あんなことを、おっしゃったんですか」

小隈と一緒に秀継の書斎に向かった際、その場には寿江と紘乃もいた。そして画像を見た紘乃は、私たちにある忠告をしたのだ。

それは――と言い淀んだ紘乃に、阿南が重ねて問う。

「あなたは『それは消去するべきです。見ない方がいい』とおっしゃって、顔を背けておられました。その理由を聞かせていただけないでしょうか」

「……あまりに気味が悪かったものですから、そんなふうに感じてしまったんだと思います――すみません」

紘乃は少しの間のあと、硬い声で答えた。

後ろを歩く阿南に目線を送り、余計な話をしないようにと合図する。確かにあの時の紘乃の態度は不自然だったが、正面から尋ねたところで答えてくれるとは思えない。せめてもっと打ち解けてから――あるいは小隈に聞いてもらうべきだろう。

しかし、私の思惑は伝わらなかったようで、阿南はさらに切り込んだ。

「あの経文の由来について、紘乃さんは何かご存じなのではありませんか」

その質問に、紘乃が何かに打たれたように突然歩みを止めた。緊迫した空気に、息を詰めて白い背中を見つめる。前を向いたまま、紘乃はしばらく無言で立ち尽くしていた。林の奥に向けた光が、逡巡するように揺れていた。

「――母から、外の人には言わないようにと口止めされていたんですが」

そう前置きをすると、心を決めるように顎を引き、こちらを向いた。

「けれど私としては、やはり黙っているべきではないと思います。普通の方にとっては、かなり奇異な話ではあると思うのですが、聞いていただけますか」

むしろそんな話を求めてやまない阿南が力強くうなずくと、紘乃は安堵したような淡い笑みを漏らし、「歩きながら話しましょう」と再び足を進めた。

紘乃が語ったのは、子供の頃に祖母から聞かされたという話だった。

「白土家には代々《天眼《あまめ》》と呼ばれる、特殊な能力を持った女児が生まれることがあったそうです。あの経文は、その女児が書いたものだと祖母は話していました」

そう言って紘乃は、天に眼と書くのだと字面を説明した。寿江は経文について、先祖が書いたものだとしか分からないと述べていたが、どうやらその女児の存在を隠すための方便だったようだ。

「それは《天眼》ではなく、《鬼眼》ではないのでしょうか」

阿南が確かめると、紘乃は「うちではそう呼んでいたみたいですけれど」と首を傾げる。

《鬼眼》という言葉自体、初めて聞いたようだった。

「《天眼》の少女には、未来を見通す力があったそうなんです」

紘乃によれば、その女児の目には未来に起きる出来事が見えるとのことで、彼女の予言を聞くために、日本中から様々な人が白土家を訪れたのだそうだ。

「ですが太平洋戦争末期、白土家の最後の《天眼》となったその女児が『爆弾が落とされて日本が負ける』と言い出したことで、風向きが大きく変わりました」

重々しく告げられた過去の事実に、はっとして顔を起こす。確かにあの時代にそんな発言をすれば、《天眼》は白土家を危うくする存在となる。

「だからその娘を閉じ込めるしかなかった——そう聞いています」

どことは尋ねず、阿南を振り返り顔を見合わせた。《天眼》の娘を閉じ込めていた場所というのは、おそらく蔵の二階なのだろう。だから寿江は蔵に入ることを嫌がり、私たちを二階に立ち入らせなかったのだ。

「当時の白土家の当主は、母の寿江の祖父で、白土征三《せいぞう》といいました。最後の《天眼》の娘は征三の長女で、母にとっては伯母にあたるんです。曽祖父《そうそふ》の征三は戦争が終わったあとも『この力は世の混乱を招きかねない』として、娘を蔵から出すことを許しませんでした」

白土家の最後の《天眼》となった少女は、あの蔵に何年にもわたって幽閉されたのち齢《よわい》二十を過ぎて病《やまい》に罹《かか》り、一生を終えた。今から六十年以上前のことだという。

「彼女がどんな理由で経文にあの女性の顔を残したのかは分かりません。でもあれは、人に災《わざわ》いをなすもののように思えるんです。もしかしたら、蔵に閉じ込められたまま命を落とすことになった恨みから、あれを描いたのかもしれない」

だから紘乃はあの時、女の顔を見ない方がいいと言ったのだ。《天眼》ではないにしても同じ血の流れる紘乃には、ともすると不穏な未来を予見するような力が備わっているのかもしれない。そして確かに《天眼》の娘が辿った運命を思えば、散々家のために利用した挙句不都合なことを言い出した途端、蔵に閉じ込めた親族に憎しみを抱いてもおかしくはない。

彼女はどのような心持ちで、一人あの場所で過ごしていたのか。沈痛な思いでうつむいていると、どこからか、からからと耳馴染《なじ》みのない音が聞こえた。なんだろうと顔を上げる。音の方向に目を凝らすと、道端の草むらの中に何本もの赤やピンク色の風車が立てられていた。

「《天眼》の娘は若くして亡くなりましたが、それでも二十歳を越えるまで生きながらえました」

不意にそう語った紘乃の足が止まった。吹き渡る風に回ったり、回転を止めたりと不揃いな動きを見せる風車たちは、まるでそうした生き物がざわめいているようにも見えた。プラスチック製の羽根はどれも色褪《いろあ》せていて、ずいぶん古いもののようだった。

「けれど当時の集落は貧しくて、うちの診療所だけでは充分な治療もできず、そのせいで亡くなる子供が多かったんです。この地蔵堂では、そうした幼子《おさなご》の魂を弔《とむら》うために地蔵尊を祀っているんだそうです」

言い添えながら、紘乃は懐中電灯をさらに前方へと向けた。ゆっくりと移動する丸い光の中に、古びた大きな祠《ほこら》が現れた。

それは異様な光景だった。

左右が数メートルにも及ぶ横長の屋根と壁だけの祠の内側に、大きさや形の異なる、十体ほどの地蔵が並んでいる。そしてその周辺には祠に入りきらなかったと見える、何十体という地蔵がひしめいていた。

おそらく年代や種類もばらばらなのだろう。顔が判別できないほど削れているものもあれば、首に巻かれた前掛けの色も鮮やかなもの、なぜか唇が赤く塗られていたり、目が白く塗り潰されたりしているものがあった。

どれも顔立ちは優しいが、どこか恐ろしさを感じさせる様相と、何よりそのおびただしい数に足がすくみ、それ以上近づくことができなかった。その場に動けずにいると、阿南が先に進み、無言で手を合わせる。私もどうにか前へ出て彼にならった。一緒に手を合わせていた紘乃は、合掌を解くと、ありがとうございます、と礼を言った。

「好生さんは、こういうことに興味がないというか、あまり好きではないんですよね。白土家にまつわる話も一応は伝えたんですが、まるで信じていないみたいで。ここのお地蔵様にお参りしたこともないんですよ」

呆れたように語りながらも、非難する口調ではなかった。苦笑したあと、真面目な顔に戻って続ける。

「白土家は《天眼》のおかげで繁栄できました。でも、その代わりに男児が短命で亡くなったり、行方不明になるという障りを受けたんだと、祖母は話していました」

紘乃の言葉に、六人の男児の名前が並んだ位牌を思い起こす。白土家の人間は、それが障り——呪いだと認識していた。静かな表情で語った彼女に、だったらなぜ……と、我知らず問い質していた。

「どうして息子のいる小隈さんと、結婚したんですか。小隈さんが信じなかったとしても、あなたが止めるべきだったんじゃありませんか」

紘乃はこちらを向くと、あの色の濃い大きな瞳で、まっすぐに私を見返した。揺らぎのない声で答える。

「最後の《天眼》の娘が亡くなって、もう障りはなくなりました。事実それ以来、白土家で男児が亡くなったことはありません。だから私は好生さんとの結婚を――昴太君の母親になることを決めたんです」

気圧《けお》されそうになりながらも、納得のいかない思いで唇を嚙《か》む。ならば二人が籍を入れたという日に昴太が見た、大きな女と蔵にいる夢とはなんなのか。それがもしも《鬼眼》――白土家で言うところの《天眼》の少女が経文に隠した巨大な顔の女と同一人物だとすれば、まだこの家には、得体の知れない障りとやらが残っているのではないか。

「紘乃さん、もう一度よく思い出していただけませんか。あの経文の女の顔に見覚えは？白土家の方に、似た顔の人物はいませんでしたか」

黙り込んでいると、阿南が唐突に問いを発した。紘乃は困惑したように眉根を寄せる。

「いいえ、まったく。曽祖母《そうそぼ》にも祖母にも似ていませんし、親族にはいないと思います。両親も知らないと言っていました」

先ほどの話では《天眼》には未来を見通す力があったという。ならばあの女は、その力によって視《み》ることができた誰かなのだろうか。それとも当時の彼女の周辺にいた誰か――あるいはまさか、彼女自身なのだろうか。あれこれ考えてはみたものの、この場ではどうにも判断がつかなかった。

地蔵堂へのお参りを終えて白土家へ戻ると、すでに夕餉の支度が調えられようとしていた。紘乃とともに箸や食器を出すのを手伝い、ほどなくテーブルの上に刺身や煮物、昴太の好物と思われる鶏《とり》の唐揚《からあ》げなどの家庭料理が並んだ。

「もうすぐご近所さんにお裾《すそ》分《わ》けしてもらった山女魚《やまめ》も焼き上がるから、そろそろ昴太君を起こしてあげて」

寿江に言われて小隈が二階に上がっていく。秀継がいそいそと冷蔵庫からビールを出し始めた。グラスを取りに台所へ行こうとした時、居間の隅でスマートフォンを見ていた阿南が、なぜか小声で私を呼び止めた。深刻な表情で手招きされて廊下に出る。

「どうしたの？　ホテル組の方で何かあった？」

ロケに関してトラブルが起きたとすれば、私の方に先に連絡が来るはずだ。怪訝に思いながら尋ねると、そうではないという。

「食事の前に話すようなことではないんですが、実は白土家のことで、ちょっと驚くような情報が入りまして――」

阿南が重い口調で何事かを打ち明けようとした時だった。どたどたと足音を立てながら、慌てふためいた様子の小隈が階段を下りてきた。そのまま玄関の方へと廊下を走っていき、すぐにこちらへ取って返すと「昴太を見てないか」と張り詰めた声で尋ねる。

何があったのかと問うと、小隈は青ざめた顔で告げた。

「昴太が部屋にいない。靴や荷物もなくなってて、スマホにかけても繫がらないんだ」

第三章

一

部屋で寝ていたはずの昴太がいなくなったと分かったのは、夜の七時頃のことだった。昴太の不在を見て取った小隈は、すぐに昴太のスマートフォンにかけたが、電源が入っていないようだった。その際、昴太から午後四時頃に《探さないといけないものがあるから出かけてくる》というメッセージの着信があったことに気づいたという。

小隈は私たちに先に夕食をとるよう告げると、家の周辺を捜してくると出ていった。もちろん私と阿南、紘乃と白土夫妻も夕飯どころではなく、小隈を追って外に出た。

すでに辺りは真っ暗で、それぞれ懐中電灯やスマートフォンのライトで照らしながら昴太の名前を呼び、捜し歩いた。それを聞きつけて出てきた近所の人たちも何人か、一緒に捜してくれた。

集落のバスはもう最終バスが出てしまっていたが、一応村外れのバス停まで、秀継が車で見に行ってくれた。周辺を捜したものの、昴太の姿はなかったという。

紘乃と阿南、近所の人たちとともに、林の中の地蔵堂近くまで分け入った。名前を呼びながら、時々は足を止めて周囲の音に耳を澄ませたが、昴太の声は聞こえなかった。

午後八時半の時点で、小隈が県警に電話をした。昴太の年齢といなくなった状況、服装を伝えると、十分後には最寄りの交番から警察官が来てくれた。

「最後に息子さんの姿を確認できたのは、何時頃のことになりますか」

小隈と同年代と見える男性警察官と若い女性警察官の二人組は、玄関先で聞き取りを始めた。男性警察官が主に質問をし、女性警察官がバインダーの用紙に内容を書きつけていく。

「私が午後三時頃に部屋を覗いた時には、布団の中にいました。よく寝ているようだったので、声はかけずにおいたんですが」

紘乃が様子を見に行った三時以降は、昴太を目にした者はいないと分かった。小隈は撮影の立ち会いとその合間の打ち合わせで終始駆け回っており、昴太のメッセージにも気づかなかった。秀継と寿江も、頭痛で寝ていると聞いたので遠慮して寝かせておいたらしい。

「こちらにはドラマの撮影のために来られたとのことですが、スタッフさんたちが乗って行った車に息子さんが乗っていて、村の外に出たということは考えられませんかね」

男性警察官の言葉に、まさかと小隈と顔を見合わせた。ロケ車が撤収したのは、五時半過ぎくらいだっただろうか。ロケバスは一台二十人乗りで余裕はあるが、小学六年生の昴太は身長百六十センチと大人の女性並みの体格だ。誰にも見つからずにこっそり乗り込んだとは考えにくい。

「念のため、スタッフに確認してみます。この状況も報告しないといけませんし」

私から渡瀬に連絡を入れていいか小隈に確認すると、憔悴《しょうすい》した顔でうなずいた。その場を離れて携帯にかけると、ちょうどアシスタントディレクターたちと夕食に出ていたという渡瀬は「いや、なんでまた――」と言ったきり絶句した。

「小隈さんに『出かけてくる』ってメッセージが届いてたそうなので、自分で家を出たのは間違いないと思うんですけど、スマホの電源が切られているとなると、もしかしたら家出のようなことかもしれません。もうこの時間ですし、土地勘のない場所だというのも心配で」

「小隈Pの息子さん、受験生だったもんな。新しいお母さんとの再婚なんかが重なって、色々悩みとかあったのかもしれないけど……。でもロケ車に乗ってたってことは、さすがにないと思うがなあ。一応、他のスタッフにも確認してみる」

確かに不安定な年頃ではあるが、今日ここへ着いてからの小隈や紘乃への態度を思い起こしても、そんな屈託はなさそうだった。様子がおかしくなったのは、あの経文の絵の女の顔を見てからのことだ。小隈に送られたメッセージの内容からしても、これが単なる家出だとは思えなかった。

スタッフに聞いてみて渡瀬の方からメッセージをくれるそうで、通話を切って玄関に戻る。警察官たちはすでに聞き取りを終えようとしているところだった。

「息子さんがちゃんとメッセージを残して、身の回りのものを持って家を出ていることからすると事件の可能性は低いものと考えられるのですが、十三歳以下の未成年については特異行方不明者ということで、緊急案件として扱われるんです。ですのでこれから捜査本部を設置して全国手配となると思いますが、その点はご了承ください」

小隈をいたわるように告げると、男性警察官はこのあと警察署まで出向いて行方不明者届の手続きをしてもらうこと、また警察犬を導入するために昴太の衣類を提供してほしい旨を説明した。

「その後は捜査員の応援を頼んで近隣を捜索しつつ、周辺の防犯カメラを当たっていくようになりますので。ですがもちろん、息子さんから連絡があるか、戻ってくる可能性もありますからね。スマホも、たまたまバッテリーが切れただけかもしれませんし」

こちらを落ち着かせようとしてか、中年の男性警察官は制帽を被《かぶ》り直すと穏やかな口調で言った。警察署まではパトカーで送り迎えしてくれるというので、小隈は二階から必要な荷物を取ってくる。

「他のご家族の皆さんもご心配とは思いますが、ひとまず自宅での待機をお願いします。あ、それと――」

小隈に続いて外へと足を向けた男性警察官が、玄関の戸に手をかけたまま振り返る。

「お子さんの場合、家出したと思ったら、実は顔を見せづらくなって敷地のどこかに隠れていたってことが結構あるんです。あとからでも構いませんので、押入れや納戸、物入れの中など、念のため確認しておいてもらえますか。もし見つかったとなれば、先ほどお伝えした交番の番号か、県警の方にご連絡ください」

三人が連れ立って出ていくと、ほどなく格子戸の磨りガラス越しに赤いテールランプが光り、静かなエンジン音が遠ざかっていった。秀継はすっかり気落ちした様子で「ずっと家にいたのに、気づかなくてすまなかったね」と詫びた。とんでもないです、と手を振る。

「昴太君はしっかりした子だから、きっとすぐに帰ってくるわよ。そんな気分じゃないかもしれないけれど、晩ご飯、温め直すから少しでも食べてくださいね。好生さんと昴太君の分は、あとで食べられるように取り分けておくから」

寿江は親身な口調でそう励《はげ》ましてくれた。だが一応は食卓についたものの、誰もほとんど喉を通らない様子で、沈鬱《ちんうつ》な空気が漂うばかりだった。しばらくして警察署から戻ってきた小隈も同様に、わずかに箸をつけた程度だった。

「渡瀬さんからメッセージが来ました。やっぱりロケ車で昴太を見かけたスタッフはいなかったそうです。家を出ていくところも誰も見ていないとのことで、それで明日以降のこと、相談したいそうなんですが」

居間のソファーで力尽きたように首を垂れている小隈に、おずおずと報告する。現在、昴太の行方が分からなくなっていることは、キュープロ社員以外の委託の技術スタッフや俳優陣には伝わっていない。明日の撮影を予定どおり続けるか、早急に話し合う必要があった。秀継に断って客間を借りると、小隈とともにホテルにいる渡瀬とビデオ通話でミーティングを行った。

「警察も事件性は低いと言ってるし、状況からしても自分で家を出たのは間違いないんだ。これだけの人と予算が動いてて、俺の身内のことで迷惑をかけるわけにはいかないよ」

小隈は断固として撮影を続行すると言い張った。

「でも小隈さん。言いたくないですけど、息子さんに万が一のことがあったらどうするんですか。作品の内容も内容ですし、もしも制作中に子供がトラブルに巻き込まれたなんてことが表に出たら、このドラマ、放送できないっすよ」

現実的な意見を述べる渡瀬に、小隈は苦しげな顔になる。彼の言うことはもっともだった。考えたくもないことだが、仮に撮影を無事に終えたとしても昴太の安否によっては、この作品を世に出すことはできないだろう。

分かってるよ、と低い声で漏らすと、小隈は座卓に置いたノートパソコンの前に肘《ひじ》をつき、組み合わせた両拳を額に押しつけた。隣の私とモニターの向こうの渡瀬は、何も言えず黙り込んだ。

「――撮影は、続けるしかない」

重苦しい時間が流れたあと、小隈が静かに告げた。

「まだ昴太が出ていってから、半日も経《た》っていない。中止を決めるには早すぎるだろ。朝イチで社長に状況は報告する。けど外部のスタッフや俳優陣には、この件は明日の時点ではまだ漏れないようにしてくれ。ロケを終えたあと、どの時点で関係者に報告するかは、社長の判断を仰ぐよ。まあ、報告の必要がないのが理想だけどな」

必要がなくなるとしたら、それは昴太が何事もなく、早い段階で発見されるか帰ってくるという場合だ。私も、そうなることを願わずにいられなかった。渡瀬も決断を受け入れ、それから三人で明日の段取りを話し合った。

打ち合わせを終える頃には、時刻は十時を過ぎていた。居間に戻ると阿南は風呂上がりの秀継とともに夜のニュースを見ているところだった。寿江が今日はお疲れでしょうと私たちをいたわり、そろそろ休もうとなった時、小隈が遠慮がちに提案した。

「お義父さんたちもお疲れのところ申しわけないのですが、警察の方が言っていたように押入れや納戸に昴太が隠れていないか、確認させてもらってもいいでしょうか。私室の方には立ち入らないようにしますから」

もちろん構わないと秀継はテレビを消すと、先に立って一階の階段下の納戸へ案内してくれた。寿江と紘乃は二階の物入れを見てくると言い、階段を上がっていった。私と阿南は小隈と連れ立って秀継についていく。

急な直線階段の下に造りつけられた納戸には、私の背丈より高い観音開きの扉がついている。開けると中は意外に広く、掃除用具や脚立、洗剤の予備在庫といった雑多なものが仕舞われていた。小隈が奥まで入って確認したが、昴太の姿はなかった。そのあとに仏間の押入れも開けてみたが、こちらも客用布団と座布団が積まれているだけだった。

やがて下りてきた紘乃たちも、二階にはいなかったと報告してくる。それから各々懐中電灯を手に玄関を出て、庭の蔵へ向かった。昼間に撮影のために移動させた荷物の陰など、隅々まで照らしながら捜したが、やはり昴太はどこにもいなかった。

「身体《からだ》に障りますから、もう皆さん休んでください。明日もありますし」

この時も中へ入ろうとせず入口で待っていた寿江がうながした時、待ってくださいと阿南が声を上げた。そして手にしたペンライトを、蔵の天井に空いた四角い穴へと向ける。

「蔵の二階を、まだ確認していません」

気づかわしげに眉根を寄せていた寿江が硬直する。うろたえたように、紘乃が視線をさまよわせた。

「話したと思うが、二階はずっと使っていなくて、床が傷んでいるかもしれないんだよ。それに見たとおり、ここには梯子もないからね。昴太君が上がれるはずもない」

「ええ、確かに蔵の中に梯子はありません。でも納戸に脚立はありましたよね」

秀継は阿南が何を言っているのか、すぐには理解できなかったようだ。ややあって険《けわ》しい表情になると、目を細めて阿南を見据える。

「つまり阿南君は、昴太君が蔵の二階に上がったあとに脚立を納戸に片づけた――昴太君が隠れるのを手伝った人間がいるって言いたいのか」

「隠れるのを手伝ったのなら、まだいいでしょう。けれど昴太君の意思に反してそれをしたという可能性もあります」

「おい、阿南。いい加減にしろよ」

二人の間に小隈が割って入る。小隈は「お義父さん、すみません」と秀継に詫びると、阿南の方へと向き直った。

「ただでさえ撮影に協力してもらったところに、息子のことでこんな時間まで迷惑をかけてるんだ。わけの分からないことを言って困らせないでくれ」

「ですが蔵の二階をまだ調べていないのは事実ですし、脚立を使わずに庭木を伝って窓から入り込んだ可能性だってありますよ。しばらく二階に上がっていないのなら、窓の鍵が掛かっているか、定かではないでしょう」

小隈が説き伏せようとするが、阿南は引き下がらない。白土夫妻と紘乃に平然とした口調で呼びかける。

「こんな時間ですし、皆さんはどうぞ先に休んでください。脚立を貸していただければ、僕が自己責任で二階を調べてきます」

「いや、家主として、お客に怪我《けが》をさせるわけにはいかない。君は細身だけど背が高いし、そこそこ体重はあるだろう。床が傷んでいたら踏み抜いてしまうかもしれない」

でしたら——と、おずおずと手を挙げた。

「私が脚立をお借りして、二階に上がって確認するというのはどうでしょうか。もしも床が傷んでいるようなら歩き回ったりせず、目視するだけにしますし、阿南に脚立を支えてもらえば怪我をすることはないと思います。もちろん皆さんはお疲れでしょうから、先にお休みになってください。私たちも二階の様子を見たらすぐ戻りますので」

秀継は私の申し出に面食らった顔で眉を持ち上げた。同じく驚いている小隈に「それならいいですよね」と確かめる。

「警察の方にも敷地内を確認するように言われたわけですし、きちんと全部調べた方が安心できますから」

困惑した表情のまま、小隈が秀継を振り返る。秀継は不安そうな寿江をちらりと見たあと、がりがりと頭を掻き、大きく息を吐いた。

「分かった。好きにしたらいい。ただし、あくまで昴太君を捜すためだからね。あそこにあるものには、手を触れないようにしてほしい」

二

階段下の納戸に四つに折り畳まれて収納されていた多機能脚立は、フラットな状態に伸ばせば三メートル半の高さの梯子として利用できるタイプのものだった。アルミ製ではあるがそこそこ重量があり、小隈にも手伝ってもらって納戸から出す。秀継と寿江、紘乃はすでに寝室に引き取っていた。

「なあ、やっぱり俺が調べるよ。阿南よりは俺の方が軽いだろ？」

「でも私よりは重いじゃないですか。小隈さんが一番疲れてるんですから、先に休んでください。明日、朝イチで社長に電話するんでしょう」

小隈が未練がましく脚立から手を離そうとしないので説きつけると、「佑季さんの言うとおりです。小隈さんの年代は、寝ないと疲労が回復しませんよ」と阿南が容赦ない後押しをする。そこまで言われて小隈はようやく引き下がった。

「とにかく怪我には気をつけてな。お前たちも早く戻って休んでくれ。それと今日は本当に、世話をかけてすまなかった」

この期に及んで謝罪を述べる小隈にいいからもう寝てくださいと手を振りながらも、おそらく眠ることなどできないのは分かっていた。しかし早朝出発のロケに加えて昴太の行方を捜し回り、すでに肉体的にも精神的にも限界のはずだ。少しでも横になって、身体だけでも休めてほしかった。ありがとな、と背を向けた小隈はぐったりと肩を落とし、疲労困憊《ひろうこんぱい》の足取りで家の中へと戻っていった。

小隈を見送ったあと、やっとのことで阿南と二人掛かりで脚立を抱えて庭を進み、蔵に運び入れる。阿南が脚立を広げてストッパーをかけ、私は手元を懐中電灯で照らす役を務めた。それから傷をつけないように養生用の厚布を持ってきて床に敷くと、ゆっくりと梯子を起こし、天井の穴のふちに立てかけた。四角く開いた穴の向こうは、窓が閉め切られていることもあって真っ暗で何も見えない。耳を澄ましてみたが物音はなく、人が隠れているような気配もなかった。

「足場を固定するプレートも入ってますから、動くことはないと思いますが、一応押さえておきますよ」

「ねえ、阿南君。本当に私が登るの？」

自分で言い出したことだが、念のため尋ねる。

先ほど蔵の二階に上がることを志願したのは、昴太がいないか確かめたかっただけではない。阿南があの調子で退かずにいることで膠着《こうちゃく》状態が続くのを避けるためだった。それならばお互いが譲歩できるような提案をして、少しでも早く休めた方がいい。

いつ昴太が発見されたという知らせが入るかも知れず、また本人から連絡が来る可能性もある。休める時に休んでおかないと、いざという時に満足に動けないというのは、心身を酷使するこの業界で働いてきて学んだことだ。加えて、明日は今日と同程度のシーン数の撮影もこなさなくてはいけない。さらには機材を撤去して現場を復元して掃除を済ませ、俳優とスタッフたちを東京まで連れ帰らなければならないのだ。

「だって、佑季さんが登ってくれるって言ったじゃないですか。それにもし本当に床が傷んでいたら危険ですし」

私の問いかけに、阿南は悪びれる様子もなく梯子に手を添えて待機している。先輩がどんな思いでこの役目を引き受けたのか、まったく理解していないのだろう。

諦めにも似た気持ちでため息をつくと、懐中電灯をジーンズの背中側に挟み、阿南が支える梯子に足をかけた。視線を上に向けて登り出すと、四角い暗闇《くらやみ》が近づいてくる。同時に、ぞくりと背筋に悪寒が走った。

この先に進んではいけない。不意にそんな予感めいたものに襲われながらも、不安を振り払い、次の段に足をのせる。靴の底に砂でもついていたのか、踏み桟がきしっと嫌な音を立てた。

そろりともう一段上がる。そうして上を向いた瞬間、ぐらりと体が傾く感覚がした。はっとして側木《がわき》にしがみつく。一瞬めまいを起こしたようだ。汗がにじむ手のひらをシャツの裾《すそ》で拭《ぬぐ》い、握り直す。

「大丈夫ですか」とすぐそばで阿南の声がした。まだほんの一メートルしか登っていないのに、恐怖で足元がおぼつかない。特に高所が苦手な方ではなかった。私はいったい何に怯えているのだろう。

振り返り、大丈夫だとうなずいてみせる。阿南のとぼけた顔を見たら、多少落ち着きを取り戻すことができた。時折足を止めながらも、やっと二階の床面が見える位置まで登った。そろそろと背中の懐中電灯に手を伸ばし、スイッチを入れる。「じゃあ、上がるね」と足元の方に声をかけ、最後の数段を登る。

飛び出た釘《くぎ》などがないか辺りを照らしたあと、懐中電灯を一度置いた。ざらりとした床面に手をつくと、そのまま前へ這《は》って下半身を持ち上げる。横座りになり、再び手に取った懐中電灯を暗闇へと向けた。前後左右に光を走らせ、まずは全体を把握する。

一階と同じく八畳ほどの広さがある二階には、ほとんど物がなかった。がらんとした床面に木屑《きくず》や小さなゴミのようなものが落ちているが、それほど汚れているようには見えない。床の中央に一本だけ柱が立っており、その柱から梁《はり》が左右に渡されていた。屋根の形に傾斜した天井は充分な高さがあり、阿南の身長でも頭をぶつける心配はなさそうだった。

壁際に光を向けると、正面側についた大きな窓の横に、文机《ふづくえ》のような物が置いてあるのが見えた。両開きの窓扉は、ぴったりと閉じられている。窓の右手の壁には特に何もないが、左手の壁にはぼろぼろに破れた障子が立てかけられていた。そして今上がってきた穴のある窓の反対側の壁際には、長持が一つ置かれていた。

机の下に人影はなく、破れた障子の陰に隠れられるはずもない。

「やっぱり誰もいないよ。机と長持があるだけ。白土さんは置いてあるものに触らないようにって言ってたけど、一応、中も見た方がいい？」

穴から顔を覗かせ、阿南に報告する。長持は横幅が一メートル数十センチ、奥行きと高さが数十センチあるので、人が入ることができるサイズではある。

「それは確認した方がいいでしょうね。ところで、床が傷んでいる様子はありますか？」

尋ねられ、懐中電灯で足元を照らしながら周囲を歩いてみる。所々で軋む音はするものの、板がたわむ感触はない。いつの時代に建てられたものか、しっかりした造りのようだ。

そう伝えると、阿南は出し抜けに踏み桟に足をかけ、梯子がゆさゆさと揺れるのにも構わず登ってきた。慌てて立てかけてある方の側木を押さえる。

あっという間に二階に辿り着いた阿南は、ぱんぱんと手についたゴミを払うとジャケットの前を開き、内ポケットからペンライトを取り出した。点灯すると、まずは壁に立てかけた障子の方へと大股《おおまた》で歩いていく。そして障子の前にかがみ込み、長い両腕をふわりと左右に広げた。

突如として意味不明な振る舞いを始めた後輩に呆気《あっけ》に取られていると、阿南は両手を広げたまま立ち上がり、蔵の正面側へと歩を進めた。窓の前に立つと上体を左に傾け、広げた両手を窓の上下に合わせる。

「そこの障子は、この窓に嵌《は》めていたものだったようですね」

その言葉で彼が障子のサイズを測ろうとしたのだと分かり、奇矯《ききょう》な仕草が腑に落ちた。けれど普通、蔵の窓に障子などついていただろうか。

疑問を口にすると、「いえ、一般的には格子を嵌めるなどすると思いますよ」と窓枠を照らしてみせる。そこには元々は格子が入っていたらしい、ほぞ穴が残っていた。

「窓の障子は、この二階に誰かが住んでいたことの証《あかし》だと思います。おそらくは紘乃さんが地蔵堂に向かう道のりで話してくれた《天眼》——《鬼眼》の力を持つ少女でしょうね」

やはりあの時の想像は当たっていたようだ。とすると例の経文は窓際に置かれた、この小さな文机の上で書かれたのだろうか。引き出しなどはついていない、脚と天板だけの簡素な造りの机に目を落とす。表面を照らすと、薄く埃を被った天板の左奥に、何を置いていたものか直径数センチほどの丸い跡が残っていた。よく見ると左右対称の右奥の位置にも同じ丸い跡がある。燭台《しょくだい》を置いたにしては、二ヵ所にあるのは不可解だった。

意見を求めようとしたが、すでに窓への興味を失ったらしい阿南は奥の壁際の長持の前に移動していた。そういえば中を調べたいと言っていたのだ。まさかあの中に昴太が隠れているとは思わなかったが、一応そちらへ向かう。

長持は角に金具のついた頑丈なもので、蓋の部分にも金属製の持ち手がついていた。

「鍵などはないようですね」と、阿南が側面に目を凝らす。蓋の下の辺りに丸い金具がついていたが、どうやら家紋が彫られた飾り細工らしかった。

「僕が開けるので、照らしてもらえますか」

阿南はペンライトを床に置くと、左右に一つずつある持ち手に両手をかける。動きが固いのか、かなり力を入れた様子で持ち上げて、ようやく蓋が開いた。誰も隠れてなどいないと思いつつも、やや緊張しながら懐中電灯を向ける。

「――大丈夫。食器とか、雑貨みたいなのがいくつか入ってるだけだった」

安堵しながら漏らすと、阿南はごとりと蓋を壁に立てかけ、床のペンライトを拾った。自身も中を覗き込み、「特に変わったものはないようですね」とつぶやく。

長持の中には、わずかな日用品らしきものが残されていた。白い茶碗《ちゃわん》や皿といった食器と、同じく白の小さな花瓶が二つ。紺地に白い小花の紋様の入った、手のひらほどの大きさの巾着《きんちゃく》袋。そしてお供えものでも載せるような、少し歪《いびつ》な楕円《だえん》形の台座がある。木製と見える焦げ茶色の台座には、紫色の小さな座布団のようなものが敷かれていた。

「これって、《鬼眼》の女の子の持ち物だったのかな」

だが巾着袋を除けば、女性の手回り品らしきものは一つもない。それに筆や墨といった写経に使ったはずの書道具や、衣類がないのは少し不自然に思えた。

「もしかすると、彼女が未来を見るのに使った道具かもしれませんね」

言われてみれば紫色の小座布団は、よく占い師が水晶玉なんかを載せているものに似ている気もする。そんなことを考えながら長持の中を見下ろしていた時、不意に横から阿南が腕を伸ばし、巾着袋に触れた。

「ちょっと、蔵の中のものに手を触れないようにって、注意されたばかりでしょう」

ぎょっとして注意するが、阿南は感触を確かめるがごとく袋の表面を撫でながら「やっぱり……」と感心したようにつぶやく。何がやっぱりなのかと尋ねると、満足げに答えた。

「これ、印伝《いんでん》ですよ。佑季さんも触ってみてください」

飛び出した聞き慣れない単語に、それはどういうものかと重ねて聞いた。阿南によれば印伝とは、甲州《こうしゅう》に伝わる伝統工芸品なのだという。うながされてためらいつつも触れると、しっとりと手に馴染み、それでいて丈夫そうで、布製と見えたが違うようだ。

「こちらは鹿《しか》の革を加工して染め、漆で紋様を描いているんです。四百年以上前にインドから伝わったものが国内でも作られるようになったんだとか。この製法が現在でも受け継がれているのは甲州だけなんですよ」

すらすらと披露される蘊蓄《うんちく》に耳を傾けながら、この印伝の巾着の中には何が入っているのだろうと気になった。しかし袋の口にはトンボ玉のついた組紐《くみひも》が幾重にも巻かれて固く結ばれており、滅多《めった》なことでは開けてはいけないように思える。さすがの阿南もその禁忌的な佇《たたず》まいを察したらしく、すぐに袋を元の場所へと戻した。

なんとなく巾着袋から視線を外して他の品物を観察するうち、今度は私があることに気づいた。

「さっき、机の二ヵ所に丸い跡がついていたんだけど、この花瓶かも。同じものが二つあるし、大きさもちょうどこれくらいだった」

阿南は机の跡には気づいていなかったようで、説明を聞いて思案顔で花瓶に目を落とした。

「多分この花瓶は、榊《さかき》を活けるためのものだと思います。神棚や祭壇なんかに供えてあるのを見たことがあるでしょう」

教えられて、窓の方を振り返る。だとするとあれは机ではなく、何かを祀る祭壇だったのだろうか。ならばその祀られていたものとは、なんだったのか——。

しんと静まり返った蔵の二階に、何かの気配を感じたような気がして、思わず身震いをした。しばらく耳を澄ましてみたが、外の庭木がざわめく音がするだけだった。

「ねえ、もう何もないって分かったんだから、早く下りよう」

いまだペンライトで周囲を照らしている阿南を急《せ》かす。

「昴太はいなかったんだし、明日は六時前には起きなきゃいけないんだから」

そもそもここに上ったのは、昴太が隠れていないこと——万が一にも閉じ込められてなどいないことを確かめるためだ。余計なことをしている場合ではない。先ほどの渡瀬との打ち合わせで、技術スタッフを乗せたロケ車は七時半に到着すると決まっていた。

強い口調でうながすと、渋々といったように長持の蓋を元どおり閉め、梯子のかかった穴の方へと戻っていく。後ろについて歩き出した時、阿南が中央に立つ柱に目を向けたまま足を止めた。

どうしたのかと尋ねると、無言でペンライトの光を柱の上の方へ向ける。阿南が示したその印に、やはり《鬼眼》の少女はこの場所で経文を写し書きしていたのだと確信した。

剝《む》き出しの柱と梁には、経文の裏に書かれていたのと同じ《芯墨》と《水墨》の墨付けの記号が残されていた。


阿南、私の順で一階へと下りると、再び畳んだ脚立を二人で抱えて庭を横切る。すでに警察犬や捜査員による集落の捜索がなされているはずだが、深夜とあって周辺住民に配慮しているのか、赤色灯の光などはここからでは見えなかった。時折響く車のエンジン音に耳をそばだてながら母屋に着き、玄関の引き戸を開ける。白土夫妻や紘乃はもう眠りについているのか、話し声などは聞こえなかった。

「じゃあ、アラームかけるの忘れないでね」

納戸に脚立を仕舞い、客間で寝ることになっている阿南に声をかける。もう日付が変わろうという時刻で、昴太は今頃どこでどうしているのかと胸が締めつけられた。その一方で睡眠不足で明日も体力が持つだろうかと心配になった。

廊下で阿南と別れたあと、足音を忍ばせて洗面所に向かう。シートタイプのクレンジングで手早く化粧を落としながら、今日起きた様々なことを思い起こしていた。

蔵での撮影中、誰も声を立てたはずはないのに録音されていた「おい」と呼びかける男の音声。翔はその時、自分のすぐそばで「見るな」という声を聞き、直後に《目のない少女》の幻影を見たという。

そして阿南によって明かされた、半紙の裏に描かれた記号の意味。すべての経文を正しい位置に並べた時、墨文字の濃淡や太さ、行の間隔によって、あたかもフォトモザイクのように巨大な女の顔がそこに現れた。

戦時中に白土家の蔵の二階に閉じ込められたと思われる《鬼眼》の少女は、あの女の顔を経文に残すことで、何を伝えようとしたのか。一瞬、知っている誰かに似ているようにも思えたあの女は、いったい何者なのか。

だが今もっとも気がかりなのは、その女の顔を見たあとに姿を消してしまった昴太の消息だった。あれだけ周囲を捜して見つからないということは、集落を出ていったのだろうか。

この時間になっても帰らないことに加え、連絡がつかないのも心配だった。私からも何度かメッセージを送ったものの、やはり電源が切られたままのようで既読にならなかった。

荷物や靴がなくなっており、また小隈宛《あて》のメッセージの文面からしても、自分の意思で家を出たのだろうとは思う。だが、本当にそうなのだろうか。

誰も指摘しなかったが、小隈に届いたメッセージは、昴太が送ったものとは限らないのではないか。昴太を連れ去った何者かが、身の回りのものを持ち出した上で昴太のスマートフォンからメッセージを送り、偽装したとは考えられないだろうか。

しかし昴太がいなくなったとされる時間帯には、この家には秀継と寿江、紘乃だけでなく撮影のためにスタッフや俳優たちまでが出入りしていた。それだけ人目がある状況で、小学六年生の男子を無理やり連れ出せたとは思えない。とすると、やはり昴太がこっそり家を抜け出したというのが、もっとも妥当な考えだった。

昴太はなぜ、姿を消すことになったのか。小隈宛のメッセージにあった《探さないといけないもの》とはなんなのか。それには経文に隠されていた女の顔を見たこと、さらには以前彼がこの家を訪れた時に見たという《蔵の中で大きな女と一緒にいる夢》が関わっているのだろうか——。

いくら考えてみても、明確な答えは出なかった。冷たい水で顔を洗い、とにかく今は昴太が無事に帰ってくることを祈るしかないと自分に言い聞かせる。

あの男性警察官が言っていたように未成年の家出は緊急案件とされ、大規模捜査が行われるのだ。きっと昴太は明日にも見つかるだろう。ならば予定どおり『赤夜家の凶夢』は来春に放送される。東京に戻って以降はスケジュールに遅れが出ないよう、編集や音声の調整といった、いつもの進行をしていくことになるはずだ。そのためにも、明日のロケ最終日の撮影をトラブルなくやり遂げなくてはいけない。

どうにか気持ちを切り替えて洗面所を出る。寝室として割り当てられた二階の部屋へ向かおうと階段を上りかけた時、客間の襖が開いた。寝巻きなのか、例の某有名怪談タレントのコスプレなのか、作務衣《さむえ》に着替えた阿南が顔を出す。

「佑季さん、寝る前に一つだけお伝えしたいんですが、いいですか」

まったく良くないが、拒否する間を与えず阿南は続けた。

「今日、昴太君がいなくなったと分かる直前に僕が言いかけたこと、覚えてますか」

色々なことが起こりすぎて、正直まるで覚えていなかったが、記憶を辿ってようやくおぼろげにその時のことを思い出した。

「そういえば、白土家について驚くような情報が入った——とかなんとか言ってたっけ」

その後の騒動で詳細を聞くどころではなかったが、あれはなんの話だったのだろう。尋ねると阿南は「きちんとしたソースを調べないと、確かなことは分からないんですが」と歯切れの悪い前置きをして明かした。

「今から六十年前のことですが、集落である凶悪な《大量殺人事件》が起こり、その事件に関わったとして、白土家から逮捕者が出ている可能性があります」

三

翌朝、五時にセットしたアラームが鳴る前に起き出すと、身支度を整えて階下へ下りた。昴太の安否の心配に加え、寝る直前に阿南からもたらされた驚愕《きょうがく》の報告の件もあり、昨晩はほとんどまともに眠れなかった。

今から六十年前、この集落で恐るべき大量殺人事件が起きた。そしてその事件に関わり、白土家の人間が逮捕された可能性がある。にわかには信じられない話だった。

昨日の夕方、阿南は何十体もの地蔵が祀られた地蔵堂を見て、その由縁が気になったのだという。ネット検索で調べても詳しいことが分からず、地元の情報が集まる掲示板で質問してみたところ、それが戦後に起きたある大量殺人事件の犠牲者を祀るためのものだという投稿があったのだそうだ。その際、集落に代々続く旧家から逮捕者が出たとして、当時大騒ぎになったらしいと書かれていたという。

「匿名の掲示板の投稿ですから、真偽は定かではありません。その大量殺人事件というのも、検索してもそれらしいものは出てきませんでした。今はそんなことを検証している場合ではないですし、ネットの情報だけでは正確なことは分かりませんから、明日の撮影が終わって東京に戻ってから、僕の伝手《つて》で調べてみようと思います」

阿南によれば、彼が入会している会員制のオンライングループには、オカルトや都市伝説、超常現象といったものに関する通常は手に入らないような情報が、日々寄せられているらしい。厳正な審査を通過した会員たちはそれぞれの分野で様々な事象に精通しており、例の経文について問い合わせた歴史学の准教授も会員の一人らしかった。そこのグループチャットに質問を投稿すれば、大抵のことには回答が得られると阿南は語った。

私も気になって検索してみたが、阿南の言うとおり集落でそんな事件が起きたという記事は見つからなかった。ただの怪談めいたデマなのかもしれないが、集落の旧家から逮捕者が出たという委細がわざわざ記されていた点に現実味があり、受け流すことができなかった。

居間のガラスドアを開けると、ソファーにかけていた先客が振り返った。

「杉田、まだこんな時間だぞ。もうちょっと休んどいた方がいいんじゃないか？」

私と同じく寝ていない様子の小隈が、気づかわしげに眉根を寄せる。

「これくらい平気ですよ。小隈さんこそ、もっと寝てたらいいのに」

あくびを嚙み殺しながら、スタッフ用のクーラーボックスからミネラルウォーターのペットボトルを出して口をつける。音量を絞ったテレビでは朝のニュースが流れていた。三連休の最終日で、高速道路の渋滞が予想されるという内容だった。

「——昴太を連れて帰る頃には、解消してるといいけどな」

画面の方を見たまま、小隈が低い声でつぶやく。そうですね、と返し、それが叶《かな》うことを強く願いつつ斜め向かいのソファーに腰を下ろした。

「明け方に撤収していったよ。多分、集落の外に出たって判断したんだろうな」

主語が抜けていたが、捜査員のことだと分かった。きっと一晩中、警察の動きを追っていたのだろう。男性アナウンサーが「さて」と明るい声でスポーツの話題に切り替えたところで、私も口を開く。

「昴太から連絡……ないですよね」

小隈は力なく首を横に振った。

「夜中も、今朝方も電話したけど、電波が入らないところにいるか電源が入っていないってさ。なんのために高いスマホ買ってやったんだか分かんねえよな。まあ財布も、紘乃が買ってやったおやつと飲み物も持って出てるし、腹は空かせてないと思うけどさ」

強がるように言って唇の端を上げる。笑ってみせようとしたのだろうが、頰を歪めただけにしか見えなかった。

「私もメッセージを送ったんですけど、既読つかなくて」と、そんな小隈から視線を逸らしてアプリを開いた時、少し前に昴太に《涙の夢》について尋ねていたことを思い出した。小隈に了解を取り、昴太にこれまでに見た夢のことを教えてほしいと頼んだところ、返信があったのだ。

「小隈さん。昴太の夢のことなんですけど、《犬に匂いを嗅《か》がれる夢》って、聞いたことありますか？」

唐突な質問に、小隈は「なんだ、そりゃ」と目を瞬《しばた》かせる。

「ほら、前に昴太に《涙の夢》のことを聞いてみるって話になったじゃないですか。それで昴太に夢の内容と見た時期、それから夢を見た頃に起きた出来事で覚えていることがあったら教えてって頼んだんですよ。そしたら、そういう夢を見たって返事をくれて」

昴太の行方や、どうして出ていったのかという話よりも、あの不思議な夢の話をしていた方が小隈の気が紛れるのではないか。そう考えてこの件を持ち出した。

「犬の夢を見た時期は、昴太が小学二年生の時だそうです。確か夏休みだったって。昔のことだから、特に覚えていることはないって書いてたんですけど、小隈さん、その頃に昴太の身の回りで起きたこととか、記憶にないですか」

アプリの画面を見せながら尋ねる。そこには《仰向けに寝てるとひたすら柴犬が匂いを嗅いでくる夢》という一文が表示されている。小隈は「あいつ、なんでこんな夢見たんだ」と呆れたように笑った。昨晩、昴太がいなくなったと分かってから初めて見せた笑顔だった。

「昴太が二年生の時か。うちは飼ったことないけど、近所で何軒か柴犬を飼ってた家はあるよ。散歩させてるのを見たことがある」

「仰向けに寝てて、匂いを嗅がれるっていうのは、そういう経験があったってことなんですかね。昴太がそんな話をしてたの、聞いたことありますか？」

「いや、覚えてないけどなあ。それに四年も前のことだろ？　昴太以上に、俺が忘れちゃってるよ」

苦笑する小隈に「だったら、二年前のことなら覚えているでしょう」と、先日昴太に詳細を教わった点滴の夢の話を切り出した。

「昴太が四年生の時、《点滴を見上げている夢》を見たって聞きました。その夢を見た前日に体育の授業で捻挫して、小隈さんに病院に行ったから点滴の夢なんか見たんじゃないかって言われたって」

小隈は思い出したというように眉を上げると、「ああ、確かにそんなことがあったよ」とうなずいた。

「時期的に考えると、その夢を見た少しあとに、近所で殺人事件が起きましたよね」

やや不穏な話題だが、思い切ってそのことを口にした。

「昴太が四年生の時のゴールデンウイーク明けに、杉並区のアパートで在宅看護を受けていた男性が亡くなって、訪問医が逮捕されたって事件があったじゃないですか。心不全とされたのが、調べてみたら薬物が原因だったたって分かって。その後、嫌疑なしと判明して医師は釈放されたんですけど、あの事件現場のアパート、昴太の小学校の近くだったんですよ」

そこまで聞いた小隈が、怪訝そうに首を傾げる。何かおかしなことを言っただろうかと言葉を止めて待つと、意外な話を始めた。

「それ、多分昴太の思い違いだな。というか、記憶を混同しているんじゃないか」

どういうことかと尋ねると、「近所で殺人事件が起きたなんて初めてだったから、あの時のことは覚えてるんだ」と身を乗り出した。

「昴太が点滴の夢を見たって言ったのは、殺人事件が起きた翌日の話なんだ。確かに連休前に体育の授業で捻挫したんだけど、その時は担任の先生が病院に連れて行ってくれたんだよな。それから連休明けに経過を見るのに受診して、次の日に夢の話をされたんだよ」

小隈の言葉を反芻《はんすう》し、慌てて確かめる。

「じゃあもしかして、昴太はあの夢を見た時点で、殺人事件のことをニュースで知っていたんですか」

小隈はどうしてそんなことを聞くのかというふうに、不思議そうな顔で答える。

「いや、そんなことはないはずだよ。だってあの事件、最初は単なる心不全と思われたのが、その後の捜査で殺人事件だって分かっただろ？　被害者が亡くなってから医者が逮捕されるまで、一週間くらい間があったから」

小隈が語った当時の状況を聞いて、私は昴太の夢に対する自身の見解が、まったくの誤りだったと気づいた。昴太の《涙の夢》は未来に起きることを夢として見たもの――予知夢なのではないかと考えていたが、そうではなかったのだ。

昴太が点滴の夢を見た時には、すでに事件は起こり、被害者は亡くなったあとだった。だが点滴のラベルに記された被害者の名前は、ニュースなどで事前に見ることはできなかった

――漢字すら知らない名前だった。

昴太はなぜそんな夢を見たのか。その夢には、どういった意味があるのか。

考え込んでいた時、「そういえば……」と小隈が思い出したように口を開いた。

「あいつがいなくなったのに気づいた時、布団をめくったら、枕がやけに湿っててさ。もしかしたら昴太は、出ていく前に、例の夢を見ていたのかもしれない」

だとすれば、どんな夢を見たのだろう。その夢が、探さなければならない何かを示していたということなのか。

それより前に、昴太はこの家で、蔵の中で大きな女と一緒にいる夢を見たと不安がっていた。

ここで小隈に進言することは避けたが、昴太が姿を消したことと《涙の夢》には、何か繋がりがあるように思えてならなかった。


ほどなくして白土夫婦と紘乃、阿南も起きてきた。それぞれ支度を整えると私と阿南は七時前には家を出て、午前に撮影を行う予定の庭へと向かった。天気予報を見て、晴天の今日に屋外のロケを集中させてあった。私たちが撮影箇所を点検して石や折れ枝などの障害物を取り除いている間に、小隈は警察署に電話をかけ、捜査に進展があったか尋ねていた。

「警察犬による捜索と聞き込みで、昴太は集落からバスに乗ったことが分かったそうだ。今バス通り一帯のコンビニの防犯カメラを調べているが、まだ昴太の姿は確認できていないらしい。引き続き周辺の店舗や住人から情報を集めつつ、さらに範囲を広げていくってさ」

通話を終えた小隈が気落ちした様子で報告した時、ロケバスの一号車が狭い農道をこちらへ向かってくるのが見えた。会話を中断し、昨日と同じ空き地へ誘導する。渡瀬は白土夫妻への挨拶を済ませるとさっそくアシスタントディレクターに指示を出し、庭の方へと機材を運んだ。私は千歌に頼んで俳優陣の控え室となっている応接室と和室に、全員分の衣装をハンガー掛けしてもらった。

「このあと小隈Pたちと打ち合わせがあるから、悪いけど千歌ちゃん一人にお願いしちゃっていい？」と手を合わせると、千歌は「任せてください」と元気づけるように大仰な仕草で胸を叩《たた》いた。

「他にも頼みたいことがあったら、なんでも言ってくださいね。私、めっちゃ働くんで」

渡瀬から昨晩のことを聞いているのだろう。千歌とは仕事終わりに飲みに行ったこともあり、小隈との関係も、昴太が幼い頃によく私が面倒を見ていたことも知っていた。

その後、技術スタッフたちがカメラやマイクの調整を始め、各々が動き出したところで、小隈と渡瀬と私の三人でロケ車内で短い話し合いをする。

「一応警察の方にも確認したけど、白土家でのロケは予定どおり続けて問題ないそうだ。社長にはこれから報告する。それと今日の撮影だけど、俺は申しわけないがちょっと抜けさせてもらって、義父に車を借りて息子を捜しに行こうと思うんだ。もちろん電話は繋がるようにしておくから、何かあればいつでも──」

そんなの、当たり前じゃないですか、と渡瀬が怒ったように遮る。

「現場はディレクターが二人もいるんですから、小隈さんは必要ないですよ。息子さんのことに専念してください」

私もまったく同じ意見だった。事前の段取りもきちんと組んできたし、そうそうプロデューサーの判断が必要な事態は起きないだろう。すまなそうに何度も詫びる小隈を、いいから安心して行ってきてくださいと送り出し、私と渡瀬はどの順番で撮影を行うか、このあとの流れを打ち合わせた。

やがて俳優陣を乗せた二号車が到着し、衣装合わせとメイクが済んだところで撮影が始まった。予定どおり、午前中は庭で姿を消した少年を母親が捜すシーン、次いで少年が怪異に遭遇して逃げ出すシーンと、屋外での場面が続く。自分が書いた脚本だが少年役の葉山翔を母親役の女優が必死で捜し回る演技には、昨晩の小隈の姿が重なり胸が詰まった。

そのあとは薄く開いた蔵の戸の奥から、女の怨霊が手招きをしているというシーンの撮影に入る。今日も特殊メイクを施した女優の押川峰子が、青白く塗られた腕を戸の向こうでゆらゆらと揺らしてみせた。

「手だけでここまでの表情を出せるって、凄いですよね」

いつか自身でも映像作品を手がけたいと望む千歌は表現についても勉強中のようで、一発OKを出した峰子のカットを一緒に確認しながら感嘆の声を漏らした。千歌の言うように、彼女の演技は見事だった。

「特に変わった動きをしているわけじゃないのに、これは生きている人間じゃないって感じがするんだよね」

そう同調したところで、昨日覚えたあの強烈な違和感は、それと似たものだったのではないかと気づいた。

経文の筆文字から現れた女の顔は、人の姿をしていながら、自分と同種のものとは思えなかった。むしろ形が同じだからこそ、異物であるという印象が際立ったのかもしれない。

あの女は実在する人物なのか。それとも《鬼眼》の少女が頭の中で生み出した、何かの象徴のようなものなのか。だがだとすればなぜ、昴太はあのような反応を見せたのか——。

女の正体について湧いてくるまとまりのない考えと、何より昴太の安否を憂《うれ》う切実な思いに心を乱されながら、私はどうにか目の前のことに集中し、ディレクターとしての役割を担った。

昼休憩を挟み、午後に入ってからの屋内での撮影も滞りなく進んだ。階段や廊下での撮影は主に私が監督を務めたが、和室での場面は昨日に続き渡瀬が監督し、上手く分担できた形となった。だが午後三時を過ぎ、あとは和室の数シーンを残すだけという時になって、子役の葉山翔が体調不良を訴えた。

「多分、午前中の撮影で日に当たりすぎたせいだと思うんです。頭痛がして、なんだか胸の辺りが苦しいって言い出して」

水分補給するように気をつけていたんですが、と女性マネージャーは恐縮した様子で頭を下げた。その横で首を垂れた翔は顔色もすぐれず、立っているのもしんどそうに見えた。

「でしたら翔君には先に上がってもらいましょう。翔君の出演シーンは撮り終えてますし、具合が悪いのに最後までいるのはつらいですよね。手の空いているADにロケ車で特急の停まる駅まで送らせますから、そこから電車で帰ってもらうのでどうでしょうか」

「いえ、それは申しわけないですし、翔も撮影が終わるまで参加したいと言ってるんです。少し休めば回復すると思いますから」

廊下でのそんなやり取りが聞こえたのか、居間にいた秀継が「どうしたの。その子、具合が悪いの？」と顔を出した。状況を説明すると、秀継は寿江に自室から往診バッグを持ってくるように頼み、翔を居間で診てくれることになった。

昨日、昴太も世話になったそうだが、秀継は翔の胸や背中に聴診器を当て、次いで両手で首のリンパ腺《せん》に触れ――と、丁寧に診察してくれた。

「翔君は、喘息《ぜんそく》の診断を受けたことはあるかな？」

質問に翔はいいえ、と首を横に振る。マネージャーも、保護者からの聞き取りで持病がないことは確認済みだと答えた。

「息を吐いた時に、ちょっと喘鳴《ぜんめい》がしているみたいだね。杉田さんが言ったように、今日のところは帰って、早めに病院を受診した方がいい」

そんな――と翔は納得のいかない顔でマネージャーを見る。

「別に僕、少し頭が痛いだけで、休めば平気だと思います。呼吸の音がおかしいなんて言われたことないし、大丈夫ですから……」

「いいから帰りなさい」

秀継は有無を言わさない強い口調で、翔が言い募《つの》るのを遮った。これまでに見せたことがない厳しい表情でマネージャーを睨む。

「一刻も早く、この子を連れて東京に帰りなさい。それから必ず、向こうで病院を受診させるように」

　秀継の迫力に気圧されたように、女性マネージャーは翔を説得すると帰り支度を始めた。私も渡瀬に事情を話すとアシスタントディレクターの横山にロケ車の運転を頼み、翔たちを駅まで送り届けてもらった。

「どうもお世話をおかけしました。マネージャーさんからメールがあって、車に乗ったあとは翔君だいぶ調子が戻ったそうです」

「だったら良かった。紘乃も小さい頃、よく病気をしたものだから、つい心配でね。余計な口出しをしてすまなかったね」

　マネージャーからの報告を伝えると、秀継は先ほどの剣幕とは打って変わって穏やかな表情で口元をほころばせる。二日間にわたる撮影に協力してもらった上、昴太のこともあって疲れや不安が重なっているはずの状況で、出演者の健康状態にまで気を配ってくれた。その心づかいに感謝しながらも、一点だけ、秀継の不自然な言動に引っ掛かっていた。

　翔に呼吸器の疾患の兆候が見られたのだとしたら、なぜ病院を受診させるよりも先に、東京へ帰ることをうながしたのだろう。今日は祝日ではあるが、山梨県内でも救急で診てもらえる病院はあったはずだ。

　もしかすると症状は緊急性のないもので、東京へ帰ってからの受診でも問題なかったのかもしれない。だが、ならばどうして、あんなにも早く帰るようにと急かしたのか。

　不可解に感じながらも、それについてじっくりと考えている暇はなかった。すべての撮影が終わると、俳優陣にはロケ車一台を出して先に東京へ送り届け、外部の技術スタッフと社員総出で機材の片づけと撮影に使った箇所の原状回復を行うこととなる。

「床の間の日本刀と掛け軸、押入れに仕舞ってあるから。扱いに気をつけてね」

スタッフたちに指示を出しながら自らも和室の機材をまとめていた時、仏間で作業をしていた千歌に呼ばれた。

「佑季さん、すみません。ちょっと見てほしいものがあって」

いつになく困惑した様子で手招きすると、カメラに映り込まないようにと鴨居から外してあった遺影の額の一枚を「これなんです」と示す。厳《いかめ》しい顔をした、目つきの鋭い老齢の男性がモノクロで写っていた。眉が濃く、唇を強く結んだ表情から頑迷そうな印象を受ける。

「遺影の裏に名前が入っているんです。元の順番に並べようとして、これに気づいて」

言いながら遺影を裏返すと、そこには達筆な筆文字で《白土征三》とある。昨日紘乃から名前を聞いた寿江の祖父だ。千歌はその名前の横にはみ出した薄茶色の紙を指差した。

「何か挟まっているみたいだから、直した方がいいかと思って裏の板を外したら、これが入ってたんです」

千歌の説明に、そっと板をずらす。そこには所々にしみの浮いた、古びた封筒が挟み込まれていた。手に取ると、いくらか厚みがある。手紙だろうかと裏返したが、宛名などは書かれていない。その代わりにインクのにじんだスタンプで『早川《はやかわ》産婦人科』という文字が捺《お》されていた。

「男の人の遺影なのに、産婦人科って――もしかして撤去作業の時に、間違えて入っちゃったんじゃないかって心配になって」

不安げに訴える千歌に「さすがにそれはないんじゃないかな」と返しつつ、どうにも中身が気になった。「一応、確認するね」と言いわけめいたことを口にしながら、封筒の中から折り畳まれた用紙を引っ張り出す。

思いのほか薄っぺらい黄ばんだ紙を広げると、まずは縦書きの罫線の入った一行目に万年筆らしき筆跡で『診断書』とある。その横に『北巨摩《きたこま》郡奥砂村』から始まる住所と、患者氏名として『白土照子《てるこ》』という名が記されていた。白土征三の妻の名前だろうか。

続けて『卵巣皮様嚢腫《ひようのうしゅ》』と病名があり、『肥大傾向のため要経過観察』という簡潔な摘要のあと、『上記のとおり診断する』と結ばれていた。日付は昭和三十三年四月九日となっている。

見慣れない字面の病名だが、なぜだか以前、どこかで耳にした気がする。誰か私の周囲に、この疾患に罹った人がいたのだろうか……と思い起こしていると、「大丈夫ですか」と千歌が心配そうに顔を覗き込んできた。

「疲れている時に、すみませんでした。調子悪かったら、休んでてくださいね。私、昨日はぐっすり寝られたんで、こき使ってもらって大丈夫ですから」

いつもは元気な印象のアーチ形の眉が下がり、丸い瞳には憂いの色が浮かんでいる。ただ考え込んでいただけなのだが、心労で朦朧《もうろう》としていると思われたようだ。

「大丈夫。多分これ、この方の奥さんのものだと思うから元のところに仕舞っておくね。ここは私が代わるから、千歌ちゃん、床の間の方に入ってくれる？　向こう、手が足りなくて遅れてるみたい」

笑顔を作って指示を出すと、千歌は「本当に無理しないでくださいね」と私の体調を気にする素振りを見せつつも、床の間の装飾品を箱から出して並べるのを手伝い始めた。

別の作業を頼んだのは方便だった。千歌がこちらに背中を向けたところで、封筒に指を差し入れる。先ほど手にした時にもっと厚みがあるように感じたのは、やはり間違いではなかった。奥の方に、何か厚紙のようなものが残っていた。引き出してみて、それが写真であると分かると同時に、そこに写る異様な人物に悲鳴を上げそうになる。

モノクロの写真に写っていたのは、籠目柄《かごめがら》の着物にモンペを穿《は》いた、小柄な少女だった。和室の襖を背に一人立つ彼女は小さな手をお腹の前で重ね、少し首を傾げるようにしてこちらを向いている。

日本人形のような口角の狭い唇は閉じられており、彼女がどんな表情をしているのかは分からなかった。十歳に満たない年代のその少女は、鼻から上――額の辺りまでを、包帯か何かの布状のもので厚く覆われていた。表面に膠《にかわ》が塗ってあるようで、まるでギプスのようにのっぺりと固められた様は、子供の頃に博物館で見たミイラを思わせた。

葉山翔が「目のない女の子が立ってた」と怯えていたことを思い出す。蔵の中で彼が聞いた「見るな」という太い男の声は、あるいは白土征三の声だったのだろうか。

診断書と写真を仕舞った封筒を遺影の裏に挟み込むと、他の遺影とともに鴨居の元の場所にかけ直した。額の裏側の名前をすべて確認したが、そこに『白土照子』の名はなかった。

おそらく照子というのは、あの写真の少女の名前だ。そして彼女こそ蔵の二階に閉じ込められ、そこで短い一生を終えた、白土家の最後の《天眼》――《鬼眼》の少女なのだろう。二十歳を越えて病死したと聞いたが、あの診断書は照子を受診させた時のものだったのかもしれない。

思いがけず新たな事実がもたらされたが、今はそれについて考えている余裕はなかった。蔵の方を担当している渡瀬と連携を取りながら、引き続き母屋の機材の撤去と原状回復作業に集中する。小物の配置を終えると、男性スタッフが中心となって大きな家具を所定の位置に戻し、室内に傷をつけないよう床や壁を養生していた厚布を外した。

ほぼ元どおりに片づいたところで掃除と並行して白土家から借りた小道具をリストと照らし合わせ、破損がないことを確認して返却した。そして最後に私と渡瀬とで白土夫妻と一緒に各部屋を回りながら、異状がないか見てもらった。

小隈が戻ってきたのは、その点検の最中《さなか》のことだった。一日かけて集落の周辺とバスの路線から近い商業施設などを回ったが、昴太の姿も昴太らしき子供を見たという情報もなかったそうだ。憔悴しつつも小隈は荷物の積み込みなど、残りの作業に手を貸してくれた。

その後、帰り支度を終えて改めて全員で白土夫妻にお礼を伝えると、ロケ車の前に集合した。

「皆さん二日間、本当にお疲れさまでした。今日は急な事情で迷惑をかけたけれど、杉田と渡瀬、技術さんたち、そしてスタッフのみんなのおかげで怪我も事故もなく撮影を終えられました。俺はまだこっちで対応することがあるので一緒には帰れませんが、くれぐれも運転に気をつけて帰ってください」

小隈の総括のあと、残った一台のロケ車にみんなで乗り込む。

昴太の行方が分からなくなっていることは、田尻たち外部の技術スタッフには、はっきりとは伝えていなかった。だが昨晩、渡瀬が昴太を見かけなかったかと確認して回ったことで、薄々察している者もいただろう。しかし、誰もそれを口にしたりはしなかった。

「小学生が一人で何日もどこかに泊まれるはずもないし、今夜のうちには保護されるか連絡してくるとは思うんだ」

ロケ車に乗り込む直前の別れ際、小隈は自分に言い聞かせるようにそう語った。今日は捜査員が市内の公共、商業施設をはじめ、バス会社やタクシー会社、鉄道の各主要駅にまで聞き込みに回っているそうで、このあとその結果の報告を受けるのだという。

しかし、小隈の願いとも言える予想は、あえなく裏切られた。それから五日が過ぎても昴太の発見には至らず、山梨県警は捜査を公開捜査に切り替え、広く情報提供を求めることとなった。

四

「じゃあ関係先には、私と制作部長とで説明に回るよ。こういう事件だし、当事者が表に出る必要もないだろう」

「本当に、ご迷惑をおかけして申しわけありません」

「いやいや、とにかく昴太君が早く帰ってくるように祈ってる。しばらくは勤務はリモートでいいし、チーム全体でフォローするから、無理だけはするなよ」

キュープロ代表取締役社長の九条忠章《くじょうただあき》は、小隈の肩に大きな手を置いて励ました。そして同席していた私と渡瀬に軽くうなずくと、制作部長とともに会議室を出ていった。

昴太が行方不明となった翌日、二日間の山梨でのロケを終えて東京に戻った私と渡瀬は、遅い時間まで事務所で待機していた九条社長に状況を報告した。小隈からも電話で事態を伝えてはいたが、ドラマの撮影ロケ中に関係者の未成年の息子が行方不明となったこと、そして同年代の少年が主要登場人物であるという作品の内容を考えると、慎重に事を運ばなければならないというのが九条の考えだった。

当初、昴太が早い段階で保護され、事件として知られることがなければ、スケジュールどおり編集作業に入るはずだった。だがこうして公開捜査となったからには、一旦《いったん》番組制作は中断し、今後の状況に合わせて対応すると取締役会並びにコンプライアンス室の会議で結論が出た。

「杉田と渡瀬にも、迷惑かけてすまない。特に杉田はチーフをやってもらったのに、こんなことになって」

机の上に両手を置き、小隈が深く頭を下げる。

「そんな——今は仕事のことなんて考えなくていいですよ。『赤夜家の凶夢』だって、まだ制作中止になったわけじゃないですし。むしろ私に手伝えることがあったら、なんでも言ってください」

学生時代から頼りにしてきた小隈の悲痛な表情を見るのが苦しく、なんとか取りなそうとした。渡瀬も「引き継げる業務は、遠慮なくこっちに振ってください」と気づかう。

「ありがとうな。週明けにはまた山梨に戻るけど、この週末はこっちにいるし、なんかあれば動けるから」

白土家に今日の昼まで滞在し、自宅に戻らずに会社へ報告に来た小隈は、スーツケースを引《ひ》き摺《ず》りながら疲れ切った足取りで事務所をあとにした。

小隈を見送ったあと、再来月に撮影を予定しているバラエティ番組のコーナーのロケ地案を出すため、六時半過ぎまで居残っていた。いくつか規模や立地が条件に合う候補が見つかったところで、一息入れようとパソコンを閉じると、「そろそろ帰るか」と、同じ並びのデスクの渡瀬が立ち上がって伸びをした。

「珍しいですね。渡瀬さんが七時前に帰るなんて」

渡瀬も私と同じく独身で、どうせ家に帰っても飲んで寝るだけだからと、遅くまで仕事をしているのが常だった。

「『赤夜家の凶夢』もストップしたし、今日は急いでやることもないからな」

その口調と横顔が、どことなくほっとしているように思えて気になった。帰り支度を始めた渡瀬に、今回のことをどう捉えているのか確かめてみようかと逡巡していた時、事務所のドアが開いた。

「渡瀬さん、聞きましたよ。山梨でのロケで撮影した映像データに、おかしなものが映っていたそうですね」

勢い込んで入ってきたのは、今日は別のディレクターについて埼玉《さいたま》にロケハンに出かけていた阿南だった。お疲れさまを言う間もなく渡瀬に詰め寄る。

「一緒にロケハンに行った横山君が教えてくれたんです。渡瀬さんから、気味の悪い動画を見せられたって」

「あいつ、よりによって阿南にしゃべったのかよ」

顔をしかめた渡瀬が、がりがりと頭を掻く。どういうことかと尋ねると、渡瀬は気まずそうに明かした。

「NGテイクだから、杉田には見せてなかったんだ。会社に戻って改めて確認してた時に、横山と千歌が近くにいたんだよ。やめとけって言ったんだけど、千歌がその手の動画なら、SNSとかでバズらせれば宣伝になるかもって騒いで見たがってさ」

「横山君の話によれば、《あり得ないもの》が映っていたそうですね」

阿南が興味津々といった様子で割って入る。持って回った物言いに、どんな映像なのか私も少々気になってきた。

「そのファイルのデータ、まだ消去していないんですよね。できたら確認させてもらってもいいですか」

私までそんなことを言い出すとは思わなかったのか、渡瀬は戸惑っているふうだったが、一応、この企画については私がチーフディレクターということで尊重してくれたのだろう。再び自分のデスクに腰を下ろすと、ロケのデータを一括で入れていた共有フォルダとは別に保存していたという、その動画ファイルをノートパソコンに読み込んでくれた。あとは再生するだけの状態にすると、席を譲って立ち上がる。

「俺は一回見たから、好きに見てくれ。ちょっと煙草《たばこ》吸ってくる」

なぜか焦ったようにデスクの上の電子たばこを摑むと、出ていってしまった。閉まるドアに目をやりながら、急に心許ない気持ちになってくる。再生ボタンにカーソルを合わせたまま躊躇していると、阿南が横からマウスに手を伸ばし、さっさとクリックしてしまった。画面が一度真っ暗になったあと、ディスプレイいっぱいに風に揺れる夏草が映し出される。

映っていたのは白土家の庭の景色だった。視点は地面付近から徐々に上へと向かい、やがて緑の茂みの奥に、特徴的な白い漆喰壁が現れる。そこでロケの一日目の、蔵の外観を撮ったシーンだと分かった。やがて視点が固定されると、そのままズームアウトして引きの画面となり、蔵の全体が映り込む形になった。

今のところ、何も変わったものなど映っていない。瓦屋根の向こうには澄んだ青空が広がっていて、ホラードラマの導入のカットとしてはのどかすぎる画だ。だが私は、その映像を食い入るように見つめながら、全身が水を浴びたように冷えていくのを感じた。

何かがおかしい。けれど違和感の正体が分からない。画面の細部に目を凝らす。閉じた正面の引き戸。立派な枝を伸ばした松の木。そして二階の大きな窓――。

「……ありえない」

阿南と、ほぼ同時につぶやいていた。二階の窓が開いている。

中の様子は暗くてよく見えない。だが窓枠の向こうに、あの太い柱が覗いている。そしてその陰から、何かがゆらりと頭をもたげようと――。

ばん、と音を立ててノートパソコンが閉じられた。思わず目を背けたあと、恐々《こわごわ》視線を横に移すと、阿南の長い腕が肩越しに伸びていた。

「見たか」

低い声が響き、はっとして振り返る。いつしか戻ってきた渡瀬が、ドアの前に硬い表情で立っていた。

「いえ、最後までは」と、呆然《ぼうぜん》としている私の代わりに阿南が答える。

「ならいい。このデータは俺が消去しておく」

つかつかと歩み寄ると、渡瀬はノートパソコンをバッグへと仕舞った。椅子にかけた上着を羽織《はお》りながら、険しい表情で独りごとのように続ける。

「他のカットでは、どれも窓は開いていなかった。その日、何度も蔵に出入りしたけど、二階に人なんかいなかったはずだ」

そのことは昴太が行方不明となったのち、私と阿南も確認している。

「誰かが、映っていたんですか」

阿南が聞いた。渡瀬の肩がびくりと震える。

「渡瀬さんは、最後までこの映像を見たんですか。そこには何が――」

「何も映っていない」

強い口調で言い切ると、渡瀬は私たちと目を合わせないままバッグを抱えてドアへ向かう。取ってつけたように「お前らもあまり遅くならないようにな」と言い残し、事務所を出ていった。遠ざかる足音を聞きながら、阿南は難しい顔で口をつぐんでいた。

「ねえ、私たちもそろそろ帰ろうよ」

おずおずとうながす。すでに他に残っている社員はいなかった。自分のデスクに戻り、机の上を片づけていると、ぼんやりと通路に突っ立っていた阿南がぽつりと言った。

「『赤夜家の凶夢』は、制作中断となって良かったのかもしれません」

聞き捨てならない言葉に、手が止まった。

私は阿南ほどオカルトに興味はない。小隈からチーフディレクターを任された時も、正直あまり気乗りはしなかった。それでも視聴者に楽しんでもらえるよう精一杯力を注いで脚本を書き、演出を考え、魅力的な俳優と確かな仕事をしてくれる技術スタッフを手配した。様々なトラブルはありつつもどうにか二日間の撮影を終え、これから編集作業に入るという時になって作品が世に出せなくなるのは、胸が潰れるほど無念だった。

その上、制作が中断された理由は、赤ん坊の頃から親戚の子供のように接してきた昴太が行方不明になったことなのだ。五日間も帰ってこないとなると、もはや単なる家出とは考えられない。感情に蓋をして日々仕事をしながらも、ふとした拍子に昴太の屈託のない笑顔が思い浮かび、そのたびに大声で叫びたい気持ちになった。

「人の気も知らないで、よくそんなことが言えるね」

阿南にこんなことを言っても仕方がない。けれど言葉があふれるのを止められなかった。怒りのためか、視界が歪む。こちらを見つめる阿南が、驚いたような顔になる。

「阿南君はいいよね。自分の好きなことしか見えていないんだから。でも私たちの仕事には色々な人が関わっているの。作品を完成させて企画を成功させるために、力を出し合ってきたの。小隈さんなんて、自分の家族の安否が分からないって状況なのに、私たちのことを気づかってくれて――」

すみませんでした、と阿南が急に声を上擦らせたので、きょとんとした。謝るにしても、何をそんなに動揺しているのだろう。

「そんなつもりで言ったんじゃないんです。僕の不用意な発言で、佑季さんを傷つけてしまって、本当に申しわけありません」

重ねて詫びると、阿南は深々と頭を下げる。

「いや、傷ついたとか、大げさだよ。ちょっとこのところ疲れてたから、私こそ、言い過ぎちゃって……」

ごめん、と言おうとして、自分の声が震えていることに気づいた。頰に伝った水滴が、ぽたぽたと床に落ちる。私はいつから、泣いていたのだろうか。

静かにこちらへ歩み寄った阿南は、言おうか言うまいか迷うように唇を嚙み、複雑な表情で目を伏せていた。やがて腹を決めたように小さく顎を引くと顔を起こす。

「横山君から聞いたのは、気味の悪い動画を見たという件だけではないんです」

唐突に別の話が始まって困惑する私に構わず、阿南は続ける。

「渡瀬さんがあのNGカットを確認した時、その場にいた横山君と千歌さんも一緒に映像を見たと話していましたよね」

確かにそう聞いたが、それがどうしたというのだろう。

「横山君は途中で嫌な感じがして、ずっと目を逸らしていたんだそうです。だから渡瀬さんや千歌さんがあの映像を最後まで見たのか、何を見たのかは分からないとのことでした。ただ——」

言葉を切ると、阿南は苦しげに眉を曇らせて告げた。

「千歌さんはその日以来、体調を崩したとかで、ずっと出社していないそうです」

千歌にお見舞いのメッセージを送ったが、休んでいるのか既読はつかなかった。心配から再び重い気持ちに包まれた私を励まそうとしてか、阿南はお詫びをさせてほしいと食事に誘ってきた。私自身、こんな気分のまま一人で過ごしたくなかったので、甘えることにした。

阿南の地元の人気店だという荻窪駅近くの洋食店で夕飯がてら軽く飲み、多少元気を取り戻して店を出る。そして帰りの電車を調べようとした時だった。

「僕のマンション、ここから歩いてすぐなんです。できたら寄っていってくれませんか」

不意に阿南が、真面目な顔になって言った。

「佑季さんに、お話ししておきたいことがあるんです。そんなにお時間は取らせませんから」

五

終電にはまだ二時間近く余裕があった。一応は独身男性である後輩社員の部屋に立ち入ることに若干のためらいはあったが、阿南のいつになく切迫した表情に気を吞まれ、つい了承していた。

阿南の自宅マンションは洋食店から路地を入った飲食店街の中ほどにあり、先の言葉どおり本当に歩いてすぐのところだった。五階建てのレンガ調の外壁の一面に蔦《つた》が這っており、この時間に見上げると不気味な印象だ。

部屋は四階の四〇四号室だった。古くて狭いエレベーターを降り、外灯が点滅する外廊下を進む。怪談ライブのノベルティと見える某タレントの名入り提灯《ちょうちん》キーホルダーのついた鍵でドアを開けると、阿南は照明を点《つ》け、どうぞ、とうながした。小さなキッチンと浴室らしい樹脂パネルの折れ戸を過ぎた先は、六畳ほどのワンルームとなっているようだ。だが正確な広さは摑めなかった。

「想像はしてたけど、思ってた以上に凄い部屋だね」

入口付近に立ち尽くし、私は正直な感想を漏らした。

その部屋はクローゼットの扉を除くすべての壁面が、オカルトや心霊関係の書籍とDVD、怪しげな仮面や人形の並ぶ棚で埋め尽くされていた。おそらくどこかにはあるだろう窓も塞がれている。

そしてそれらの棚の前にはさらに同じような雑誌や書籍、ファイルケース、収納ケースといったものが積み重ねられており、中央の座卓の手前にぽっかり空いた数十センチ四方のスペースとそこから入口までの獣道のような通路以外、足の踏み場が一切なかった。こんなところで、いったいどうやって生活しているのだろう。

「どうぞ、その辺に座ってください」

阿南が二段重ねとなっていた収納ケースを四段に重ね、私が座る場所を作ってくれる。崩れてくるのではないかと怯えつつ、フローリングの床に正座した。座卓の上に積まれた本と大学ノートの束を寄せると、阿南は床に積んだファイルケースの一つを摑み出し、その中に挟まれた書類を座卓の空いたところに広げた。

「先日のロケの初日の晩に僕が話したこと、覚えてますか。あの集落で大量殺人事件が起きて白土家から逮捕者が出たらしいという件ですが」

阿南が書類をめくりながら切り出した。どうやら雑誌か何かをコピーしたものらしいそのうちの一枚を、私の方に差し出す。

「僕が入会しているオンライングループでも、これについてはなかなか情報がなくて——かなり苦労したんですが、会員の一人がマスコミ関係者ということで伝手を頼って、該当する事件の記事を見つけることができました。おそらく、これのことだと思います」

阿南が示した記事には『殺人助産婦の無慈悲な凶行』『共犯の医師が隠蔽《いんぺい》を手助けか』という煽《あお》り文句が躍っている。

「何これ——どういう事件なの？」

おどろおどろしい文言に、思わず顔をしかめる。《殺人助産婦》なる惹句《じゃっく》に事件の詳細など知らない方がいいという忌避感を覚えたが、ここまで来てそういうわけにもいかない。

「まずはこの事件の、おそらくは発端となった事件のことからお話しします。戦後の混乱期のことなんですが、新宿のある助産院で、百人以上もの嬰児《えいじ》が殺害されるという大事件が起きたんです」

淡々と語られた概要に衝撃を受ける。噓《うそ》でしょ……と、気づけばつぶやいていた。いくらなんでも、その人数はあり得ない。

「この事件については、ネット検索すればすぐに出てきますよ。発覚したのは一九四八年のことです。犯人の当時四十代の助産師は一九四三年から約四年にわたって親が育てることができずに預けた子供に食事を与えず放置するなどして死なせ、養育料やミルクなどの配給品を横領していたんだそうです」

「その殺された子供の人数が、百人だったっていうの？」

吐き気が込み上げ、口元を押さえながら尋ねた。阿南はどう答えるか迷うように首を傾げたあと、静かに告げる。

「百人というのは、事件が発覚してからの捜査によって最低でも百人と推定された人数だそうです。実際には、もっと多かっただろうとされています」

絞られたように胸が苦しくなり、浅い呼吸を繰り返す。阿南は意識してそうしているのか、感情を交えず落ち着いた口調で続けた。

「しかしそれだけの人数の子供が殺害された事件でありながら、裁判ではすべてを殺人だと立証することができず、被告人も殺意を否認したため、死刑ではなく懲役刑となりました。そうして罪を軽くできると見越して、同じことをする者がいたのでしょうね。同様の事件が都内の別の産院や関西の医院でも起きています。そして十五年後の一九六三年、あの奥砂村でも酷似した事件が起きたんです」

それがこの雑誌記事となった事件なのだと阿南は語った。

「集落で助産師として働いていた女が、同じように近隣の町から育てられない子供を預かってきては殺し、養育料を着服したとして捕まったのだそうです。犠牲者は遺体が見つかっただけで二十人——実際には、それ以上の嬰児を殺害したとされています。他にも行方が分からない子供がいたので」

それ以上とは、何人だったのか。想像しかけて目の前が白くぼやけ、動悸が激しくなってくる。背中に冷や汗がにじんでいた。あの日紘乃に案内された、林の中の地蔵堂が思い浮かんだ。大きさも、形も異なる何十体もの地蔵。あれはおそらく犠牲となった子供の親たちが、殺された我が子を弔うために祀ったのだ。

「通報のきっかけは、里子に出した子供を取り戻そうとした親がそれを拒否され、警察に駆け込んだことでした。最初の犯行から事件が発覚するまでに、二年を要したそうです」

「ちょっと待って。新宿の事件もそうだけど、どうしてそんな大勢の子供を殺して、周りが気づかなかったの？　何年も発覚しないなんておかしいでしょ」

つい責めるような語調になった。阿南は「それこそ、新宿の犯人のやり方を模倣したんですよ」と事もなげに答える。

「発覚が遅れた理由は、共犯者である医師に虚偽の死亡診断書を作成させ、自然死として扱われるよう偽装していたためです。発見された遺体というのは、すべて正規の手続きを経て埋葬されていたんですよ。そしてその共犯の医師こそが、白土寿江さんの祖父——白土征三氏でした」

告げられた事実に、しばし言葉を失っていた。寿江が白土家の過去にまつわる話をかたくなに明かさなかったのは、それが理由だったのだと悟った。

「この記事によれば、征三氏は死亡診断書を作成するにあたり、人目につかない敷地内の蔵に嬰児の遺体を運び込ませていたのだそうです。近所の人が当時、あそこに助産師が出入りするのをしょっちゅう目撃していたとあります」

言いながら阿南は記事のコピーをこちらに向けた。該当の箇所に目を通すと、近隣の住人の証言として「時折、赤ん坊の泣き声のようなものが聞こえた」とあった。

「これって、もしかすると嬰児の殺害も、あの蔵の中で行われていたってこと？」

戦慄して顔を上げる。阿南もさすがに強張った表情で「おそらく、そういうことではないでしょうか」とうなずいた。

つい数日前、私たちはその蔵でドラマ撮影のロケを行い、さらには昴太が隠れていないか確認するために隅々まで捜索したのだ。あの日、蔵の二階に上がろうとした時にわけもなく恐怖を覚えたのは、過去にあの場所で命を落とした無垢《むく》な魂の残滓《ざんし》を感じ取ったためだったのだろうか。

そんなオカルトじみた考えに耽る私をよそに、阿南はファイルをめくり次のページを指す。先ほどの記事の続きで、逮捕された白土征三の顔写真とともに氏名が記されていた。四十代くらいと見えたが、あの仏間の遺影の人物に間違いなかった。

ふと、私はここで、ある事実に気づいた。どうしてこのような事態となっているのか。記事の一文を示し、阿南にその理由を尋ねる。

「ねえ、ここ……犯人の助産師の名前が、伏せ字になっているのはどうしてなの？」

阿南は、「あれ？　さっき話しましたよね」と不思議そうに首を傾げる。

「殺害された嬰児は全員、征三氏の作成した虚偽の死亡診断書によって自然死とされました。そして正規の手続きを経て火葬され、埋葬されたため、殺害されたという証拠は一切残っていませんでした。ですから助産師は殺人犯として逮捕されたものの、起訴されることなく釈放されたんですよ」

養育料の着服についても、証拠不十分で不起訴となったという。信じがたい話を聞かされ、呆気に取られていると、「それよりも、見てもらいたいのはこちらです」とページをめくる。そしてその片隅に掲載された、ある一枚の写真を示した。

それは数人の若い女性の集合写真だった。どこかの診療所と思しき建物の前に、かなり古い時代のものと見える白衣姿の女性たちが並んでいる。

女性の顔はみな、墨で丸く塗り潰されていた。ただ一人、その右端に立つ女においては、目の部分に黒い線が入っただけとなっている。私は女の顔を凝視した。

「大昔の雑誌のコピーですし、目線が入っているので、断言はできません。でも、似ていませんか？」

問いかけられ、こくりと首を縦に振った。

狭い額と、薄い唇。白土家でのロケの初日に、蔵の床に並べた経文の上に現れた、巨大な女の顔――あの顔と瓜二つ《うりふた》だった。この女の顔を見た時に誰かに似ていると既視感を覚えたのは、もしかすると過去にいずれかの作品の制作資料か何かとして事件記事の写真を目にしていたからだったのかもしれない。

「《鬼眼》の少女には、未来を見通す力があったそうですね。彼女はその力をもって白土家に——自身の父親である征三氏に災厄をもたらす女の顔を、あのような形で知らせようとしたのではないでしょうか」

　白土家では《天眼》と言うのだと紘乃は語ったが、この呪わしき家に伝わる力は、やはり《鬼眼》と呼ぶのがふさわしいと思えた。おそらくは照子という名の《鬼眼》の娘は、父の征三からその力を使うことを禁じられ、蔵の二階に押し込められていた。そうした状況にあっても、どうにかして自分の見たものを知らせなければという思いで、あの経文を残したのかもしれない。

「ですが結局、征三氏は犯人である助産師に協力し、結果として二十人——きっとそれ以上の赤ん坊が命を落としたのでしょう」

　私たちはこれまで白土家について、《鬼眼》の少女のことや、十二歳の男児に起こる障りのことなど、隠されていた秘密を明らかにしてきた。だがこの事件はそういう超常現象や呪いといった類のこととは、まったく次元が異なる話だ。

「調べたところ、征三氏は二十代で婿養子として白土家に入ったようです。《鬼眼》の力を持って生まれた長女を含む四人の子を生《な》し、事件に関与したとして逮捕されたのは四十九歳の時でした。殺害には加担していないことから懲役刑ではなく禁錮《きんこ》刑となったようですね。征三氏は刑に服したあとも、それまでどおり医師として働き続けました。娘婿に医院を任せてあの家で老後を過ごしたのち、二十年前に天寿をまっとうしています」

　二十人もの子供の命を奪うのに手を貸しながら、その後も医師として在職していたというのは驚きだった。だがあの集落では戦後間もない時代、医師が不足していたと聞く。逮捕歴のある人物であっても、それが村で唯一の医師であれば、頼らざるを得なかったのかもしれない。

「でも普通はそんなことになったら、元どおりには暮らしていけないよね。だって村中の人が罪を犯したことを知っているんでしょう。ましてその征三って人は婿養子だったわけだし、なんで集落を出ていかなかったのかな」

「白土家はそもそも《鬼眼の家》として恐れられ、集落の人間から距離を置かれていたはずです。だからどう言われようと、気にすることもなかったんじゃないでしょうか」

阿南が以前にも述べていた話だ。《鬼眼の家》にかけられた呪いは、一族と関わりを持った人間にも及ぶとされていた。六十年前のあの土地では、それを信じていた者も多かったのかもしれない。

語られた推測に納得しながらも、私にはもう一つ、どうしても理解できない点があった。それはある意味、この事件への根源的な疑問だった。

「犯人たちは、どうして、そんなことができたんだろう」

絞り出すように問うと、膝に置いた手を握り込む。

「罪のない子供を殺すことは、殺人の中でも、もっとも心理的抵抗が高いと思う。助産師や医師という命を扱う職業の人が、なんで――」

声が詰まり、先が続かなかった。子供を手にかけるなど、想像もしたくないことだ。だが犯人の助産師はそれを行い、医師の白土征三は彼女が犯行を重ねるための手助けをした。彼らは自分たちのしていることを、どう捉えていたのだろう。

それらの疑問を口にすると、阿南はしばらく思案したあと、「職業意識が殺人を踏みとどまる理由となるのか、僕には分かりません」と言った。

「ただどうしてそんなことをしたのかという動機については、お金のためだったというのが答えだと思います。助産師が嬰児を殺害したのは養育料を着服するためだった。そして白土家も、どうしてもその時、お金が必要だったはずです」

どういうことかと質すと、阿南は答えた。

「白土家は《鬼眼》の力を使って富を得てきた家でした。けれど最後の《鬼眼》の少女は、その頃にはすでに亡くなっていたはずです。加えて戦後、GHQによる農地解放で、強制的に田畑を小作人に譲渡することになった。あれだけの旧家を存続させるのには相当な費用が必要だというのに、それを生み出す手段を失ってしまったんです」

それで人の道に外れたことをしてまで、金銭を得ていたというのか。阿南は白土征三がそうした追い詰められた状況にあったと言いたかったのだろうが、私はむしろそれを聞いて、これまでにも増して激しい嫌悪が湧き上がるのを抑えられなかった。お金のためだとか、家を存続させるためだとか、そんな理由で多くの子供の命を奪った彼らに、強烈な反感と、そして胃の底が冷えるような恐怖を覚えていた。

「ドラマの制作が中断されたことを、それで良かったのかもしれないと言ったのは、千歌さんのことだけでなく、この事実が分かったからというのもあったんです」

阿南はぽつりと言ったあと、真剣な眼差しでこちらを見据えた。

「白土家にまつわる因縁は、《鬼眼》による障りだけではないと思います。二十人もの子供の命を奪うのに手を貸して、いったいどれだけの恨みを受けているか分からない。前にお話ししたように、そうした呪いは当事者だけでなく、その周辺にも降りかかる可能性があります。あの家にはもう、関わらない方がいい」

ロケハンに向かう車中で阿南は、呪いとは確率の偏りだと語った。白土家の男児は、十二歳で行方不明になるか、命を落とす。昴太はあと四日で、十二歳の誕生日を迎える。

「そうだね。阿南君の言うとおりだと思う」

阿南の忠告を受け入れた上で、私は続けた。

「でも昴太が無事に見つかるまでは、関わらないわけにはいかない。だって今のところ昴太の行方の手がかりは、あの家にしかないもの」

昴太が姿を消した理由に関係していると思われる、あの経文に隠された顔の女。彼女は二十人もの赤ん坊を殺害した《殺人助産婦》と称された人物だった。そして寿江の祖父である白土征三はその女の凶行に手を貸し、逮捕されていた。

それを白土家の人間が、まったく知らなかったはずがない。阿南と話し合ううちに、私は決意を固めていた。

再び白土家を訪れ、昴太を取り戻すために秀継と寿江から情報を引き出す。これほどのことを隠していたのだ。あの家には、まだ明かされていない秘密があると確信していた。

私の宣言を聞いた阿南は、ふと表情を和らげ、「佑季さんはきっと、そう言うだろうと思っていました」と述べた。

「僕の方でも《鬼眼》やそれがもたらす呪いについて引き続き情報を求めつつ、文献をあたってみます。新たなことが分かったら、すぐにお知らせしますから」

そう告げると、阿南は思いついたように「ちょっと待ってください」と、やおら立ち上がった。木彫りの仮面や煤《すす》けた西洋人形の並ぶ棚の前へと進み、それらの不気味なオカルトグッズを選《え》り分《わ》けて、何かを探し始める。やがて「ああ、ありました」と戻ってくると、大事そうに手のひらに載せたものを見せてきた。

覗き込むと、それは白い石片のようだった。やや縦長のハート形をしていて、ギターのピックを少し大きくしたくらいのサイズだ。

「なんなの、これ」と尋ねると、阿南は「鏃《やじり》です」と私の方へ差し出した。手に取って眺めると薄くて尖っていて、矢の先端の部分らしいと分かる。だが妙に軽かった。普通はもっと頑丈な石や、金属で作るのではないだろうか。

「実用の鏃ではなく、魔除《まよ》けの呪具なんです」

阿南が解説してくれて、なるほどと納得する。

「山梨県における富士山信仰——富士講《ふじこう》は修験道《しゅげんどう》と深く関わっていまして、そちらは富士講の行者《ぎょうじゃ》が作ったとされている、いわばお守りのようなものです。かなり貴重な品で、手に入れるのに苦労しました。あまりそういうことを信じない佑季さんにとっては、気休めにもならないかもしれませんが、それを肌身離さず持っていてもらえますか」

確かにこういったものに効力があるとは思えないが、そんな大切なものを預けてくれた阿南の気持ちはありがたかった。素直にお礼を述べ、滑らかな手触りの表面を撫でながら、「ちなみにこれって、何でできているの？」と尋ねる。

「入定《にゅうじょう》して即身仏となった高名な修行僧の骨から、削り出して作ったものなんですよ」
得意満面で答えた阿南に、私は即座に貴重なお守りを突き返した。

六

週が明けた早朝、キャリーケースを引いて通勤客もまばらな中央線に乗り込むと、阿佐ケ谷駅へと向かった。今朝東京を出発して山梨に戻る小隈の車に、何か手伝いをさせてほしいと頼み込んで同乗させてもらうことになったのだ。

ちなみにあの晩、阿南に渡された人骨製の鏃は、結局ハンカチで厳重に包んで手荷物の中に入れてあった。返そうとしたものの「海外のオークションで三十万円で落札したんです。きっと効き目がありますから」と切々と訴えられ、強引に持たされてしまった。

飯田橋《いいだばし》を過ぎ、静かに水をたたえたお濠《ほり》を車窓に眺めながら、以前はよく夕暮れ時にこの景色を見たことを思い出す。美津が亡くなってから、忙しい小隈に代わって昴太のお迎えに行くのに何度も阿佐ケ谷へ通った。大学時代からの付き合いだった美津を突然に失い、心に空いたその穴を埋めるように、率先して昴太の世話を買って出た。

降り注ぐ朝日に温められたシートに身を預けながら、当時のことを思い返すうち、不意にある記憶が蘇った。白土征三の遺影の裏に隠されていた診断書の病名をどこかで聞いたことがあると感じたが、あれは昴太を迎えに行った際に、野城保育園で耳にしたのだ。

お迎えのあと、保護者たちは大抵の場合慌ただしく我が子を連れて帰宅するが、何か相談事があったりすると、園庭で子供を遊ばせながら保育士や育子園長と話し込んでいくことがあった。その日、昴太と仲が良い子の母親が育子と話をしていたため、昴太がまだ友達と遊びたいと言い張り、居残ることになった。

二人目を妊娠中の若い母親は、出産したら育休を取るため、上の子を保育園に預けられなくなるかもしれないと心配していた。来年度はまだ空きがあるから大丈夫だと答えた育子に、その母親は「そういえば……」と、かなり不躾《ぶしつけ》な質問をした。

「育子先生って、お子さんは息子さん一人だけですよね。なんか昔のお母さんって、何人も産んでそうなイメージでしたけど」

いくら寛容な育子でも、そんな質問は不快だろうと思ったが、いつもの穏やかな笑顔のまま「息子を産んだあと、病気をしてしまったの」と、あっけらかんと答えた。

「そのままだと癌《がん》になるかもしれないと言われて、卵巣を取ることになったのよね」

そう話すと「世の中には産みたくても産めない人だっているんだから、身体に気をつけて授かった命を大切にね」と母親をいたわった。その時に育子の口から出たのが卵巣皮様嚢腫で、聞き馴染みのない病名だったので印象に残っていたのだ。

育子が言ったように癌化することもある病気だったのだとすると、《鬼眼》の娘である白士照子が命を落としたのは、やはりそれが原因だったのだろう。診断書には要経過観察とだけあったが、今より検査技術が発達していなかったことで、見落とされてしまったのかもしれない。

もしも照子がそんな時代に生まれていなければ、特別な力を持っていたからといって蔵に閉じ込められることも、若くして病で命を落とすこともなかったのではないか。人として当たり前の幸せを家族の手で奪われた彼女の悲運に思いを馳《は》せるうち、電車は阿佐ケ谷駅へと到着した。

ロータリーに停められた軽ワゴンに近づくと、小隈はパワーウインドウを下ろして「よう」と手を挙げ、荷室のロックを解除した。

「朝からありがとうございます。急に無理を言ってすみません」

この数日でかなりやつれた気配の小隈に詫びながらバックドアを開け、キャリーケースを積み込んだ。デパートの紙袋がいくつも並んでいたので中身を尋ねると、近所の人たちに配る菓子折とのことだった。

手回り品だけを入れたボディバッグを抱えて助手席に乗り込むと、「じゃあ行くか」と小隈が車を発進させる。天気や道路状況、仕事関係の話など、当たり障りのないことをぽつぽつと話しながら、車は八王子《はちおうじ》ジャンクションを過ぎ、中央道を進んでいった。

「――県内の主要駅の防犯カメラを全部確認してもらったけど、昴太らしい子供は映っていなかったそうだ」

富士山を横目に大月市《おおつき》に入った辺りで、ハンドルを握る小隈が疲労のにじむ声で漏らした。ここまで不自然なほど昴太のことを話題にしなかったのは、捜査に進展がないからなのだろうと思っていたが、やはりそのようだった。

「だからまだ山梨にいる可能性が高いと思うんだ。でもこっちの方に土地勘はないはずだし、いったいどこに隠れてるんだか……」

小さく息を吐くと、緩慢な動作でドリンクホルダーのエナジードリンクに口をつける。

「昴太、明後日《あさって》が誕生日でしたよね」

不用意にその件を持ち出してすぐ、今言うべきではなかったと後悔した。だが白土家の男児に降りかかる因縁のことは頭になかったのか、ああ、と小隈は何気ない様子でうなずく。

「毎年、プレゼントは新作のゲームを頼まれてたんだけど、今年は受験だからさ。入試が終わったら買ってやるって言ったんだ。そしたら勉強の合間に気分転換に遊びたいんだって猛抗議されてさ。どうにかゲームは来年まで禁止ってことで説得したんだけど、もしかしてあいつ、それを根に持って家出したのかな」

昴太がそんな理由で家出をするわけがないことは、小隈にも分かっているはずだ。だが今は、昴太は何か理由があって、自分の意思で姿を隠していると思いたいのだろう。何者かによって囚われ、帰ることができずにいると考えるよりは、その方がはるかにましだった。

どう返して良いものか迷ううちに、会話は途切れてしまった。核心を避けていては、望む答えは得られない。心を決めると、再び話題を変える。

「実はこの間、野城保育園の育子先生に会ってきたんです。昴太の夢のこと、何か聞いていないかと思って」

今度はなんの話かと、小隈は戸惑っているふうだった。少しの間が空いたあと、「昴太もおばあちゃん先生には懐いてたもんな」と応じる。

「その時に、美津さんが亡くなる前の話を聞きました」

ハンドルに添えた指がぴくりと跳ねた。動揺を隠すように、小隈は軽い調子で、そっか、とだけ言った。

「私、ずっと小隈さんに聞きたいことがあったんです」

緊張で声が上擦り始める。深呼吸を一つすると運転席へ顔を向け、ようやくこの道中で確かめるつもりでいたことを切り出した。

「小隈さんは、美津さんが本当に事故で亡くなったと思っていますか」

丸い目が大きく見開かれ、次いで瞬きをした。何かを言おうとするように唇が開いたが、ひゅっと息が吸い込まれただけだった。

「——どういう意味だ？」

しばしの沈黙のあと、当惑した表情で尋ねる。小隈にさらなる心痛をかけることに罪悪感を覚えながらも、先を続けた。

「美津さんは亡くなる前、昴太の出生のことで酷く思い悩んでいる様子だったと、育子先生は話していました。病院で抗不安薬を処方されて服用していたそうです。小隈さんも、そのことはご存じでしたよね」

「知ってたよ。確かフェノバルビタールとかいう薬だった」

小隈は平坦な声で答えた。なるべく早くこの対話を終わらせたいというような、つっけんどんな態度だった。

「私は育子先生に教えてもらうまで、知らなかったんです。それを聞いてから、美津さんは本当は事故で亡くなったのではないかもしれないと思い始めました」

言葉を切り、もう一度深く呼吸したあと告げる。

「美津さんは事故ではなく、自殺したんじゃないでしょうか」

一息に言うと、小隈を見つめた。小隈は前を向いたまま、こちらを見ようとしなかった。そして静かに尋ねた。

「杉田は、美津が昴太の出生のことで悩んでいたっていうのは、昴太と俺の血が繋がっていないことを気に病んでいたんだと思ってるのか？」

やはり小隈は知っていたのだ。分からないと正直に答える。小隈は「俺は違うと思う」と続けた。

「若い頃の疾患が原因で、俺に子供が作れないってことは、結婚前から分かってたんだ」

なんでもないことのように言った小隈が、さらに驚くべき事実を明かす。

「だから精子提供を受けて、人工授精で赤ん坊を授かるというのは、夫婦で何度も話し合って決めたことだ。昴太が生まれて、あんなに喜んでた美津が、あとになってそのことで悩むはずがないだろう」

突如もたらされた真実に衝撃を受けながらも、なんとか動揺を押し殺した。

小隈は私が美津からすべてを打ち明けられているものと思い込んでいるようだった。だが小隈と昴太が実の親子ではないと仄めかされただけで、それらの経緯は一切聞いていない。美津が昴太を妊娠するに至った背景を今この場で初めて知り、私は驚愕の渦中にいた。

そもそもあの告白を聞いて、彼女が別の男性との間に子供を作り、それを小隈に秘密にしているものと誤解していた。その誤解から、のちに妻の裏切りを知った小隈が憤りのあまり美津を事故に見せかけて殺害したのではないかという恐ろしい想像までしていたのだ。

だが必死で昴太の行方を捜す小隈に接するうち、そんな馬鹿馬鹿しい考えは吹き飛んでいた。そして代わりに美津の事故について、別の視点で捉え直し始めた。

「美津さんはいつも安全運転で、あんなふうにスピードを出しすぎることはありませんでしたよね。やっぱりおかしいと思うんです。理由は分からないけれど、育子先生の話では美津さんは、昴太にとんでもないことをしてしまったかもしれない、産んだのは間違いだったかもしれないと言っていたそうなんです」

育子の言葉を伝えると、小隈がぎょっとした顔になる。このことは何も聞かされていなかったのだろう。「あいつ、なんでそんなことを……」と眉をひそめる。

「美津さんが、あんなに可愛《かわい》がっていた昴太のことをそんなふうに言うなんて、よほど追い詰められていたんだと思います。それこそ、死を選んでもおかしくないくらいに――。小隈さん、何か思い当たることはありませんか。美津さんが亡くなる直前、そこまで苦しんでいた理由は、なんだったんでしょうか」

私の問いかけに、小隈は小さく首を横に振った。重い声で「違う」とつぶやく。強い光をたたえた瞳が、まっすぐに延びるアスファルトを捉えていた。

「美津の遺品を整理していて、覚えのない領収書を二枚見つけた。うち一枚は亡くなる一ヵ月前の日付で、どちらもある調査会社――探偵事務所のものだった」

いったいなんの話を始めたのか分からず、困惑していると、小隈は咳払《せきばら》いを一つしてハンドルを握り直し、言葉を継いだ。

「調査費用は二十万円と、六十万円。だけどなんの調査だったのかは記載がなくて――俺、そこの会社に電話して聞いたんだ。亡くなった妻がどんな依頼をしたのか知りたいって」

「教えてもらえたんですか？」

もしその内容が分かれば、美津が何を悩んでいたのか判明するかもしれない。淡い期待を抱いたが、「守秘義務があるからって断られたよ」とあえなく否定された。

「電話を受けた女性スタッフは俺に同情したみたいでさ、『旦那さんについての調査ではありませんでしたから』って――つまり浮気調査なんかじゃなかったってことだけ教えてくれたんだ。だから結局、美津が何を調べていたのかは分からない。でも美津は、追い詰められて逃げたんじゃない。何十万も払って調査会社に依頼して、悩みを解決しようと立ち向かってたんだ。死ぬ直前まで」

小隈はまくし立てるように語ったあと、それに……と、力のこもった声で続けた。

「美津は何があっても絶対に、昴太を残して命を絶ったりはしない。あいつがどんな悩みを抱えていたのかは分からないが、それだけは断言できる」

言い切ると、小隈は痛みに耐えるように唇を引き結んだ。私は見当違いな推量をしたことを詫びた。そもそもなんの確証もない上に、今さら調べようのないことだった。そして小隈が新たに明かした話からすると、自分の憶測は誤りだと思えた。

だが美津が七年前、何を思い悩んでいたかを知ることには、重要な意味があるという気がしていた。もしかするとそれも、昴太が行方不明になったことと、多少なりとも関係しているのかもしれない。

育子の話によれば、美津には《死者と通じやすい》――普通の人には見えないものが見える力があった。そして昴太は姿を消す直前に、《涙の夢》を見ていた可能性がある。美津の抱えていた問題が、そういった力に起因するものだとしたら、その内容を探ることは昴太の行方を捜す手がかりになるかもしれない。

しかし、昴太の安否が分からないまま一週間あまりが過ぎた今、これ以上不確かな意見を提示して、小隈の心をかき乱すことはできなかった。

あとで阿南に相談してみようと、私は浮かんだその考えを胸の内に仕舞い込んだ。

七

平日ということもあってか中央道はいたって空いており、白土家には昼前に辿り着くことができた。寿江と紘乃に挨拶し、この日の段取りを相談する。小隈は警察署で聴取を受けるため、再び車で出かけていった。私は紘乃とともに近所の家々にお礼の菓子折を配りに出る。それから村内の住宅を訪ねて回り、情報提供を求めるチラシを渡してきた。

二人で帰宅すると、ちょうど市内の診療所での勤務を終えた秀継が帰ってきた。

「杉田さんも、また遠くまで来てくれてありがとう。好生君、だいぶまいっているから助けてあげてね」

頭を下げる秀継も、この何日かの間に少し痩《や》せたように見えた。ふっくらした印象だった頰がくぼみ、オールバックの髪もやや乱れている。

「こちらこそ、お世話をおかけします。早く昴太君が見つかるように、なんでもお手伝いしますから、遠慮なく言いつけてください」

秀継が二階へ着替えに上がったあと、客間で渡瀬に現況報告のメールを打っていると、紘乃が顔を覗かせた。

「好生さんから電話があって、さっきのチラシ、バス通りの周辺でも配りたいそうなんです。枚数が足りなくなりそうだから、新しくコピーしてほしいって。街中の方に即日で印刷してくれるところがあるみたいなので、父の車で行ってきますね」

ついていきますと腰を上げると、一人で充分だからと遠慮され、「それより、両親の話し相手になってもらえますか」と頼まれた。

「父も母も、昴太君のことでとても気落ちしていて、食事の時なんか二人とも、ずっと黙り込んでるんですよ。杉田さんとおしゃべりできたら、いい気晴らしになると思います」

「分かりました。私でよければ」と承諾すると、紘乃は「助かります」と笑顔を残し、車のキーを手に出ていった。

一緒に行くと一応は申し出たものの、紘乃が留守にするのは私にとって都合が良かった。なんとしても白土夫妻から有用な情報を引き出さなくてはいけない。メールの送信を終えると、すぐに居間に向かった。ワイシャツからゆったりしたポロシャツに着替えた秀継が、ちょうど寿江にお茶を淹れてもらっているところだった。

「杉田さんもどうぞ座って。今、呼びに行こうとしてたところなの。いただいたお菓子、お持たせで悪いけど召し上がってね」

寿江が私にもお茶を淹れてくれる。テーブルの上には小隈が白土家の分にと買ってきた和菓子の箱があった。

「先週のロケでは、本当にお世話になりました。それに昴太君のことも、皆さんで捜してくださって感謝しています。その節は、無理を言って蔵の二階を捜させてもらったりしてすみませんでした」

二人の向かいに腰を下ろし、香りの良いお茶を一口啜《すす》ると、まずはお礼を言った。

「そんな——昴太君は僕たちにとっては孫だもの。杉田さんこそ、親身になってくれてありがとう」

私にとっても、昴太は身内のような存在だった。だから昴太を取り戻すために、もうなりふりを構うつもりはなかった。私はにこやかな笑顔を崩さないまま切り出した。

「ところで、あの蔵の二階には何を祀っていたんですか」

その一言で寿江と秀継が凍《こお》りついたのが分かった。寿江は茶碗に手を添えたまま青ざめ、唇を結んでいる。秀継は齧《かじ》った栗饅頭《くりまんじゅう》を咀嚼《そしゃく》することを忘れているようだ。

「熱くないんですか」と寿江の手を指差す。寿江は熱を帯びた茶碗に触れていたのに今気づいたというふうに、慌てて手を離した。そして私に鋭い視線を向ける。

「なんのことかしら。あそこには使わない道具が仕舞ってあっただけだと思うけれど。もうずっと二階には上がっていないから、私も何があったか覚えていないの」

「確かに、寿江さんは覚えていないかもしれません。それを祀っていたのは、あなたのお祖父様の白土征三さんでしょうから」

征三の名前を出した瞬間、寿江は椅子から立ち上がった。無言で背を向け、テーブルを離れようとする。

「《鬼《おに》の鏡《かがみ》》——そう呼ばれているらしいですね」

寿江が雷に打たれたように足を止めた。

「弊社の阿南が《鬼眼》——白土家では《天眼》と呼ばれていたものについて、調べてくれました。《鬼眼》の子供は、自然に生まれることはない。《鬼の鏡》という呪物《じゅぶつ》が、この家にあったはずなんです」

はやる気持ちを抑えつつ、あの蔵の二階に祀られていたであろう呪物——まじないに用いる特別な力を帯びた道具の存在を示唆《しさ》する。週末をかけて《鬼眼》について調べていた阿南がその件を知らせてくれたのは、昨晩のことだった。

「《鬼の鏡》は、修験道のある一派に伝わる秘術によって作られた呪物で、その中でも相当に力が強く、忌まわしいものだそうですね。それを作るには無垢な少女の百八つの眼球と、四十九枚の舌が要る。さらに《鬼の鏡》を作った術者自身も生きたまま顔の皮を剝《は》がされ、生贄《いけにえ》として捧《ささ》げられるのだとか」

阿南はそのように教えてくれたが、どうやって作るのかは想像したくなかった。

「《鬼の鏡》はその力を維持するために、存在する限り、無垢な魂を求め続ける。もしも扱いを間違えれば甚大な障りを受けます。厳重に和紙で包んだものを袋に入れて縛り、しかるべきところに正しく祀らなければならない。そして絶対にそれを目にしてはいけないと伝えられています」

袋と聞いて、あの長持の印伝の巾着がそうなのではと考えたが違うらしい。昨日の時点では詳しく話してもらえなかったが、《鬼の鏡》を保管する袋には、ある特別な素材が用いられるのだそうだ。

「《鬼の鏡》はきちんと祀れば代償は必要ですが《鬼眼》の娘を授け、様々な恩恵をもたらしてくれる。けれど蔑《ないがし》ろにすると先ほど言ったように、一族が恐ろしい障りを受けることになります。あの蔵の二階には何かを祀っていた形跡があったけれど、《鬼の鏡》と思われるものはなかった。白土家の男児が過去に何人も亡くなったのも、昴太がいなくなったのも、《鬼の鏡》を粗末《そまつ》に扱ったことが原因なんじゃありませんか」

白土家の仏壇の位牌に彫られた没年は、どれも昭和三十年代だった。おそらく白土征三がこの家の当主だった頃に、どういった経緯があったかは知らないが《鬼の鏡》を祀ることをやめたのだろう。

「《鬼の鏡》を、どこに隠しているんですか。明後日に昴太が十二歳になるまでに元どおりそれを祀れば、あの子を取り戻せるかもしれない。どうして祀るのをやめたのか、事情があるなら話してください」

立ち尽くす寿江の背中に真剣に訴える。寿江は苦痛をこらえるように身を固くし、うつむいていた。細い肩が震えている。秀継は腰を上げると寿江に近づき、その肩にそっと手を添えた。

「お母さん、もう無理だよ」

諭《さと》すように秀継が言った。憔悴した顔で寿江を見下ろすと、小さく首を横に振る。

「僕たちだけでは、事態をどうすることもできない。この際、杉田さんにも聞いてもらって、助けを借りるべきだ」

穏やかに言い聞かせると、寿江はゆっくりと私の方を振り向いた。無言のまま、不安げに揺れる瞳でこちらを見つめていたが、やがて観念したように椅子に腰を落とした。

「――杉田さんが言うとおり、白土家では代々《鬼の鏡》というものを祀っていたらしいの。江戸時代に御先祖が手に入れたんだと祖父から聞いたわ」

目を伏せた寿江は、その名を口にすることすら忌避している様子で、苦しげに認めた。その言い方で、彼女自身はそれを見たことがないようだと気づく。《鬼の鏡》を隠しているのは、寿江ではないのか。

「《鬼の鏡》は今、どこにあるんですか」

焦りに駆られて尋ねる。寿江は絞り出すような声で「分からないの」と言った。どういうことかと問い詰めようとした時、秀継があとを引き取るように続けた。

「《鬼の鏡》は戦後しばらくして、この家から消えてしまったんだそうだ。最後の《天眼》の娘が亡くなって少し経った頃に、それに気づいたらしい」

受け入れがたい返答に、愕然《がくぜん》としながらも「盗まれたんですか」と委細を尋ねる。

「いいえ。おそらく祖父の征三が持ち出したの。その頃、祖父は事情があって大きなお金が必要で……売ってしまったんだと思う」

歯切れの悪い説明に、あのことかと思い当たった。《鬼眼》の娘――照子が亡くなったのは今から六十年と少し前。ほどなく白土征三はあの嬰児大量殺人事件に関わったとして逮捕されたのだ。阿南が調べたところでは、征三は懲役でなく禁錮刑だったという。きっと罪を軽くしようと手を回すのに、多額の金が要ったのだろう。

「白土家の男児が十二歳で亡くなったり、姿を消したりするようになったのは、《鬼の鏡》がなくなってからなの。それまで家を栄えさせた恩恵を奪い返すかのように、一族に次々と病気や突然死といった不幸が重なったと聞いているわ」

不審に思った寿江の祖母が蔵の二階に設えた祭壇を調べ、《鬼の鏡》が消えたと知った。親族は揃って征三を問い詰めたが、征三は誰に売ったとも、どこへやったとも明かさず、結局《鬼の鏡》の行方は分からないまま、この世を去ったのだという。

「何人もの男の子が亡くなったり、行方不明になったんだそうだよ。それで白土家では男児が生まれると養子に出すようになった。それで三十年ほどはやり過ごせたんだが――《鬼の鏡》は、許してくれなかった」

秀継が遠くを見るような目を窓の方に向けた。いつしか雨雲が近づいてきたようで、黒い影のような林の木々を、濃い灰色の空が覆っている。

「紘乃がある時、呼吸困難を起こしてね」

唐突に告げると、秀継はすっかり冷めたお茶を一口飲んだ。細かな茶葉が沈んだ茶碗に目を落とし、魂が抜けたような顔で続ける。

「三歳になる直前のことだった。それまで喘息の兆候はなかったし、僕が診ても病院を受診しても原因が分からなかった。息を吸うと咳《せき》が出て、苦しくて泣いてまた咳が出る。レントゲンを撮っても肺に異常はなくて、ただただ娘が苦しむ様を見ているしかなかった」

言葉を止めると、寿江と目線を合わせる。寿江は暗い眼差しでうなずきを返した。

「当時は存命だった紘乃の祖母――寿江の母親が、紘乃のその症状を、《鬼の鏡》を手放した呪いだって言い出した。そんな迷信めいた話を婿入りする前に聞かされてはいたけれど、僕はそれまで、信じていなかったんだ。でも確かに、そうなのかもしれないと思ったよ。どれだけ調べてもなんの疾患か分からず、どんな薬も効かないんだ。紘乃は日に日に衰弱していって、なのに僕らは何もできなくて、無力感でどうにかなりそうだった」

悲痛な声で語られた告白に、秀継が昴太や葉山翔の体調不良をあんなにも心配したのは、この過去のためだったのだと合点《がてん》がいった。だが続きを聞いて、それだけではないと分かった。紘乃が三歳の誕生日を迎えたその日、突如としてそれらの症状は消え去り、嘘のように彼女は元気になったのだという。

「誕生日に、紘乃がずっと飼いたいと言っていた子犬をプレゼントしたんだよ。近所で生まれたのをもらってね。ベッドで動けずにいた紘乃に抱かせてやったら、その日のうちに急に咳が治まって、起き上がって、元気に『ケーキ食べたい』って」

泣いているのか笑っているのか分からない形相で、秀継は唇を歪めると言った。

「紘乃が《シロ》と名前をつけた子犬は、その誕生日の晩に、泡《あわ》を吹いて死んだんだ」

紘乃が白い子犬とともに写っていた、アルバムの写真。それが三歳の誕生日に撮られたものだったのだと悟り、血の気が引いた。

言葉を発することもできず、弛緩《しかん》した顔で沈黙する秀継を見返していた。手の甲でごしごしと目の辺りをこすり、再び口を開く。

「それからずっと、紘乃は健診でも何も言われず、健康そのものだった。けれど四年ほどして、また同じような呼吸困難の症状が出た」

するとその日のうちに、紘乃の祖母が保健所で保護されていたポメラニアンを引き取ってきたのだという。

「紘乃はすぐにまた元気になってね。それ以来、紘乃に症状が出ると、犬をもらってくるようになった。もちろん、紘乃にはそのことは話していないけれどね。紘乃が十四歳を過ぎてからは、そんな兆候もなくなって……だからもう終わったんだと思っていたんだよ」

秀継はそう言って目をうるませ、私の背後——居間の入口の方へ視線を向けた。

「もしもまだ《鬼の鏡》の呪いが続いていると分かっていたら、決して君たちを結婚させなかった」

その言葉に、弾《はじ》かれたように振り向いた。いつからそこにいたのか、表情を失《な》くした小隈が立ち尽くしていた。秀継がテーブルに両手をつき、すまない、と深く頭を下げる。

小隈はゆらりと一歩、前に出た。首を傾げると、ざらついた声で秀継に尋ねた。

「犬を、もらってくればいいんですか」

小隈が何を言っているのか、初めは分からなかった。考えて、その意味を理解し、胃がせり上がる感覚がした。

秀継は、ああ、いや——と曖昧《あいまい》な応答をしながら視線をさまよわせる。小隈はさらに一歩近づいた。

「犬がいれば、紘乃は無事で済んだ。そうなんでしょう」

確かめるように重ねて聞く。秀継はうなずきかけて、うつむいた。そして消え入りそうな声音で告げた。

「犬をもらってきても、症状が治まらない時があったんだ。何度か試して分かった。決まりがあるんだよ」

寿江が両手で口元を覆った。秀継は、大きくしないといけなかった、と言った。

「犬を、だんだん大きくしていかないといけなかった。前の時よりも大きく」

私はアルバムの写真の犬たちの姿を思い返した。十年の間に何頭も代替わりした、白土家の飼い犬。最初は雑種の子犬で、次はポメラニアンで——最後に写っていたのは、コリー犬だっただろうか。

「紘乃に最後に症状が出た時、亡くなったのは」

秀継は顔を上げると、うろのような目を小隈に向けた。

「寿江の母親——祖母だった」

だから次は、と秀継は続ける。

「もっと大きな命じゃないといけないんだよ」

＊

伝えられた絶望的な事実が液体となってひたひたと足元から水かさを増し、室内を満たしていくような感覚がした。見るとはなく見入っていたテーブルの木目が歪み、壁時計の秒針の音が聞こえなくなる。

呪いを退け、昴太を取り戻すには《もっと大きな命》を捧げなくてはいけない――ぼんやりとそんなことを考えていた自分に気づき、悪寒に震えた。

大きさというのが、単なる体格の大きさなのか、または生命力といったものなのかは分からない。しかし最後に身代わりとして亡くなったのは紘乃の祖母なのだから、少なくとも人の命でなければならないのだろう。そんなことができるはずはなかった。

馬鹿げた思考を抑え込み、入口の方に目をやる。ぽかんと口を半開きにし、放心した顔で何もない宙空を見つめている小隈に、腰を浮かせて呼びかけた。

「すみません、小隈さん。帰ってこられたのに気がつかなくて……何か新しいことは分かりましたか」

寿江と秀継との会話に夢中で、小隈が戻ってきたことに気づかなかった。心ここにあらずといった風情の小隈を現実に引き戻そうと、警察署でのことを尋ねた。うつろに開いた目が、やがて私の顔に焦点を結ぶ。

「――ああ。一件だけ、バスの乗客から情報提供があったそうだ。昴太は市街地で一度バスを降りたあと、この集落とは別の方向の、市内を循環する路線に乗り換えたみたいなんだ。背格好も当日の服装も一致しているから、間違いないらしい」

小隈はいくらか落ち着いた様子で、署員から聞いてきたことを語った。警察の方で運転手にも確認してくれたそうだが、休日で子供の客も多く、どこで降りたかまでは分からなかったとのことだった。

暗澹《あんたん》たる報告に、再び重苦しい沈黙が漂ったその時――。しんとした居間に、昆虫の羽音のような振動音が断続的に響いた。はっとして他の面々と顔を見合わせる。

音の出所は、ボディバッグに入れていた私のスマートフォンだった。すぐに止《や》まないところを見ると、メールではなく電話の着信らしい。すみません、と断って席を立った。正直を言うと、この場から逃れることができて救われる思いがした。

バッグのファスナーを開けつつ廊下に出る。画面を確認すると渡瀬からだ。玄関の方へ向かい、ボタンをタップした。

「お疲れさまです」と応答しながら引き戸を開ける。居間まで聞こえることはないだろうが、外の空気を吸いたかった。いつしか一層暗くなった空から、霧のような雨が降り出していた。

「杉田……今、大丈夫か」

そう確かめる渡瀬の声は、やけに間延びしていて力がなかった。軒先で立ち止まり、何の話だろうと訝しみつつ、どうしましたかと尋ねた。

「ADの千歌がさ――」

渡瀬は無感情に、平坦な調子で、死んだよ、と告げた。

スマートフォンがずるりと手から抜けそうになる。かろうじて耳に押し当てたそれが、低くかすれた声を発し続ける。

「千歌、ずっと会社休んでただろ？　体調崩したとかでさ」

知っている。週末の間にも何度か様子を伺うメッセージを送ったが、返信がなかったのでそのままになっていた。膝に力が入らず、庇《ひさし》の柱に背を預けるようにしてしゃがみ込む。

「腹が痛いって言ってたらしいんだけど、病院にも行こうとしないし、飯も食おうとしないしで、様子がおかしかったんだそうだ」

ならば消化器系の疾患だったのだろうか。まだ二十代で大きな病気をしたという話も聞いたことがなかった。亡くなるほどの重症だなどとは、思いもしなかった。

昴太の件で頭がいっぱいで、長年一緒に仕事をしてきた後輩が病に苦しんでいたのを見過ごしてしまった。真面目で責任感のある千歌が何日も出社せず、連絡を返さなくなった時点で、もっと気にかけるべきだった――。

激しい後悔に身を裂かれるような思いで、千歌はなんの病気だったのかと問う。

なんの病気だったんだろうな、と途方に暮れたように漏らすと、渡瀬は同居していた家族から知らされたという詳細を語った。

「ずっと部屋に閉じこもって出てこなくて、心配になって無理やり鍵を壊したらしい。そうしたら、千歌がさあ……」

その先を語ることを拒《こば》むように言葉を止めたあと、弱々しく絞り出す。

「布団の中で、包丁で自分の下腹部を裂いて、死んでたんだと」

第四章

一

　耳を疑うような死に様を知らされ、視界が薄布で覆われたように霞《かす》んでいった。ぐらりと体が傾《かし》ぐ感覚がして、片手をついて支えた。目を閉じるとまぶたの裏に星が散り、めまいを起こしたらしいと分かる。スピーカーから、聞いてるか、と渡瀬の声がする。聞いてます、と応じた声は、自分の声ではないようにか細く震えていた。

「若い女の子が普通、そんな方法で自殺するかよ。なあ」

　同意を求められたが、喉が詰まり、声が出ない。なぜ、千歌が――。

　血溜《ちだ》まりの中に、包丁を手に体をくの字に折ってうずくまる千歌の姿を想像しかけ、頭を振る。意味が分からなかった。信じたくなかったが、これは悪夢ではない。

　最後に話したのは、あのロケの日だったろうか。撮影が終わった白土家で一緒に片づけをしながら、私の体調を気づかってくれた。彼女が入社してから数年間、何度となく現場をともにし、仕事のあとに飲みに行くこともある仲だった。愛嬌のある丸い大きな瞳をきらきらさせて、私のようなディレクターになりたいと言っていた。

どうして……。つぶやこうとした口から嗚咽《おえつ》が漏れる。相槌を打つこともできない私に、渡瀬はただ淡々と状況を説明した。

昨晩遅く、千歌の部屋に入った家族が遺体を発見し、警察に通報した。ドアに鍵が掛かっており、誰も侵入した形跡がないことから自殺だろうとされているが、一応は不審死ということで検視が行われるらしい。

さほど難しいことを言われているわけでもないのに、幾度も意味を取り損ねては、言葉が頭を素通りしていく。呼吸を深くし、少しでも心を落ち着けようと努《つと》めた。

「だから通夜とか葬儀は、だいぶ先になるそうだ。どちらにしても、こういう事情だから、家族だけで済ませたいと言われたけどな」

ぼそぼそと伝えるべきことを語り終えた渡瀬は、阿南には自分から連絡しておくからこの件を小隈に報告してほしいと言った。それから少し黙ったあと、音量の調整ができなくなったかのように急に声を張り、「あのさあ」と変に明るい調子で言った。

「杉田と阿南は、大丈夫だよな？」

何を聞かれているのか分からないまま、ただ機械的に大丈夫ですと返した。「そうか」と、渡瀬はほっとしたように語調を弱めた。

「俺と横山にも、何も変わったことは起きてない。だからあのNGカットは関係ないんだよ。どっちにしたって、もう消しちまったしな」

自分に言い聞かせるように告げると、渡瀬は「じゃあ」と通話を終えようとする。待ってください、と我知らず呼びかけていた。今の口ぶりではまるで、千歌の死があの映像を観たことと関係していると疑っていたように聞こえる。彼女が会社に来なくなったのがその翌日からだとしても、それだけでなぜそんな考えに至ったのか。

「渡瀬さん……。NGにしたシーン、本当は何が映っていたんですか。蔵の奥に、いましたよね。誰かが」

乱れる呼吸もそのままに問い質す。今、確かめておかなくてはいけない。渡瀬が疑念を抱いた根拠はなんなのか。答えはあの映像の中にあるはずだ。

ロケ初日に蔵の外観を撮影したカットに映り込んでいた、あり得ないもの。確かに閉まっていたはずの二階の窓が開いていた。ノートパソコンを閉じる寸前、わずかに目にした光景を思い起こす。柱の陰で、何かが頭をもたげようとしていた。おそらく、それこそが——。

あの日、何も映っていないと強硬に言い張った渡瀬が、空気の抜けたような力ないため息をついた。そしてぽつりと言った。

「濡れた、赤い顔」

どういう意味かと聞き返す。

「だから言ったとおり、真っ赤に濡れた人の顔だよ。柱の陰からこっちを見て、にたにたと笑ってやがった」

忌避からか、あるいは恐れのためか、その声は酷く上擦っていた。また状況が分かり次第連絡すると言い残し、通話は切れた。

スマートフォンを手に軒先にしゃがみ込んだまま、しばらく動けずにいた。渡瀬は小隈に知らせてほしいと言ったが、ただでさえ昴太のことで疲弊している状況だ。先ほどの尋常でない物言いからしても、この事実を受け止める余力があるとは思えなかった。

何より私自身、まだ千歌の死を現実と捉え切れず、混乱の中にいた。自殺らしいと渡瀬は言ったが、ここ最近の様子からして、何かを悩んでいるようには見えなかったし、前向きな性格の彼女が自ら死を選ぶとは思えない。しかもその方法が方法だ。警察が自殺と判断したのだとしても、にわかには信じられなかった。

なぜこんなことが起きたのかと、生前の千歌と交わした会話を追想しながら、濡れそぼつ庭の草花を眺めていた。その時、煙る雨中をグレーのセダンが近づいてくるのに気づいた。小隈に頼まれてチラシを印刷しに街に出ていた紘乃が帰ってきたようだ。

心配をかけてはいけないと、どうにか脚に力を込めて立ち上がる。袖口《そでぐち》で涙を拭うと玄関脇の傘立てから一本抜き取って敷石を進み、たった今迎えに出てきたように装った。バックライトを光らせたセダンが小隈の軽ワゴンの隣に停車するのを待って近づくと、ドアを開けた紘乃に傘を差しかけてやった。

「ありがとう。降ってくると思わなくて。好生さんも、もう帰ってるんですね」

紘乃は屈託なく礼を述べて微笑んだ。秀継によれば、過去に彼女のために飼い犬を身代わりとした件は、本人には知らせていないという。ならば紘乃の前でその話になることはないはずだと、少し気が楽になった。

二つの紙袋に入れてあるチラシを手分けして持ち、母屋へと戻る。傘の水滴を払って畳み、玄関の引き戸を開けた時だった。

やめて、という寿江の金切り声が聞こえた。血相を変えた紘乃と視線を交わし、慌てて靴を脱ぐと紙袋をその場に放り出して廊下に上がる。

「好生君、それを放しなさい」

秀継の切迫した声は、仏間の方からしていた。開けっぱなしの襖から飛び込むと、薄暗い室内に、まずは秀継と寿江の後ろ姿が見えた。そしてその向こう、赤富士の掛け軸を背に、小隈が膝をついていた。顔を伏せているので表情は分からない。手には紫色の布に包まれた、長さ一メートル強の細長いものが握られていた。

床の間に飾られていた日本刀だ。小隈は固く結ばれた鞘《さや》袋の紐《ひも》を、もどかしげな手つきで解いた。袋が畳に落ち、一見は木刀のような簡素な造りの白い朴《ほお》の柄《つか》と鞘が現れる。

「小隈さん、何してるんですか！」

大声を上げたものの、足がすくんで動けなかった。犬をもらってくればいいのかと尋ねた小隈の、ざらりとした声音が蘇る。隣の紘乃も固まったように立ち尽くしていた。

小隈がそろそろと顔を上げた。ややあって、その視線が私に留まる。ほんの一瞬、小隈の目に救いを求めるような色が浮かんだ。だがすぐに、諦めたように下を向いた。

「……今さあ、モキュメンタリー、色々当たってるだろ？　小説もドラマも、動画配信も」

独りごとのように、小隈はうつむいたまま、ぼそぼそと言った。

「そこそこ面白く書けたし、流行《はや》りに乗って行けると思ったんだよな。こんなことになるなんて、考えもしなかったしさ。ていうか普通、信じるわけないだろ。男児に降りかかる呪いとかさあ」

言葉を止めると、歯を食いしばる。噛み締めた歯の隙間から、しゅうしゅうという息の音と、不明瞭《ふめいりょう》なうめきが漏れた。しばらくして洟《はな》をすすると、誰にともなく、ごめんな、と詫びた。

秀継がもう一度、刀を置くように命じた。だが小隈はもう、呼びかけに反応しなかった。頭を起こすと、まばたきもせず、据わった目で自身の手元を捉える。次の瞬間、迷いのない動作で刀を鞘から抜いた。油でも塗られているのか、ぬらりと濡れたような刀身が光る。

鞘を置いた小隈が、ゆっくりと立ち上がった。誰かに見せつけるかのように日本刀を掲げ、下唇を噛む。目を強く閉じると、その刃を自分の右の首筋に当てた。

駄目、という絶叫とともに、小柄な体が飛び出した。刀身が引かれる。小隈の青白い首に、すっと裂け目が生じた。鮮やかな赤い血があふれ、ぼたぼたと畳に垂れる。

血まみれの小隈に駆け寄った紘乃が刀に組みつく。握る力がないのか、あっさりと手から離れたそれを畳の上に放《ほう》ると、首の傷を手で押さえた。指の間からも血がこぼれる。小隈の膝が崩れ、尻《しり》をつくと、そのまま仰向けに横たわる。それらの光景を、私は映画でも観るような、どこか乖離《かいり》した感覚で眺めていた。声も出せず、やがて視界に膜がかかったように輪郭がぼやけていく。

「お母さん、タオルと包帯！」

秀継が叫んだ声で我に返った。寿江が弾かれたように廊下に出ていく。小隈に走り寄る秀継に続いて、私もよろよろとそばに近づいた。膝に力が入らず、足元がおぼつかない。秀継が紘乃に代わり、小隈の首筋を圧迫する。小隈は薄目を開け、苦しげに胸を上下させていた。寿江が持ってきたタオルを秀継が傷口に当て、両手で強く押さえる。

「救急車、呼びますか」

自分も何かしなければと、スマートフォンを出しながら秀継の背中に尋ねた。少しの間のあと、首を横に振る。

「この集落からだと、救急車の到着を待つより車で行く方が速い。幸い動脈までは達していないから、止血しながら外科に運ぼう」

秀継は寿江に病院の名前を告げ、頸部《けいぶ》に切創を負った三十代男性を搬送する旨を連絡するように言った。それから小隈の左腕を頭の横に上げさせると、右の首筋の傷に押し当てたタオルを固定するように包帯を巻きつけた。秀継の言葉どおり、そこまで深い傷ではなかったのか、この時点で出血は落ち着いてきていた。

「好生君、体を起こせそうか」と秀継が尋ねると、小隈は弱々しくうなずいた。

「意識もある。紘乃と杉田さんで足の方を持ってくれ。お母さんは車の後部座席のドアを開けて」

てきぱきと指示した秀継は小隈の上体を起こすと、背後から腕を回して抱え上げた。言われたように紘乃と二人でそれぞれ膝の辺りを支え持つ。小柄な体格の小隈でも、大人の男の体はずっしりと重かった。三人掛かりで声をかけ合いながら玄関へと進み、雨の中をセダンまで運んでいくと、後部座席に小隈を横たえた。急変に備えて秀継がその脇に座り、紘乃が運転席に乗り込む。私は寿江とともに待機するように言われた。

シートベルトを締めながら、紘乃は後部座席を振り返ると、怒りを含んだ声で問う。

「そんなことをして、昴太君が帰ってくると思ったの？」

身代わりの話について、紘乃は聞かされていないはずだ。だが今の言い方からすると、勘の鋭い彼女は子供時代に周囲で起きた出来事から、ある程度のことを察していたのだろう。

前へ向き直り、エンジンをかけた紘乃が、絞り出すように続ける。

「自分の命なんか賭《か》けなくても、好生さんは昴太君のたった一人のお父さんだよ。お父さんまで亡くしたら、昴太君がどれだけ悲しむと思うの」

その言葉で、彼女は小隈と昴太に血の繋がりがないと知った上で、彼らと家族になったのだと分かった。返事をする代わりに、小隈の目尻から涙が伝った。二人のやり取りに、私は紘乃が昴太の母親になると決意したことの重みと、それがどれだけ小隈の力になったかを、今さらになって理解した。

「処置が終わったら、すぐに連絡する。脈拍も安定しているし、おそらく心配要らないよ。あそこの外科の先生とは懇意にしてるから、大事にならないように頼んでおく」

小隈の手首に手を添えた秀継が早口で伝えてきた。ということは、秀継としては警察沙汰《ざた》にするつもりはないのだろう。小隈にとってもその方が良いはずだ。秀継がドアを閉めると、セダンが動き出す。雨に濡れながら寿江と二人、グレーの車体が遠ざかっていくのをしばらく見守ったあと、家へと戻った。

まずは寿江に断って阿南に電話を入れる。事態を報告すると、阿南は狼狽《ろうばい》し切った様子でうめいた。

「千歌さんのことも、さっき渡瀬さんから聞きました。まさか小隈さんまで……」

すぐに山梨へ向かうという阿南を、小隈の自殺未遂は千歌とは違う理由によるものだとして押し留める。アルバムの写真の犬がすべて違っていたのは、紘乃の身代わりとして飼われていたからだと知らされ、阿南は無言になった。

「むしろ分からないのは千歌ちゃんの方だよ。渡瀬さんは蔵の外観を撮った時の、あのNGカットを観たことが原因だと考えていたみたいだけど、だったらどうして彼女だけが亡くなるの？」

あの映像を目にしたのは、渡瀬と千歌と横山、そして私と阿南だ。横山と私たちに何事も起きなかったのが、映像を最後まで観ていないからだとすれば、どうして渡瀬は無事でいるのか。

声を詰まらせながら疑問をぶつけると、「確かにその状況では、映像が原因とは言い切れませんね」と阿南も同意する。だが彼女の死が、白土家にまつわる呪いのためにもたらされたことは、間違いないだろう。

千歌がなぜ亡くなったのかは重大な問題だが、今はそれについて考える時間も情報も足りなかった。ひとまず議論を終わらせると、改めて阿南に小隈の容体を説明する。

「車で運ぶ時点では出血も落ち着いていたし、白土さんの旦那さんも心配要らないって言ってたから、とりあえずは大丈夫だと思う。また状況が分かり次第、連絡するから」

紘乃に諭されたおかげで、小隈が再び自殺を図ることはないだろう。今から東京を出るとなると到着は深夜だ。そんな時間にこちらへ来ても何もできないからと言い聞かせると、阿南も納得してくれた。

会社の方へは病院からの連絡を待って伝えようということで電話を切り、そのあとは寿江とともに仏間を片づける。畳を拭《ふ》き上げ、ある程度の掃除を終えた頃には夕刻を過ぎていた。空腹を覚えることもなく居間で連絡を待っていると、七時半近くに私のスマートフォンが鳴った。紘乃からの着信で、無事に傷の縫合は済んだが、今晩は入院することになったという。これから秀継と帰るとのことだった。

小隈は意識もはっきりしていて話せる状態だそうで、安堵のあまり全身から力が抜けた。首から血を流して倒れる様を見た時には、もう助からないものと思った。秀継から心配ないと聞いて阿南にもああ言ったものの、急に状態が悪化することもあるのではと気が気でなかった。

寿江に報告すると、良かった――と涙ぐんだ。

「お夕飯、今日はもう、あるもので簡単に済ませるのでいいかしら」

「そんな、お気づかいなく。私がやりますから、どうぞ休んでいてください」

ひとまずご飯を炊《た》いて、あとは残り物を温めるだけにしようということになった。炊飯器のスイッチを入れると、阿南に無事治療が済んだ旨を報告する。相談した結果、時間も遅いので会社に連絡するのは明日にすると決まった。

通話を終えて台所仕事に戻ると、ぐったりと居間のソファーに座り込んでいた寿江が「お味噌汁《みそしる》くらい作るわ」と立ち上がる。多少元気を取り戻したようだ。

元々そのつもりで煮干しを水に浸《つ》けていたらしい。冷蔵庫から出してきた小鍋をコンロにかける横で具材を切っていると、ガスの火を調節しながら、唐突に寿江がつぶやいた。

「……さっきはああ言ったけれど、祖父はやっぱり、売り払ったりはしていないのかもしれない」

なんの話か分からず、しばらく考えて、《鬼の鏡》のことを言っているのだと気づいた。

包丁を持つ手を止め、そちらへ体を向ける。

「どうして、そう思われたんですか」

鼓動が速まるのを感じつつ尋ねると、沸き立つ鍋に目を落としたまま、寿江はぽつぽつと語り始めた。

「祖父は晩年、少し頭がはっきりしなくなっていて、急に思い出したように昔のことをしゃべり出したり、孫の私を娘だと勘違いして話しかけたりすることがあったの」

「娘さんというのは、もしかして《天眼》の？」

確かめると寿江はうなずいた。火を弱め、遥《はる》か遠くを見つめるような表情で言葉を継ぐ。

「祖母から聞いた話だけど、祖父は《天眼》の照子という長女を、とても可愛がっていたらしいの。戦時中に彼女を蔵に押し込めたのも、不用意なことを言ったのが伝わって、危険が及ぶのを避けるためだったみたい。だから照子が若くして病気で亡くなった時に、こんなものがあるから娘は死んだんだと悔《く》やんで、《鬼の鏡》を手放すことを決めたんだって。親族に問い詰められた時、そう釈明していたそうよ」

なぜそれが、売り払ったのではないという話になるのか。話の行き先が分からず、困惑しながら続きを待っていると、寿江は「どういう意味かは分からないんだけど」と前置きをして告げた。

「祖父が亡くなる少し前、私を枕元に呼んで言ったの。『あれは誰にも見つからない、あるべきところに隠した。だから大丈夫だ』って。その時は、なんのことだか分からなかった。けれどきっと、《鬼の鏡》のことを言ってたのよね」

ここ数日、度重なる不測の事態に見舞われ疲れ切っているらしい寿江は、思い出話でもしているようなのんびりした調子で述べた。

「『誰にも見つからない、あるべきところ』というのは？　どこなのか、心当たりはありますか」

こちらの切迫した思いは伝わっていないようで、「さあねえ」と首を傾げる。

「それがどの辺りかという話もしていなかったから、見当もつかないわ。でも祖父は痛風の気があって、昔からあまり長くは歩けなかったらしいの。ほとんど遠出することはなかったから、そんなに距離のある場所ではないと思うんだけれど」

もしも《鬼の鏡》が売り払われてはおらず、どこかに隠してあるのなら、取り戻すことができるかもしれない。一縷《いちる》の希望を抱いたが、そんな曖昧な手がかりで隠し場所を特定することはできそうになかった。しかも白土征三が寿江に語ったところによれば、それは「誰にも見つからない」ところだというのだ。相当厳重に隠したか、近づくこともできない、見つけ出すのが不可能な場所なのではないか。

どちらにしても、やはり明日中に《鬼の鏡》を元どおり祭壇に祀ることは叶わないようだ。そして身代わりを立てるという方法も取れない。小隈の命に別状がなかったことだけは救いだが、私は途方に暮れていた。

味噌汁を仕上げる寿江の隣で、もたもたと片づけを始める。使い終えたまな板や包丁を洗いながら、ロケのためにこの家を訪れた日のことを思い出していた。押川峰子の特殊メイク姿を披露する千歌の得意げな表情。紘乃とともに車から降りてきた昴太の、弾んだ声が脳裏に蘇る。冷たい水に手指が赤くなり、ひりひりと痛み始めた。視界がにじみ、まくった袖で目元を押さえた。

二

その晩はみんな疲労困憊という様相だった。簡単な夕食を済ませたあと、寿江と紘乃はほとんど話もしないまま、それぞれ寝室へ引き上げていった。ただ秀継だけは小隈の件で相談することがあったのか、食後に居間の電話でしばらく誰かと話していた。

前回泊まったのと同じ、二階の空き部屋に布団を敷かせてもらった。一階の洗面所で化粧を落として廊下に出ると、ちょうど居間から出てきた秀継と鉢合わせる。失礼します、と挨拶したあと、階段へ向かうのかと思いきや、秀継は和室へと足を向けた。

「まだお休みにならないんですか」

何かあるのなら手伝うつもりで声をかけた。秀継は「ちょっと片づけておきたくて」と言葉を濁す。室内は寿江と二人で、すべて元のように片づけたはずだった。そう伝えると、「あそこに置いてたんじゃ、危ないと思ってね」と、秀継はそそくさと仏間に入っていく。

そして床の間の紫色の鞘袋に収められた日本刀を手に取った。

「書斎に金庫があるから、そちらに仕舞っておくよ」

もう誰もあんなことはしないだろうが、万が一のことを考えたのだろう。先ほどのことを思い出してか、沈痛な面持ちで刀を抱える秀継から視線を逸らす。その時、鴨居にかけられた遺影が目に入った。

「あの……伺いたいことがあるんですが」

思わず切り出していた。やや警戒するようにこちらを見る秀継に、「病気のことで、ちょっと」と言い添える。

「卵巣皮様嚢腫という病気がありますよね。最近になってその病名を知ったのですが、どのような病気なんでしょう」

秀継は、なぜそんなことを聞くのかというように首を傾げた。ということは白土征三の遺影の裏に隠された診断書のことは知らないようだ。とっさに「知人の女性が先日、それで手術を受けたと聞いたので」と言いわけする。

「それはお知り合いの方も大変だったね。あれは杉田さんくらいの年代の、若い女性が罹りやすい病気なんだ」

そう言って秀継は、そのあまり一般的に知られていない疾患について説明を始めた。

それは卵巣腫瘍《しゅよう》の一種で、原因は定かではないが、受精していない卵子が人の体になるための細胞分裂を始める病気なのだという。

「嚢腫というのは袋状の腫瘍で、卵巣の中に髪の毛や脂肪、歯といった内包物の入った瘤《こぶ》ができるんだよ。無症状で気づかれにくいんだけど、瘤が大きくなると下腹部痛や不正出血が起こって、超音波検査で見つかることが多いね」

何気ない調子で語られたその瘤の中身に、少々ぎょっとする。病気の症状だとしても、どうしてそんなことが起きるのだろうと不思議でならなかった。

秀継によれば、その腫瘍の多くは良性なのだという。ただごくたまに悪性のものがあったり、腫瘍が大きくなりすぎて卵巣が壊死《えし》したりすることがあるらしく、そうした場合は手術による切除が必要になるとのことだった。

白土照子が命を落とすことになったのが、どちらの理由によるものかは分からない。だがやはり、適切な治療が受けられなかったことが原因なのだろう。蔵に閉じ込められることなく早くに大きな病院を受診できていたら、もっと長く生きられたのではないか。

寿江は征三が娘である照子を大切にしていたと語ったが、その結果として彼女の身に起きたことを思えば、他に方法があったのではと、やり切れない気持ちになった。

丁寧に教えてくれた秀継に礼を述べると、先に和室を出て二階へと上がった。明かりを消して布団に入り、明日は何をするべきかを考える。一番は昴太の行方を捜すことだろうが、依然として手がかりはない。《鬼の鏡》のありかについて寿江から新たな情報が得られたが、それもあやふやな内容でしかなかった。

面会の許可が出たら、小隈の見舞いにも行かなくてはならないだろう。今の小隈に、どんな言葉をかけたらいいのか。まともに顔を見られないかもしれない。それに阿南や渡瀬とも、今後のことを相談しなくてはいけない。また葬儀への参列は断られるにしても、せめて千歌の家族にお悔やみを伝えたかった。

やらなければいけないことがたくさんあるのに、焦る気持ちとは裏腹に、思考は散り散りになるばかりだった。何も答えを出せないまま、横になるうちにいつしか深い眠りに落ちていた。


——翌朝。覚醒《かくせい》する直前まで、小隈や美津と過ごした学生時代の夢を見ていた。その頃に小隈が乗っていた中古のジムニーで、三人で海沿いの道をドライブしていた。美津が何か言ったのを聞き取れず、聞き返したところで、答えを聞けないまま目を覚ました。夜明け前の薄暗い室内で、クリーム色のクロスが張られた天井を見上げながら、一瞬自分がどこにいるのか分からなかった。

布団から起き上がる。時計を見ると四時間ほどしか眠れておらず、身体にはまだ疲れが残っていた。だが昨晩まで頭の中を渦巻いていた不安や恐れといった重い泥のような感情は、不思議とすっきり洗い流されていた。

着替えて顔を洗うと上着を羽織り、スマートフォンや財布などを入れたボディバッグを手に玄関に向かう。音を立てないように鍵を開け外に出た。濡れた砂利を踏み、庭の方へ進む。湿り気を含んだ風が、色づきかけた柿の実を揺らしている。伸びをしながら首を回した。まだ太陽は地平線の下にあるが、雨は上がり、橙色《だいだいいろ》を帯びた東の空に向かって薄く筋雲が伸びていた。

昴太を見つけてみせると意気込んで山梨まで来たものの、目当てとしていた《鬼の鏡》は行方すら分からない。さらに私を慕ってくれていた後輩の千歌の、不可解で凄惨《せいさん》な死の報がもたらされた。その上、小隈が自ら死を選ぼうとする事態まで招いてしまった――。

何一つ目的は叶っていない。だが短い時間でもぐっすり眠れたことで、気力だけはいくらか取り戻すことができたようだ。

身代わりの話を知った小隈が、ためらいなく首に当てた刃を引いた瞬間のことを思い返す。学生時代から、小隈はオカルトや心霊といった非科学的な事象には懐疑的だった。白土家にまつわる言い伝えも信じようとしなかったそんな小隈が、そうすれば昂太が帰ってくるかもしれないと現実離れした考えに取り憑《つ》かれ、自身の命を差し出そうとした。

「馬鹿じゃないの」

気づけばそう口にしていた。あまりに不条理だった。

なぜ四歳で母親を亡くした昂太が、父親まで失わなければならないのか。不意に家を出たまま、家族のもとへ戻ってこられなくなるのか。

ただ父親が、山梨の旧家の娘と出会い、再婚したというだけで。

秀継と寿江は、原因不明の病に倒れた一人娘の紘乃を救うために、身代わりとして飼い犬の命を捧げることを繰り返さなければならなかった。そして最後には祖母――寿江の母親が犠牲となった。

《鬼眼》の娘として生まれた白土照子は、家族の手で蔵の二階へ閉じ込められ、若くして病に罹り命を落とした。さらには照子の父であり当時の当主だった白土征三が、分かっているだけで二十人もの嬰児の殺害に手を貸した。位牌にその名を彫られた六人の男児の命も奪われた。

そしてドラマの撮影のために白土家に出入りしただけの無関係な千歌までが、通常あり得ない方法で命を絶っている。

それらの悲劇や凶行の発端が、江戸時代に先祖が手に入れた《鬼の鏡》なる呪物にあるというのだ。

冷えた朝の空気を胸の底まで吸い込んだ。それでも体の奥から熱が湧いてくるのを抑えられなかった。

本当に、馬鹿じゃないの？　さっきより大きな声で言い捨てると、足元の砂利を思い切り蹴った。恐怖よりも、怒りが勝っていた。強く閉じたまぶたの裏に、ファストフード店でオニオンリングを頬張る、まだあどけなさの残る昴太の姿が浮かんだ。あの時に触れた、柔らかな前髪の感触が手に蘇る。

そんなもののために、昴太を奪われてたまるか。これ以上不幸が降りかかるのも、まして誰かの命を差し出すのもまっぴらだった。

きっとまだやれることはあるはずだ。

白土家へ取って返すと、身の回りの荷物をまとめ、書き置きを残した。玄関の靴箱の上に置かれたキーを摑み、小隈の軽ワゴンに乗り込む。平日のこの時間なら、特急で帰るよりも車の方が速い。カーナビに目的地を入力すると、アクセルを踏み込んだ。

二時間と四十分後、私は荻窪の五階建てマンションの前にいた。蔦の這うレンガ調のエントランスを抜け、四〇四号室のインターホンを押す。高速道路を降りた近くのコンビニから電話をしてあったので、ドアはすぐに開いた。

「おはよう、阿南君。朝ご飯買ってきたよ」

エコバッグいっぱいに詰まった濃厚チーズケーキとあんバターどら焼き、ダブルシュークリームなどのコンビニスイーツを覗き込んだ阿南は、「僕、朝からこんなに食べられないです」と情けない顔になる。

「私が食べるから大丈夫。昨日、夕飯あまり食べてなくてめちゃくちゃお腹空いてるの。あ、フォンダンショコラ温めたいから電子レンジ借りていい？」

ずかずかと台所に上がる私に呆れたような顔をしたあと、阿南は苦笑する。

「思ったより元気そうで良かったです。昨晩、電話で小隈さんのことを知らせてきた時は、だいぶ憔悴されているみたいでしたから」

「十年来の付き合いの先輩が、目の前で日本刀で首を切ったんだよ？　傷口から血がドバーッと出てさ。そんな状況で元気でいられる？」

千歌の死についてあえて触れないのは、彼女と親しかった私への気づかいなのだと察した。普段はあれほど空気が読めない彼なりの配慮を受け入れ、私もわざと露悪的に明るく振る舞う。ますます食欲を削《そ》がれた様子の阿南を尻目に、程良く溶けたフォンダンショコラを座卓へと運んだ。

今日は事前に二人分の座るスペースを作っておいてくれたようだ。スイーツとともに買ってきたコーヒーを並べると、前回はなかったクッションの上に腰を下ろした。

「とにかく今は、分からないことだらけなんだ。だからまず、何が謎なのかを整理したくて。でないと何を調べたらいいかも分からないし、動けないから」

コーヒーのカップに口をつけると、そう切り出した。

「そうですね。僕も最初にそれをするべきだと思います」

阿南が不器用にチーズケーキの包装を剝がしながら同意する。

「もしかすると、一連の事態とは関係ないと思われた謎の解決が、別の謎の解決に繫がるということもあるかもしれません。ですからできる限り、疑問に思うことをすべて、ここで挙げておきましょう」

そんなことをしたら余計混乱しそうな気もしたが、言われてみればこれまでに起きた事件や怪異、不幸といった呪いに類するものは、すべて白土家を中心に、その周辺人物に降りかかっているのだ。それらには、今は見えていない関連性があるのかもしれない。

阿南の提案を受け入れる形で、まず最初の疑問を挙げる。

「一番答えを知りたいのは、昴太がどこにいるのか」

そうですね、と阿南は強くうなずくと、「どうして姿を消したのか、という点も気になります」と付け足した。

「逆にそちらの方向から考えることで、居場所が分かるかもしれませんからね」

確かに、その意見はもっともだった。私は「そういえば……」と一つヒントになりそうな新たな情報を阿南に伝える。

「小隈さんが警察署で聞いてきたんだけど、昴太は市街地でバスを降りたあとに、別のバスに乗ったらしいの。市内を循環するバスで、どこで降りたかまでは分からないんだけど」

手帳にメモしてきた路線名を阿南に伝えると、その場でスマートフォンで路線図を調べてくれる。停留所が十六ヵ所もあり、範囲も広いため、しらみ潰しに捜すことは難しそうだ。だが警察の方では、その地域で重点的に聞き込みをしてくれているらしい。

「この情報は、実際に昴太君を捜すことになった時に役立てることができると思います。で、次に重要となる謎は、やはり《鬼の鏡》の行方でしょうか」

私もそれに賛成だった。秀継や寿江が紘乃を救うために行った、身代わりを用いた方法は今回は実行不可能だ。本当にそれによって昴太が助かるか分からないし、そもそも命を賭けること自体、誰にもさせられない。

ちなみに――と、ここで阿南が表情を曇らせて言葉を挟む。

「《鬼の鏡》を祀る以外にも呪いを解除する方法があればと、ずっと情報提供を募っているのですが、新たな返信はありません。こちらの線は難しいかもしれませんね」

暗然たる報告に、落胆とともに焦りに駆られる。昴太は明日には十二歳になるのだ。悠長に人頼みで情報を待っている余裕はなかった。

「《鬼の鏡》は修験道のある一派が作ったものだって言ってたよね。何か文献のようなものは残っていないの？」

縋るような思いで問いかける。阿南は「あるにはあるんですが、秘術ということで、表に出ているのはほんの一部なんです」と険しい表情で座卓のいくつも付箋《ふせん》が貼られた分厚い本を手に取った。

「《鬼の鏡》の作り方や、その性質については、先日ご説明しましたね」

阿南は本を開くと、読めない文字で書かれた呪文や、不気味な人型の護符の図解が入ったページを示した。

「あの時は必要なことだけお伝えしたのですが、こちらに正しい祀り方についても記載されていました。《鬼の鏡》は、生きたまま剝いだ鹿の革の袋に入れ、生きたまま解体した亀《かめ》の甲羅《こうら》の台座に祀るとあります。おそらく、そうした動物の死骸《しがい》を術に使うのも、無垢な魂を求めるという《鬼の鏡》の特性のためなのでしょう」

あまりに残虐なその手法に、胃の中のものが戻ってきそうになり、口元を押さえる。浅く呼吸しながら、蔵の二階の長持に残されていた祭具のことを思い出した。あの歪な楕円形の台座は、木製ではなかったのだ。

「ですがそれ以外には《鬼の鏡》の由来や実際に使われたという記録、隠された弱点など、役に立ちそうな資料はありません」

無念そうに言い添える。結局、現時点で判明しているのは《鬼の鏡》を作るのに何十人もの女児の眼球と舌が集められたであろうということと、それを作った術者も生きたまま顔の皮を剝がされて生贄とされたこと、その祀り方だけで、昴太を取り戻す手がかりに繫がる情報はないということだ。

「でもとにかく、伝わっているとおりに《鬼の鏡》を祀って障りが治まれば、昴太は帰ってくるかもしれない。そんな方法に頼るしかないっていうのが悔《くや》しいけど、今試せることは、それだけなんだよね」

怒りをこらえて息をつくと、分厚い本から顔を上げる。

「行方を捜すにしても、《鬼の鏡》がどんなものなのか分からないのが問題だよ。鹿革の袋に入っているだけじゃなく、和紙で厳重に包んであるんだよね。それが《鬼の鏡》だって、どうやって確かめればいいの？」

「確かにその点は不安ですよね。《鬼の鏡》は、絶対に目にしてはいけない呪物だと言われているそうですし」

阿南が神妙な顔で再び文献に目を落とし、ページをめくる。

「《鬼の鏡》を目にした者は、人でなくなると伝えられていたそうです。そうして人でなくなったものは、周囲におびただしい不幸を振《ふ》り撒《ま》き、最後には身を滅ぼすのだと。唯一その形状について触れられた文献では、『わりなくおぞし、わりなくうるわし――とてつもなくおぞましく、とてつもなく美しい』と記されていたとあります」

抑揚《よくよう》なく語られた解説にぞっとする。それがどんな姿をしているのか、思い浮かべようとしてみたが、どうしても像を結ばなかった。

撮影中に葉山翔が聞いた、「おい、見るな」という声。そして膠を塗った包帯で固く目を覆われた《鬼眼》の娘――白土照子の写真を思い出した。彼女は、それが祀られたあの蔵の二階に匿《かくま》われていたのだ。

「なぜその呪物が《鬼の鏡》と名づけられたのか、僕なりに考えてみたのですが」

阿南はそこに存在しない鏡と相対しているかのような、どこか焦点のずれた眼差しで続ける。

「鏡の中に見えるものは、虚像です。網膜がそう感じ取っているだけで、果たしてそれが本当の姿なのか、実際にそこにあるのかも分からない」

不意に心許ない気持ちになり、座卓の下で両手を組み合わせた。話しながら、阿南は深い思索に沈んでいくように、「だとすると……」とつぶやく。

「《鬼の鏡》とは、通常は人の目に見えない忌むべき存在を映し出す、一種の装置なのかもしれません」

だから決して見てはいけない。それを目にすれば、人でいられなくなる――。

阿南が推測してみせた《鬼の鏡》の正体に戦慄しつつ、私たちはそんなものを捜し出そうとしているのかと、胃の底が冷えていくような思いがした。

黙り込んでいる私に、阿南が「ですから、まあ」と、取りなすように明るい口調で言って咳払いをした。

「実物は見られないにしても、それだけの呪物なら手に取った時に気配で分かるんじゃないですか。あるいはカラスが騒ぐとか、雷が落ちるといった異変が起きたりして」

重苦しい雰囲気を振り払うべく無責任な所見を述べると、「それよりも……」と話題を変える。

「寿江さんが語ったところによれば征三氏は《鬼の鏡》を『誰にも見つからない、あるべきところに隠した』と言っていたそうですね」

その件は東京へ戻る道すがら、メッセージで報告していた。寿江からそれを聞かされた時のことを思い出し、また無力感に襲われかける。

「寿江さんの話では、征三さんは痛風であまり遠出することがなかったから、近隣のどこかだろうってことだったけど——誰にも見つからない場所に隠したっていう時点で、もう捜しようがないよね。こんな話、聞かなきゃ良かった」

肩を落とす私を不思議そうに見つめた阿南が、「そうですか?」と首を傾げた。

「僕にはむしろ、征三氏のその告白が、《鬼の鏡》のありかを示しているように思えるんですが」

どうしてそんな発想になるのか分からず、きょとんとして次の言葉を待った。あぐらをかいた膝に手を置いた阿南が、こちらに身を乗り出すようにして続ける。

「つまり《鬼の鏡》は、征三氏が誰にも見つからないと考える場所——なおかつあるべきところだと考えた場所に隠したということですよね。それは征三氏および《鬼の鏡》についてさらに情報を集め、征三氏の思考を辿ることで推理できるんじゃないでしょうか」

淡々と語る後輩をまじまじと見返した。私を絶望させた白土征三の口述を、阿南はヒントだと捉えたのだ。自分とはまったく違うものの見方に改めて感心しながら、阿南がこの件に一緒に立ち向かってくれて良かったと、心から思った。

「それで、どこか思い当たる場所はあるの?」

勢い込んで尋ねる。「それが、なかなか難しくて」と、阿南は思案顔で顎先を撫でた。

「『あるべきところ』として最初に思い浮かんだのは、以前紘乃さんに案内してもらった地蔵堂でした。《鬼の鏡》は無垢な女児の身体から作られ、無垢な魂を求める呪物ですから、殺害された無垢な魂を祀る地蔵堂は相応《ふさわ》しい場所だと考えられます。ですが地蔵堂は誰もが行き来できる場所ですから、誰にも見つからないという条件には当てはまらないですよね」

両方の条件に当てはまる場所は、そうそうないということか。さっそく壁に突き当たり、消沈していると、阿南が「例えばですが……」と目線を上げた。

「《鬼眼》の娘のお墓に、一緒に埋めたということは考えられませんか」

なるほど――と膝を打つ。確かに墓穴であれば掘り起こされることもないし、亡くなった最後の《鬼眼》の娘――照子は、無垢な魂の持ち主だと思える。だがそこで、私は征三が《鬼の鏡》についてもう一つ語っていたことを思い出した。

「寿江さんの話だと、征三さんは《鬼の鏡》をどこにやったのか家族に問い詰められた時に、あんなものがあるから娘は死んだんだと言い張って、だから《鬼の鏡》を手放したと話していたらしいの」

このことはまだ阿南には伝えていなかった。そうでしたか、とつぶやくと、阿南は再び考え込む表情になる。

「そういう理由で《鬼の鏡》を祀ることをやめたのであれば、娘のお墓に入れることはしないでしょうね。となるとむしろ、『あるべきところ』とは征三氏にとって忌まわしい場所なのか――」

しばらく黙り込んだのち、座卓の脇に重ねてあったファイルを開く。先日見せてくれた、雑誌記事のコピーが挟まれたページだ。

「征三氏は禁錮刑で、短期間ですが服役しています。山梨県ですと甲府刑務所でしょうか。ですがそこが《鬼の鏡》のあるべきところかというと、しっくりこないですね」

記事に目を落としたまま、阿南が眉根を寄せる。

「そうだよね。誰にも見つからないってわけでもないし。それに普通は収監される時、私物は没収されるんじゃない？　日記とか一部持ち込めるものはあるけど、全部中身を調べられるって聞いたことがある」

私の指摘に、「確かにそのとおりですね」と頭を掻く。顔を起こすと、ふっと小さく息を吐いた。

「現時点で僕らが征三氏について知っているのは、集落で長年医師として働いていたことと、この大量殺人事件に関与して逮捕されたということだけです。先ほども言いましたが、さらに情報を集めれば新たな道が見えてくるかもしれませんし、別の謎を解くことが解決に繋がるかもしれません。ひとまずこの件は置いておいて、別の疑問点を検討しましょうか」

ファイルを閉じると、励ますように言った。袋小路《ふくろこうじ》に入り込みそうになっても、光の差す方向を目指し、再び進み出す。阿南の絶えず前向きな姿勢が心強かった。

「別の疑問点って、《鬼の鏡》に関することでなくてもいいの？」

「構いませんよ。なんでも気づいたことを言ってみてください。その方が思考を広げる手助けになりますから」

快諾を得られたので、私は思い切って、ずっと引っかかっていたある疑念を阿南にぶつけてみた。

「昴太の母親の美津さんのことなんだけど、彼女が本当に交通事故で亡くなったのか、気になってて」

昨日の朝、山梨に向かう車中で小隈と議論したことについて阿南に打ち明けた。昴太の出生の経緯に関してはプライバシーではあるものの、小隈自身隠している様子がなかったこともあり、この際なのでそれも話してしまうことにした。

「小隈さんは、美津さんが昴太を残して自殺するはずがないって言ってた。でもいつも安全運転だった美津さんが、あんな事故を起こしたとは思えないの。美津さんが服用していた抗不安薬はフェノバルビタールという薬らしいんだけど、調べてみたら《バルビツール酸系》だった」

薬名を聞いた阿南の目が険しくなる。あれらの事件との共通点に気づいたのだろう。

「昴太が点滴の夢で被害者の名前を見たっていう殺人事件も、使われていたのはバルビツール酸系の睡眠薬だったよね。その事件以外にも、被害者の体内から同じバルビツール酸系睡眠薬が検出された殺人事件が起きてたって、前に教えてくれたでしょう？」

「五年前に吉祥寺で起きた事件ですね。当初は交通事故と思われていたものが、薬物が検出されたことで殺人事件だと分かったという」

阿南が深刻な表情でうなずいた。

「吉祥寺は小隈さんの自宅のある阿佐ケ谷から、三駅しか離れていない。突飛な考えなのは分かってるけど――美津さんが事故に見せかけて殺されたって可能性はないかな」

美津の体内からバルビツール酸系の薬物が検出されたとしても、フェノバルビタールを服用していたことで、問題視されなかったのかもしれない。あの美津が殺される理由などまったく思い浮かばないが、同様に事故に見せかけた殺人が数年以内に二件も起きていたという事実は見過ごせなかった。

「正直、僕は美津さんを直接には知らないので、なんとも言いにくいのですが――その件で僕も一つ、気になったことをお伝えしていいですか」

　私の推論を否定も肯定もせず、阿南は言った。

「阿佐ケ谷と吉祥寺で起きた殺人事件について、あれから僕も情報を集めてみたんです。それであの二つの事件に、同じ薬物が用いられたという以外にもう一つ、共通点があることが分かりました」

　そこで言葉を切ると、座卓のファイルの先ほどとは別のページをめくり出した。手を止め、記事をプリントしたと思しき書面を確認して口を開く。

「在宅看護を受けていた阿佐ケ谷の被害者は七十代の男性、吉祥寺で交通事故に見せかけて殺害されたのは六十代の男性だったのですが、どちらも出身が現在の山梨県北杜市でした」

　告げられた事実に、ざわりと皮膚が粟立った。阿南は「ただし、あの集落の出身ではありません」と付け加えたが、それでも同じ中央線沿いで同様の手口で殺害された二人の男性のルーツが北杜市にあったということは、白土家をめぐる一連の出来事と関連があるように思えてならなかった。

　だが大きく異なるのは、それら二つの事件は呪いや障りなどといったものではなく、悪意ある人間の手による殺人事件だということだ。そしてもしかすると美津の死も、同じ犯人によってもたらされたのかもしれないのだ。

「でも、どっちの事件も犯人は捕まっていないから、当然、動機なんかも分からないよね。結局、美津さんが殺された可能性があるってこと以外、何も摑めないのかな」

昴太が行方不明となったことに加えて、《鬼の鏡》の現在のありか、過去に起きた殺人事件までもが複雑に絡み合い、本当にこれらの疑問に答えが出るのだろうかと気が遠くなってくる。阿南は謎だと思う点をすべて挙げることで物事を広く考えられると主張したが、私にしてみればまさに謎が謎を呼ぶというべき状況だった。

はっきりとした答えが出ないまま、阿南はそれでも快活に「では次の疑問点に移りましょう」と宣言し、座卓の上で骨ばった手を組んだ。

「これも《鬼の鏡》とはちょっと離れるんですが、一連の出来事の中で、非常に気になっていることがあるんです」

上体を前へと傾けた阿南は、きらきらと輝きを帯びた目で言った。

「それは、昴太君の《涙の夢》についてです。昴太君が見たというそれらの夢には、どんな意味があるんでしょう」

本当に関係のない話が始まったことに戸惑いつつも、それはまさしく私にとっても大きな疑問だった。

「佑季さんから伺った《涙の夢》のお話を、僕なりに整理してみたんですが、聞いてもらえますか」

そう前置きをすると、意気揚々と語り始める。

「まず昴太君の《涙の夢》は、二種類に分けられると思うんです」

阿南は得意げに指を二本立てる。そのもったいぶった導入に次いで告げられた言葉に私は目を剝いた。

「それは《知らない人に食べられる夢》と、そうでない夢です」

そんな雑な分類ってある？　――と、思うだけでなく口にしていた。

「そういう適当な分け方なら、私にだってできるよ。よく言う『すべての人間は二種類に分けられる』みたいなやつじゃない」

つい大きな声が出る。私の剣幕に、阿南は慌てて弁明を始めた。

「決していい加減に分けたんじゃありません。《知らない人に食べられる夢》は、《涙の夢》の中でも特殊なんです。この夢は昴太君が最初に見た《涙の夢》であり、そして唯一、繰り返し見ている夢なんですよ」

そこまで説明されて、言われてみればとはっとする。この夢以外に、同じ夢をもう一度見たという話は聞いたことがなかった。

「さらに、繰り返して見るうちに、夢の中での昴太君の主観が変化しているという点も気になります。最初に見た時は、自分を囲んでいるのは知らない人たちだった。それがのちに、知っている人も交じっているような気がしてきた。けれどその中に自分の探している人はいなくて、誰だか分からないその人に会いたいと強く思うようになった――そうでしたね」

問いかけられ、一度話しただけなのによくそんなに正確に覚えているものだと感心しつつうなずく。

「この心情や印象の変化について僕なりに考察してみたのですが、これは昴太君自身の成長によるものかもしれません。最初に見た時はまだ幼くて、複雑な感情は言葉にできなかった。けれど年齢を重ねるうちに、徐々に夢の解像度が上がってきた、ということではないでしょうか」

阿南の見解を吟味すると、少し考えて、私も思い出したことを述べる。

「確かにそうかもしれない。昴太の夢って、昔見たものはどれも説明が単純だったけど、例えば二年前の点滴の夢では『頭の横にいる人が気になるけど動けない』とか、蔵の女の夢では『普通の体型なのに凄く大きいと感じる』『知らない人だと思ったけど前に見た気もする』というふうに、細かいところまで捉えて話すようになったの」

「なるほど。ちなみに、その昔見た夢というのは、どんなものだったんでしょうか」

関心を惹かれた様子で阿南が尋ねる。問われるままに、私は小学二年の頃の《仰向けで寝ながら柴犬に匂いを嗅がれる夢》と、野城育子に聞いた保育園時代の《水に浮かんで空を見上げている夢》について話して聞かせた。

「へえ、柴犬に。それは素敵ですね」と変なところに食いつきつつも、興味深げにそれらの夢の話をジャケットの胸ポケットから出したノートにメモする。そして何かに気づいたように手を止めた。

「なんだか《涙の夢》って、自分が仰向けに寝ている状態のことが多い気がしませんか？」

それは考えもしなかった観点だった。先ほどの適当と思える分類より、よほど重要な発見ではないだろうか。

「言われてみればそうだよね。点滴の夢だって仰向けだし。なんでだろう。夢を見ている時は確かに自分の体は寝ているけど、だからって寝ている状態の夢ばかり見るわけじゃないものね」

普段、自身が見る夢について思い起こす。例えば今朝方に見た、小隈と美津とのドライブの夢。他には仕事をしている夢、子供時代に戻って遊ぶ夢、どこかを旅している夢など、むしろ寝ている状態の夢は数えるくらいしか見たことがなかった。

「しかし蔵で大きな女の人と一緒にいる夢では寝ていたわけではないですし……単なる偶然でしょうか」

阿南も言ってはみたものの、その理由には見当がつかないようで、自信なさそうに首を捻っている。

「《涙の夢》の正体について考える上で、やっぱり鍵となるのは《知らない人に食べられる夢》の方なのかもしれませんね。この夢を見た時に、昴太君の身の回りで何か変わったことが起きたとか、背景的なことは分かりませんか」

そう問われて、私は阿南に大切なことを伝えていなかったのだと思い至った。「話してなかったっけ」と、慌ててその時の状況を述べる。

「昴太が最初にこの夢を見たのは、美津さんの葬儀の晩のことなの。昴太はまだ四歳で、美津さんが亡くなったってことも理解できてなくて、病院でもお葬式でも泣かなかったんだ。だけどお葬式が終わった日の翌朝に、ぼろぼろ涙をこぼして、でもあくまであっけらかんとした感じで、知らない人が僕をつまんで食べちゃう夢を見たって」

そこまで話したところで、阿南が呆然と宙を見つめ、硬直しているのに気づいてうろたえる。母親を亡くした幼い昴太の当時の様子を聞かされ、動揺したのだろうか。言葉を止めて見守っていると、やがて何かを探すように泳いだ彼の目が、私に焦点を結んだ。大きく息を吸うと、阿南は「一つ、確認させてください」と上擦った声で言った。

「葬儀の時、昴太君は火葬されたあとの美津さんの姿を見ていますか」

どうしてそんなことを尋ねてくるのか分からなかったが、小隈の話を思い出して答える。

「昴太はまだ小さかったし、怖がらせないように、収骨室には入れなかったそうだけど」

それを聞いた瞬間、阿南は大きく目を見開いた。手元のノートに視線を落とし、おぼつかない手つきでページをめくる。ほどなくして顔を上げると、まっすぐにこちらを向き、口を開いた。

「昴太君の《涙の夢》が、何を意味するのか分かりました」

唐突に言い放たれ、反応できずにいる私に、静かに告げる。

「おそらくそれらの夢は、死者の視点の夢です」

三

死者の視点の夢——そう言われても、にわかには意味が理解できなかった。困惑しながら説明を求めると、阿南は「思い出してください」とノートを指差した。

「昴太君の《涙の夢》の際立った特徴として、過去に見たはずのないものが夢に現れるという点がありました。点滴の夢では習ってもいない漢字でラベルに記された、殺人事件の被害者の名前を見ていたんですよね。まだ事件の報道もされていなかった時に」

確かにそうだった。だがそれが、どうして死者の視点だということになるのか。

「美津さんの葬儀の晩に見た《知らない人に食べられる夢》ですが、僕が最初に佑季さんから聞いた時のメモによると、正確には昴太君はこう言っていたはずです。『知らない人たちが自分のことを囲んで、箸でつまんで食べてしまう夢』だと――でも彼は、骨上げの様子は見ていないんですよね？」

その問いかけで、阿南の言わんとしていることが分かり、愕然とした。それは紛れもなく《死者の視点》だった。

「美津さんは生まれつき、霊の姿を見たり声を聞いたりするなど、死者と通じやすいところがあったそうですね。その性質が昴太君に遺伝していたとしたらどうでしょうか。昴太君は死者の体に留まった魂が見たものを、映像として感知することができた。それが夢という形で現れていたんです。《知らない人に食べられる夢》は、骨上げの際に自らのお骨を箸で拾われている様子を、亡くなった美津さんの視点で見た光景だったんです」

驚くべき推察に、しばし声も出せず黙り込んでいた。すると阿南が突如、はっとした顔で再びノートをめくり始めた。目当ての情報が見当たらないのか、もどかしげに尋ねる。

「昴太君が再度《知らない人に食べられる夢》を見たのは、何が起きた時でしたっけ」

いつのことだったか、思い出そうとするが、特に何があった時とは聞いていなかった気がする。正直にそう答えると、阿南は忙しなくスマートフォンを取り出した。そしてどこかへ電話をかけ始める。

「ああ、先ほどはどうも。ちょっと伺いたいことがありまして」

通話の相手とは親しい間柄のようだ。

「今、佑季さんと一緒にいるんです。ビデオ通話にしてもいいですか」

私とも面識がある人らしい。誰だろうと考えていると、阿南が通話モードを切り替えたスマートフォンを自身と私が映るような角度にして座卓に置いた。白い壁を背景にそこに映し出されたのは、思いもよらない人物だった。

「杉田、お前、阿南の部屋にいたのか」

意外そうに目を丸くしているのは、首に厚く包帯を巻かれた入院着姿の私たちの先輩社員——小隈好生だった。

「小隈さん、電話なんかして大丈夫なんですか?」

昨晩のあの状況から、今朝になって普通に話せるまでに回復しているとは思わなかった。

「ていうか、朝から何度も杉田に電話してたんだよ。出なかったけど」

「東京に戻るのに運転中だったんですよ。あ、小隈さんの軽ワゴン借りてます」

そういえばと事後報告すると、小隈は「勝手に乗ってったのかよ。まあ、いいけどさ」と苦笑する。

「刀なんて扱ったことないから、思ったより深くは切れなかったのと、何よりお義父さんの応急処置のおかげで、午後には退院できそうなんだ。外科の先生がお義父さんの同級生らしくて、警察にも言わないでもらえてさ」

報告を聞いて安堵する。病室で電話ができるということは、個室なのだろう。その辺りも同級生の婿ということで、便宜を図ってもらえたのかもしれない。

「杉田にかけて出なかったから、さっき阿南に電話して、こっちの状況を伝えてくれるように頼んだんだけど、まだ聞いてなかったのか」

その言伝《ことづて》を完全に忘れていたらしい阿南は私から向けられた視線に顔を強張らせつつ、慌てたように「それより確認したいことがあるんです」と画面に向き直った。

「昴太君の《涙の夢》の話なんですが、《知らない人に食べられる夢》については、何度か同じ夢を見ているそうですね。昴太君がその夢を見たのはいつのことか、当日にどんなことがあったか、覚えていませんか」

「はあ？　なんで急にそんなことを知りたいんだ？」

突然の質問に困惑する小隈に、私は先ほど阿南が語った、昴太の《涙の夢》は死者の視点で見た光景が夢として現れたものかもしれないという推測を話して聞かせた。小隈は最初、納得できないという顔をしていたが、阿南がその性質は母親の美津の遺伝によるものかもしれないと説明すると、何か思い当たることがあったのか「まあ、そういうこともあるのかもな」とうなずいた。

「伺いたいのは、昴太君はそれからのち、何が引き金となってその夢を見たのかということなんです」

改めて尋ねると、「昔のことは正直、覚えてないんだよな」と眉を曇らせる。

「でも一番最近その《知らない人に食べられる夢》を見たのは、確か半年くらい前に、紘乃が初めてうちのマンションに遊びに来た日だったよ」

その時のことを思い出すように遠い目をすると、小隈は語った。

「紘乃とは三人で食事に行ったり、遊びに行ったりで何度か昴太も会ってたんだけど、その日に初めて、紘乃と結婚するつもりだって報告したんだ」

紘乃はこれから家族となる昴太に、「どんなお母さんになってほしい？」と冗談めかして質問したのだという。

「昴太は少し考えてから、真面目な顔で、『元気で長生きしてほしい』って言ったんだよ」

小隈の告白に、昴太はどんな気持ちでそう答えたのだろうと、胸が苦しくなる。「だから何が引き金になって夢を見たのかっていうなら、単純な理由なんじゃないか？」と、小隈は続けた。

「俺は昴太が美津のことを思い出した時に、その夢を見るんだと思う」

そんな単純な話だったのか――と面食らいつつも、私もその意見が正解と感じた。阿南も同じ考えと見えて深くうなずく。画面に視線を戻すと「では、それ以外の夢についても検討してみませんか」と提案した。

「もっとも因果関係が分かりやすいのは、二年前の点滴の夢でしょうか。薬物を投与されて殺害された被害者のアパートは、昴太君の通学路にありました。昴太君がその夢を見たのは、事件が起きた翌日だったそうですね」

阿南が確かめると、小隈がそのとおりだと認めた。

「だとすればおそらく、昴太君は殺害現場に残った死者の思念から、その死者の視点で目にしたものを感知し、それを夢として見たのではないでしょうか」

「つまり亡くなった人の思いの残る場所を訪れたことが、《涙の夢》を見る条件ってことなの？」

「ええ。《知らない人に食べられる夢》以外の夢は、それで説明がつくのではないかと思います」

その言葉に、何かに気づいたように小隈が「あっ」と声を上げた。画面の中でこちらに身を乗り出し、急くように私に尋ねる。

「杉田、前に昴太から、仰向けで寝ている状態で、柴犬に匂いを嗅がれる夢の話を教えてもらったって言ってたよな。昴太が二年生の時のことだって」

昴太が行方不明となった翌日の早朝に、白土家の居間でその話をしたのだった。ええ、と肯定すると「もしかすると、それ、あれかも」と要領を得ないことをつぶやき、指先を顎に当てる。

「確か昴太が低学年の時、あいつがよく遊んでた公園で、飼い犬の散歩中だった近所のじいさんが亡くなったんだよ。犬だけが帰ってきて、家族が捜しに行って倒れてるのに気づいたって。救急車を呼んだけど手遅れで──あの家の犬、柴犬だったわ」

まさにそれだと腑に落ちた。この証言からしても、昴太の《涙の夢》に関する阿南の推察は、ほぼ当たっているのではないかと思えた。

保育園時代に見たという水に浮かんで空を見上げている夢は、きっと海か川で亡くなった人の思念に触れたものだったのだろう。もしかすると、夢を見る時に感情と関係なく流れる涙は、死者の無念の涙なのかもしれない。

そうしてこれまでのことを思い返し、納得していた時だった。阿南が「待ってください」と、鋭い声を上げた。表情は青ざめ、その瞳は恐怖に慄《おのの》くように揺れている。どうしたのかと、小隈が心配そうに尋ねる。

「だとすると、昴太君が白土家の蔵の中に、凄く大きな女の人と一緒にいた夢というのは、恐ろしい夢なのではないでしょうか」

阿南の言葉に、その夢が誰の視点で見たものだったのか想像した。気がついた瞬間、全身の血の気が引いた。

事情を知らない小隈が怪訝そうにしているが、それを気にかけている余裕はなかった。

あの蔵で殺害された死者。それは嬰児だ。小さな赤ん坊が、大人の女と対峙《たいじ》すれば、相手は《凄く大きな女》に見えるだろう。

昴太はその夢を見た時、涙を流しただけでなく結膜下出血を起こし、両目が赤く染まっていたという。それは女に殺された、嬰児の苦しみによるものだったのか。

昴太が夢で見た女は、嬰児大量殺人事件の犯人——あの助産師に間違いなかった。

阿南と顔を見合わせる。この事実を小隈に伝えていいものかためらったものの、そのまま話すよりないと腹を決めた。後輩たちのただならぬ気配に戸惑っている小隈に、私は寿江の祖父が過去に大量殺人事件に関わったとして逮捕されていたこと、その殺害現場が白土家の蔵だったらしいと端的に伝える。小隈は言葉も出ない様子で、相槌を打つこともなく聞いていた。

「このことは、紘乃さんも知らされていないと思います」

阿南が事件について知った経緯を説明すると、小隈は「分かった。その件は紘乃の前ではくれぐれも持ち出さないようにするよ」と、沈痛な面持ちで目を伏せた。

「――それで、これからどうしましょうか」

明らかとなった昴太の夢の正体から、蔵の夢が意味するところを知り、暗鬱《あんうつ》な思いに包まれていた時だった。重苦しい静寂を破り、軽やかな、けれど力のこもった声が耳を打った。

顔を上げると、阿南の強い意志をたたえた瞳と目が合った。

そうだ。昴太を取り戻すために、これから何をなすのかを決めるために、私はこの場に来たのだ。ただまっすぐに前を向く彼の眼差しが、道しるべのように、進むべき方向を浮かび上がらせる。

時刻は午前十時を回っていた。これまでの話し合いで、いくつかの謎は解明できたように思う。だが昴太の行方および《鬼の鏡》が現在どこにあるかという最大の問題は、手がかりすら摑めていない状況だ。

現状で分かったことを踏まえて、どう動くか。二人とのやり取りを思い起こし目まぐるしく考えていると、阿南が再び口を開いた。

「僕は国会図書館の新聞資料室に行ってみようと思います」

なんのためにそんなところへ……と首を捻る私に、阿南は卓上のファイルを閉じながら告げる。

「こちらの雑誌記事以外にも、あの大量殺人事件について報じている資料が手に入るかもしれません。昴太君が行方不明になったのは、経文から現れたあの女の顔――犯人の女の顔を目にした直後です。事件について新たな情報が見つかれば、昴太君を捜す手がかりになり得ます」

そうだな、と小隈も賛成する。確かに蔵の夢に現れた女が誰なのか判明した以上、それを昴太が姿を消した理由と考えるのはもっともだった。

阿南によれば国会図書館は永田町《ながたちょう》にあり、荻窪のこのマンションから電車で三十分ほどの距離だという。会社にはすでに有休を取ると連絡してあるそうだ。

「それが終わったら、すぐに佑季さんと山梨に向かいます。多分、午後三時くらいまでには到着できると思います」

駅の防犯カメラに昴太が映っていなかったのなら、山梨からは出ていないはずだ。そして白土征三が《鬼の鏡》を隠した場所も、北杜市周辺だろうとされている。どちらを捜すにしても、現地に向かわなければならない。

「俺はこのあと退院したら、まずは白土家に戻るよ」

すでに退院許可の出ている小隈は、午後に紘乃の迎えで白土家に帰ったのち、寿江と秀継に頼んで征三の遺品を調べさせてもらうつもりだと話した。

「今までは紘乃の実家ってことで一応は遠慮してたけど、あんな迷惑までかけて、もう開き直るしかないからな」

そうそう事件に関するものを残しているとは思えないが、当時のことが分かるものを見つけたら連絡すると小隈は言った。その後は警察に聞いた昴太の目撃情報があったバスの路線の範囲を、白土夫妻にも協力してもらって捜してみるという。

阿南と打ち合わせたわけではなかったが、千歌があのような形で亡くなったことは、どちらも言い出さなかった。今の時点で小隈に話せば、さらに心労をかけることになる。事実を告げるのは、昴太が見つかってからで良いだろうと考えた。

「杉田はどうする？　阿南と一緒に図書館に行くか」

次いで私の意向を確かめようとした小隈に、少し悩んで答える。

「私は美津さんが亡くなる直前に調査を頼んでいたという調査会社に、もう一度駄目もとで依頼内容を教えてもらえないかお願いしてみます」

そう申し出ると、小隈は驚いた顔で「なんでそこまで？」と尋ねた。阿南も意外そうに眉を上げる。

「頼んでみたところで、望みは薄いだろ。家族の俺でも教えてもらえなかったんだからな。それに昴太が行方不明になったことと、美津が亡くなる前に何を調べていたのかは関係ないだろう」

どうしてそこにこだわるのかと、困惑したように言い募る。昴太が行方不明となって九日目となり精神的に消耗している小隈に、美津が殺害されたのかもしれないと打ち明けるのははばかられた。

「昴太が自分の意思でどこかへ行こうとしたってことは、その動機は昴太自身に関わることだったのかもしれません。保育園の育子先生の話からしても、美津さんが当時昴太のことで何かを悩んでいたのは確かですし、電話だけでもさせてもらえませんか」

本当の理由を隠して頼み込むと、小隈は渋々といった様子だったが調査会社の名前と代表番号をメッセージで送ってくれた。美津が亡くなる直前に調べていたことが、命を狙《ねら》われる要因になったという確証はない。しかし今は昴太の行方を捜すために、どんな糸口でも摑みたかった。

再度合流する時刻を打ち合わせてビデオ通話を切ると、阿南が手元の資料をリュックに詰め終えるのを待ってマンションを出た。

「阿南君はこのまま国会図書館に行くんでしょ？　私、駅前のパーキングに車を駐《と》めてきたから取りに行かなきゃ。それぞれ調べ物が終わった時点で待ち合わせて、一緒に山梨に向かうのでいい？」

「ええ、その段取りでいきましょう。図書館を出る前に連絡を入れますから」

駅までの道の途中で阿南と別れると、車のあるコインパーキングに向かった。料金の支払いをする前にフラップ板の傍《かたわら》で、まずは調査会社の番号に電話をかける。応答したのは落ち着いた女性の声だった。「どのようなご用件でしょうか」と尋ねられ、緊張しながら、それでも真摯《しんし》さが伝わるように気持ちを込めて答える。

「七年前にそちらの会社に調査を依頼した、小隈美津の身内のものです。このたび、どうしても美津の依頼内容を知らなければならない事情ができまして、どうか教えていただけないでしょうか。彼女の息子のためなんです」

「申しわけありませんが、そういったご要望にはお応《こた》えできません」

「もちろん、そうした規則があるのは承知しています。ですが美津は、すでに故人となっておりまして……その辺りのことも説明させていただきたいので、これからそちらに伺って、お目にかかってお話しさせていただけないでしょうか」

食い下がるが、女性は「予約のない方との面談はできません」と、硬い態度を崩さない。

なんとか調査を請け負った調査員か、事務所の代表と会って話すことができないかと頼んだものの、今日はどちらも帰社は夜になるとすげなく断られてしまった。

それでは失礼いたします、と一方的に会話は打ち切られた。通話終了の画面を睨み、その場に立ちつくす。

ロケ先のアポ取りであれば、これだけ脈がない相手方は諦めるものだが、今回はそういうわけにはいかない。もうあと先考えず直接事務所に行ってしまおうと、調査会社の所在地を確かめるため、スマートフォンで検索する。トップに出てきた調査会社のホームページを開くと、頼り甲斐《がい》のありそうな眉の太い壮年の男性がスーツ姿で机の上でがっしりと手を組んで微笑むトップ画像が現れた。代表と思しき男性の写真の下には、このような調査を得意としているとアピールしたいのか《浮気調査》《結婚調査》《盗聴器探し》《家出調査》……といった調査項目が並んでいる。

いっそのこと、この件を昴太の家出調査として依頼して、美津の話を聞き出すことはできないだろうか——と思いかけた時だった。それらのリストの中の、ある調査項目に目が留まった。

美津が亡くなる直前に語っていたという言葉を思い返す。もしかすると、美津が依頼した調査とは、これだったのではないか。

ならばわざわざ門前払いされそうな調査会社を訪ねる必要はない。精算機で料金を支払うと、軽ワゴンに乗り込みエンジンをかける。憶測を確信に変えるべく、カーナビにこれから訪ねる目的地を入力した。

四

駅前の洋菓子店で慌ただしく手土産を買い求め、野城育子の自宅を訪ねたのは十一時近くのことだった。事前に訪問したい旨を伝えると、育子は「最近は家にこもりきりで、誰かと話したかったの」と、快く応じてくれた。阿南には昴太が通っていた保育園の元園長に会いに行くと報告し、国会図書館での調べ物が済んだら阿佐ケ谷駅に来るようにとメッセージを送った。

公開捜査となってから何日か経っているが、育子はニュースを見ていないのか、昴太が行方不明になっていることを知らないようだった。同居する現園長で孫の圭輔はかつて園に通っていた子だと気づいているだろうが、高齢の育子の心の負担にならないようにと、あえて黙っているのかもしれない。

インターホンを押すと、グレーのニットに黒のスカート姿の育子が「いらっしゃい」と朗《ほが》らかな顔を見せる。今日も白髪をきちんとお団子に結っており、こうして家にいる時も園長先生然とした格好をしているのが彼女らしかった。先の電話で家にこもっていると話していたので少し心配したのだが、血色は良く、廊下を歩く足取りもしっかりしていて元気そうだった。

「保育園で風邪が流行っているとかで、高齢者にうつって重症になったらいけないから、しばらく園には来ないようにって圭輔に言われちゃって。あの子、何かと私を年寄り扱いするのよ」

台所を借りて紅茶を淹れてくると、ソファーに腰を落ち着けた育子から現園長の愚痴を聞かされ苦笑する。昴太が通っていた頃からおばあちゃん先生と呼ばれていた育子が、今さら年寄り扱いされて不満に思うというのがおかしかった。あの頃も育子は朝のおはなしの時間に顔を出しては絵本の読み聞かせをしてくれていたが、現在もそうした園児たちとの交流を続けているようだ。

「それで佑季さん、今日は急にどうしたの?」

べっ甲縁の眼鏡の奥の、やや濁りのある目に見つめられ、不意に落ち着かない気持ちになる。それはきっと、隠し事をしているせいだろう。

圭輔と同様に、私も老齢の育子を不安にさせないよう、昴太が行方不明になったことは、言わないつもりでいた。確かめたいことは、一つだけだった。

「先日お邪魔した時に、育子先生から、美津さんが亡くなる前の様子を教えてもらいましたよね」

午後には山梨に向けて出発するつもりなので、あまりのんびりとはしていられない。私は紅茶を一口飲むと、出されたお茶菓子には手をつけず切り出した。

「ええ、覚えているわ。私、あの時は美津さんに酷いことを言ってしまって」

育子が眉を曇らせる。昴太を産むのではなかったと打ち明けられ、そんなことを言ったら罰が当たると叱りつけたことを指しているのだろう。やり取りの直後に美津が亡くなったことが、今でも彼女の心に刺さる棘《とげ》となっているのだろうが、その件で育子を責めるつもりはなかった。

「今日こちらに伺ったのは、あの頃に美津さんが悩んでいたことについて、詳しい話をお聞かせいただきたいと思ったからなんです」

そう本題を告げると、育子は怪訝そうに首を傾げる。

「前にお話ししたと思うけれど、私も美津さんから詳細は聞いていないのよ」

「ええ、確かにそうおっしゃっていましたね。でも、本当は先生は、ご存じだったのではないでしょうか」

言葉を区切り、緩やかな口調で問う。育子は頭を傾けた姿勢のまま、動きを止めた。

今思えば育子はあの時、私がどこまで知っているのか探るような目を向けてきた。その上で曖昧な――『自分のしたことを後悔していたみたいだった』と、どうとでも受け取れるようなことのみを話した。あれはきっと、途中で私が何も知らないものと気づき、言いかけたことを呑み込んだのだ。

「実はその後、美津さんの夫で私の同僚でもある小隈が、美津さんが生前に調査を依頼していた調査会社に問い合わせて、依頼内容を教えてもらうことができたんです」

完全にはったりだが、育子はそうとは分からないようで、おろおろと視線をさまよわせる。私は身を乗り出すと、そんな育子の顔を正面から見据えて告げた。

「美津さんの依頼は精子提供者の信用調査――昴太の実の父親の身元を調べてほしいというものでした」

育子の顔色が変わった。びくりと震えた手がカップに当たり、紅茶が波立つ。やはり間違いなかった。

　美津が利用した調査会社のホームページに並んでいた調査項目。今時はそんな調査を請け負う業者がいるということを知らなかった。不妊に悩み、精子提供を受けて人工授精で子供を持つ夫婦は現代日本では増加傾向にある。そして個人間で精子提供を受けた場合、提供者が学歴や健康状態、家族歴といった素性を偽っていたことがのちに判明するなど、トラブルも起こりがちだと聞く。それで依頼を受けて身元を調べる調査会社が出てきたのだ。

「育子先生——どうかご存じのことを、すべて話してください」

　目線を逸らさず、強い口調でうながした。

「美津さんは七年前、調査会社に依頼して、精子提供を受けた昴太の実の父親の身元調査を行った。その結果、『私はあの子に、とんでもないことをしてしまったかもしれない。産んだのは間違いだったのかもしれない』と先生に告白したほど、自身の決断を後悔していた。昴太の父親がどんな人物だったのか、美津さんは何をそこまで悔いていたのか、彼女から聞いていませんか」

　私の追及に、育子は動揺を隠せない様子で目を伏せた。だが「お願いします」と深く頭を下げ、その姿勢を崩さずにいると、やがて諦めたような声が降ってきた。

「確かに、美津さんは、昴太君の実の父親のことで悩んでいたわ」

　弾かれたように顔を上げる。この短い時間に、何歳か年を取ったかに見えるほど疲弊した面持ちの育子が、小さな肩を丸めていた。

「だけど、ごめんなさい。本当に、詳しいことは聞いていないのよ。実の父親が誰なのか、どうして美津さんがあんなことを言ったのか、私には分からない」

消え入るような声で述べると、育子はもう一度、ごめんなさいね、と詫び、首を垂れた。

もう充分だった。

夫にすら話さなかったのだ。もしかしたらと尋ねてみたが、そう易々《やすやす》とこの件の詳細を他人に語ったとは思えない。今は美津が亡くなる直前に苦悩していた理由が、昴太の実の父親の素性にあると分かっただけで満足だった。

そして私はこの時点で、ある確信を抱いていた。

おそらく美津の死には、昴太の実の父親が関わっている。

もしもこの先、被害者たちがバルビツール酸系の薬物を投与され、事故や自然死に見せかけて殺害された一連の事件の捜査が進めば、その男が何者で、なぜそんなことをしたのか、明るみに出るかもしれない。

「いえ、こちらこそ急にお伺いした上に、こんな昔のことをお尋ねして申しわけありませんでした」

丁重に非礼を詫びると、ソファーから立ち上がった。玄関先まで見送ってくれた育子は、気づかわしげに言った。

「もしもこの先、美津さんがどうしてあんなふうに悩んでいたのか、分かったら教えてね。彼女が亡くなって七年になるけれど、私、今もずっと悔やんでいるの。何か他にできることはなかったのかなって」

現在八十九歳となる育子が元気なうちに、それを知らせてあげたかった。いつかきっとお伝えしますと約束し、野城家を辞した。

育子との面会に思いのほか時間を取られてしまい、時刻はすでに十二時になろうとしていた。北杜市までは車で二時間半は掛かる。急いで駅に向かうため、野城保育園の裏手から正門の方へ回った時、よく知る人物がこちらに歩いてきたのに気づいて驚いた。

「どうしてこんなところにいるの？　駅で待ち合わせって言ったじゃない」

トレードマークのマオカラージャケットをまとい、それにまるでそぐわない重たそうな資料や文献を詰めたリュックを背負った阿南幹人が早足で私の方へと向かってくる。保育園の元園長に会うと伝えてあったので、落ち合う場所を勘違いしたのだろうか。私に気づくと、さらに歩を速める。時間を気にして焦っているのか、やけに切迫した様子だった。

「美津さんが亡くなる前に調査会社に依頼した件、詳しいことが分かったよ」

こちらも駆け寄ると報告する。ちょうど正門の真ん前で、園庭で三輪車に乗ったり、追いかけっこをしたりと外遊びの時間を楽しむ園児たちが騒がしいが、それに負けないように声を張った。

「美津さんが調べていたのは、精子提供を受けた昴太の実の父親の素性だったの」

この情報には阿南も驚いたようだ。「本当ですか」と目を丸くすると、「じゃあ、あれはそういうことだったのか……」と、何やらぶつぶつと独りごちる。

「調査会社のホームページに、そういう調査を請け負ってるって書いてたから、もしかしたらと思って育子先生に鎌《かま》をかけてみたんだ。そうしたらやっぱり当たってって」

自分の力で謎を一つ解いたことが誇らしく、こんな時だがやや自慢げにこれまでのことを語って聞かせた。阿南は神妙な顔で「はあ」「なるほど」と相槌を打っていたが、途中から心ここにあらずという調子で、しきりに保育園の門の向こうを気にしている。

「昴太の行方を捜す手がかりにはならないけど、私、美津さんを殺したのは昴太の実の父親なんじゃないかと思う。その男の素性を調べるうちに、美津さんは何かそいつの都合の悪い秘密を知ってしまって、殺されたんだよ」

締めくくりに、私は先ほど結論に至ったばかりの推測を明かした。阿南はどう思うのか、意見を聞きたかったが、阿南は「ええと、それで話は終わりでいいですか」と、そそくさと会話を打ち切った。そして出し抜けに、保育園の正門の横にあるインターホンを押した。

「ちょっと、何してるの？」

思いもよらぬ行動に狼狽していると、制止する間もなくマイクに向かって「すみませーん」と呼びかける。やがて園庭で園児を見守っていた若い女性保育士が、こちらに気づいて「こんにちは。保護者の方ですか」と尋ねてきた。

「いえ、近隣の者ですが、ちょっと園長先生にお話を伺いたいことがあって」

荻窪駅が最寄りの阿南は近隣に住んでいると言えなくもないが、だからといって現園長の野城圭輔になんの用があるというのか。しかも今は一刻も早く東京を発《た》ち、山梨に向かわなければならない状況だ。

どのタイミングで口を挟もうかと迷っているうちに、女性保育士は「園長せんせーい」と砂場の方に呼びかけ、園児たちとともに砂山にトンネルを掘っていた男性が立ち上がった。

ワイシャツにスラックスという格好で、他の保育士とお揃いの水色のチェックのエプロンをつけている。子供好きなのは昔から変わっていないようだ。

「こちら、近隣の方だそうなんですけど、園長先生にお話があるとのことで」

「ああ、少々お待ちください。今伺います」

野城圭輔は軽快な身のこなしで園庭の隅の水場で手を洗うと、駆け足で正門の方へ向かってくる。すでに四十代だが、しょっちゅう子供たちの外遊びに付き合っているためか、日に焼けた健康的な顔は三十代の小隈よりもよほど若々しかった。

「園長の野城です。どういったご用件でしょうか」

壁のボタンを操作して門を開け、敷地の外へ出てきた圭輔がにこやかに尋ねる。対して陰々たる表情の阿南は、名乗りもせず唐突に、凄まじくプライバシーに触れる質問をした。

「野城圭輔さん。あなたは十年以上前に、子供を望む夫婦に第三者として、精子提供をしたことがありますね」

いったいこの男は、初対面の保育園の園長を相手になんの話を始めたのか。呆然と二人の顔を見比べる。圭輔は戸惑ったように「どうしてそんなことをお尋ねになったんでしょうか」と問いかけた。阿南は自分より身長の低い圭輔を無愛想《ぶあいそう》に見下ろしたまま、「事情がありまして、調べさせていただきました」とだけ言った。

圭輔はちらちらと園児や保育士の方を気にする素振りを見せていたが、阿南の妙な迫力に気圧されたのか、「ええ、確かにそのとおりです」と認めた。

「父が当時運営していたクリニックと提携する医院の方で、提供者を募っていると聞きまして。私自身一児の父で、ずっと子供に関わる仕事をしてきましたので、子供を持ちたくても持てないご夫婦の助けになれればと思ったんです」

　阿南に警戒するような視線を向けながらも、誠実な口調で、至極真っ当な動機を述べる。一昨年にがんで亡くなった圭輔の父親は、区内の内科クリニックの院長を務めていた。そういう事情で協力したというのは、何も不自然ではない。

「なるほど。素晴らしい心がけだと思います」

　さほど感情のこもらない調子で言うと、阿南は「お忙しいところ、不躾な質問にお答えいただいてありがとうございました」と頭を下げた。そして呆気に取られている圭輔に目もくれず、また早足で歩き出す。私は圭輔に失礼しましたと詫びると、慌ててあとを追った。

　阿南はそのまま保育園の敷地に沿って住宅街を歩いていく。「駅は反対側だってば。車もそっちに駐めてるんだから」と、やっと追いついて道を間違えていることを教えた。

「早く戻らなきゃ――ていうか、なんで圭輔園長にあんなこと言ったの？　いきなり失礼でしょう」

　先ほどの振る舞いを注意すると、阿南は立ち止まり私の顔をまじまじと見つめた。「今のやり取りを聞いていて、分からなかったんですか」と呆れた表情で頭を掻く。

「あの野城圭輔という人が、小隈さん夫妻への精子提供者――昴太君の実の父親ですよ」

　告げられた言葉の意味が、すぐには理解できなかった。昴太の実の父親といえば、先ほど私が美津を殺害した犯人だと推理していた人物だ。あの子供好きで誠実そうな圭輔が、そんな恐ろしいことをするとは思えない。

園児にも保護者にも慕われてきた育子元園長の孫であり、保育の仕事に携わるまでは教育関連の有名企業で働いていたと聞いたが……と、そこまで考えて、あることに気づいた。

「父親が病院の院長だったのなら、バルビツール酸系の薬物を手に入れることができたかもしれない」

思いつきを口にすると、阿南は「それは良い観点ですね」と意外にも褒めてくれた。

「ですが佑季さんは、まだ分かっていないことがあります。その件については道すがら手短に説明します」

そう言ってまた駅とは反対方向に歩き出す。歩みを止めないまま、リュックを肩から外すと、中からファイルを取り出した。

「国会図書館で、あの集落で起きた嬰児大量殺人事件について、新たな資料を見つけることができました。こちらは当時の地方新聞の記事です」

再び追いついた私に、阿南は開いたファイルを手渡してきた。そこには六十年前の新聞記事のコピーが挟まれていた。『山梨でも貰《もら》い子《ご》殺し』という大見出しの横に『村の助産婦を逮捕』『医師も関与か』と中くらいの見出しが並んでいる。先日見た雑誌記事より以前の、事件が発覚した直後に出たもののようだ。

雑誌記事では犯人の助産師の写真は集合写真のもので、さらに目線が入っていたので判別しづらかった。だがこの新聞の記事ではかなり大きく、正面を向いて撮られた写真が掲載されている。左右がやや非対称な、見ていると落ち着かない思いがしてくる特徴的な目。間違いなく、あの並べた経文の上に現れた顔の女だった。そしてまた、この顔をどこかで目にしたことがあるという既視感に襲われる。

気づけばファイルを手にしたまま立ち止まり、写真を凝視していた。はっと目を上げると阿南は数メートル先を歩いている。待って、と声をかけようとした時、阿南が足を止めた。何かを探すように辺りを見回している。

「ねえ、説明の続きは？」とうながすが、「先にその記事を読んでください」と言っただけで、立ち並ぶ家々に目をやりながら、うろうろとまた歩き出した。こんなことをしている場合じゃないのにという苛立ちをこらえ、ファイルの記事のコピーに目を落とす。『山梨県北巨摩郡奥砂村で生後間もない嬰児を殺害したとして――』と、合併前の地名で事件の概要が記されている。さらに読み進め、『山梨県警は嬰児殺害の容疑者として奥砂村大字西田三十八番地の助産婦――』と容疑者の氏名を目にしたところで、顔を上げた。

「阿南君、これ……」

住宅の一軒の前に立つ彼のもとへ駆け寄る。阿南はその家の表札をじっと見つめていた。

「ねえ、どういうことなの？」と上擦る声で尋ねる。阿南は答えず、インターホンを押した。もう一度記事に視線を落とす。なぜ、今まで分からなかったのか。

逮捕された容疑者の氏名は、『三橋《みつはし》育子』とあった。

ドアが開き、野城育子が顔を覗かせる。

「眼鏡と髪型で、だいぶ印象が変わるんですね。まあ六十年も前の写真ですから、それだけが理由ではないでしょうが」

阿南は初対面の育子の顔を、無遠慮に眺め回す。

きっちりとお団子にまとめた白髪は、あのぼさぼさの短髪とは似ても似つかない。だが額が狭いのは同じだった。眼鏡の向こうの加齢で落《お》ち窪《くぼ》んだ目は、よく見ると左右の形が不揃いだ。薄い唇も、こうして引き結ぶと確かに似ている。

六十年前に山梨県奥砂村の集落で二十人もの嬰児を殺害し、逮捕されながらも起訴を免《まぬが》れた助産師。

昴太が通った野城保育園で、おばあちゃん先生と呼ばれて親しまれてきた元園長——野城育子こそ、その人物だった。

五

「立ち話ではそちらも都合が悪いでしょうから、お邪魔させていただいてよろしいですか。お時間は取らせません」

阿南は育子を見下ろすと、有無を言わさない口調で告げた。育子は呆気に取られているのか、ぼんやりした顔で「どちらさまでしょうか」と尋ねる。

「そちらの杉田佑季さんの会社の後輩で、阿南と言います。小隈昴太君のことで、伺いたいことがありまして」

「そうなの。佑季さんの……」とほっとした表情の育子の眼差しが私に向いた。薄い唇に浮かぶ淡い笑みも、その非対称な目の形も、これまで接してきた育子に変わりはない。だが肌が粟立ち、その場から逃げ出したくなった。

三和土《たたき》に脱いだ靴を揃えると、先に立って廊下を歩き出した育子に続く。振り返り、玄関ドアの鍵が施錠されていないことを確かめ、ほのかに安堵した。

再び居間に通された私は阿南と並び、育子の向かいのソファーに掛けた。すぐにお暇するのでと紅茶を断った阿南は、「まずはこちらをご覧いただけますか」と、ファイルから新聞記事のコピーを抜き出し、ガラステーブルの上に置いた。べっ甲縁の眼鏡を上にずらして顔を近づけた育子の目が、すっと細められた。

「どういうご用件かしら」

体を起こすと、落ち着いた声で問う。彼女を見返し、阿南は静かに告げた。

「昴太君が今、どこにいるのか教えていただけますか」

唐突な申し入れに、驚いて育子の反応を観察する。先ほど彼女は、昴太が行方不明になっていることなど知らない様子だったのだ。やはり訝しげに顔をしかめると、質問の意味を捉えかねているのか、「さあねえ」とだけ返す。

どうして育子が昴太の行方を知っているなどと考えたのか。まさか彼女が昴太を攫《さら》ったと疑っているのだろうか。だが高齢で遠出のできない育子が、山梨まで来られたはずがない。

そう意見しようとした時、阿南が再び口を開いた。

「教えていただければ、警察には通報しません」

鋭い目で育子を見据えて言い添えた。育子は驚いたように眉を上げる。

同様に、私も内心で面食らっていた。阿南は本気で育子が昴太を連れ去り、どこかに監禁していると考えているらしい。腕をつつくと、小声で耳元にささやく。

「確かに育子先生は昴太とは顔見知りだけど、連れ出して閉じ込めておくなんてできないよ。先生はこの家でお孫さん夫婦と同居してるし、ご高齢で山梨にまで来られないと思う」

言って聞かせたが、阿南は素っ気《そ》《け》なくうなずいただけで育子に向き直る。私の助言は無視する姿勢のようだ。やがて育子が大きく息を吐いた。いかにも面倒そうな仕草で、テーブルのファイルをこちらに押しやる。

「通報って、私が何をしたというの。この記事のことだったら、私は不起訴になっているのよ。六十年も前に、親から要らないと捨てられた子が、死んだってだけのことじゃないの」

不浄なものを遠ざけるかのように悠然と言い張る様に、ぞっとする。不起訴になったから問題ないというその態度からは、自分が罪を犯したことへの内省や後悔が一切感じられなかった。思わず隣を見ると、阿南はなぜかそんな育子を興味深げに眺めている。

「昴太君がどこにいるかなんて知らないし、それが用件なら帰ってもらえるかしら」

育子がいくぶん険を含んだ口調で告げた。私も、ここで彼女を追及したところで無駄だと思えた。

育子が六十年前に二十人もの赤ん坊を手にかけていたとしても、すでにその罪を問うことはできない。まして高齢の彼女に昴太を誘拐できたはずがなく、居場所を知っているとも思えない。それよりも早く山梨に向かわなければと、阿南をうながそうとした時だった。

阿南が怪異について語る時に似た、面白いものを見るような目で言った。

「親が要らないと捨てた子には価値がない。けれどご自分の身内のためには、人が死んでも構わないというお考えなんですね」

身内のために、というのが何を意味するのか定かではないが、そんな揶揄《やゆ》など、育子には届かないようだ。ゆっくりとまばたきをすると、白いほつれ毛を耳にかける。

「ええ、当たり前じゃない。自分が産んだ、自分と血の繋がった子は、宝物でしょう」

慈しむような表情で主張した育子に、阿南は重々しく質した。

「だからあなたは昴太君の母親――小隈美津さんを殺害したんですか」

突きつけた問いに、その場の空気が凍りついた。育子は真顔になると、唇を結び、じっと阿南を見返している。鼓動が速くなるのを感じながら、息を詰めて今の言葉を反芻した。

バルビツール酸系の薬物を投与し、事故に見せかけて美津を死に至らしめた。私はそれを行ったのは、昴太の実の父親だと考えていた。しかし精子提供者であると分かった圭輔は、とても殺人犯とは思えなかった。

先ほど私は阿南に、圭輔の父は病院の院長で、だから彼は薬剤を入手できたのかもしれないと意見した。だが院長の母親である育子も、考えてみれば圭輔と同じ立場にある。阿南があの時良い観点だと評価したのは、そういう意味だったのかと思い至った。

「美津さんは精子提供者である野城圭輔氏について調査会社に依頼し、素性を調べてもらっていました。その過程で彼の祖母であるあなたが、二十人もの嬰児を殺害した罪で逮捕されていた過去を知ったのでしょう。美津さんは強いショックを受け、動揺のあまり、昴太君を産むべきではなかったのかもしれないとあなたに打ち明けた。さらには過去の罪を非難したのではないでしょうか。園児の保護者に自身の過去を知られたと分かり、もし噂《うわさ》が広まれば孫の圭輔氏の立場まで危うくなるかもしれないと恐れた。だからあなたは美津さんを殺そうと決めた」

その追及に、私はロケ前の打ち合わせの席や山梨に向かう車中で、小隈が美津について語っていたことを思い出した。

確認できただけで、美津は調査会社に二度にわたって調査を依頼していた。そして理由を説明せずに、昴太を野城保育園に通わせることにこだわった。おそらく最初の身元調査で、美津は圭輔が昴太の実の父親だと割り出した。それで育子の後継となるべく当時から圭輔が勤務していた野城保育園に、昴太を通わせたのだろう。

どういう心境で彼女がそのようなことをしたのか、今となっては分からない。だが昴太が保育園に通う一年ほど前、美津の父親が脳出血で急死したことが、その動機となったのではと思えた。幼くして母を亡くし男手一つで育てられた美津にとって、唯一の肉親である父親の存在は大きかったはずだ。自身の生い立ちについて知らないまま育つ昴太に、実の父親と一時でも、交流を持たせてやりたいと望んだのかもしれない。

だがそののちに行われたさらなる身辺調査で、美津は彼の祖母である育子が過去に犯した大罪を知ってしまったのだ。

身じろぎもせず、無表情でテーブルの記事に目を落としている育子をまっすぐに見つめ、阿南は続ける。

「五年前に交通事故に見せかけて殺害された吉祥寺の六十代の男性と、二年前に病死に見せかけて殺害された阿佐ケ谷の七十代の男性は、ともに現在の山梨県北杜市の出身でした。彼らの年代なら地元で有名な嬰児大量殺人事件を知っていた――そして近隣の保育園の名物園長であるあなたの顔を目にした可能性もある。実際に、どういう形で彼らがあなたに事件のことを知っていると接触してきたのかは分かりません。ですがあなたは美津さんと同様に、孫の圭輔氏に害を為《な》す可能性のある外敵を排除したのでしょう」

阿南が断罪した時、それまで沈黙していた育子が、やけにはっきりした声で「違うわ」と言った。ゆらりと顔を起こす。濁った両の目が、青白い光を帯びたように見えた。育子は、空気を震わすような低くひび割れた声で、ゆっくりと告げた。

「私があの女を殺したのは、私の血を引いた子供を、産まなきゃ良かったなんて言ったからだよ」

育子から発せられる異様な気配に圧倒され、硬直している私の方へ、不意に阿南が右手を差し出した。混乱しながら彼の顔を見る。阿南は小声で「お守りを」とだけ言った。

強張る指でボディバッグのファスナーを開け、ハンカチの中から取り出した鏃を阿南の手に置いた。腰を上げた阿南はテーブルに左手をつくと、向かいの育子の方へ身を乗り出す。そして長い腕を振り上げると、握り込んだ右の拳を育子のこめかみに打ちつけた。

声を上げる間もなく育子の眼鏡が弾け飛び、フローリングの床を滑《すべ》る。思わず目で追ったそれは、べっ甲のフレームが蝶番《ちょうつがい》のところでぽっきりと折れていた。慌てて育子へ視線を戻す。

「育子先生！」

呼びかけたが反応はない。まさか阿南が、このような暴力的な行為に出るとは思わなかった。驚きと焦りで、心臓が苦しいほど激しく脈打っていた。育子は左の側頭部を片手で押さえ、ソファーにかけた姿勢でうつむいている。そこまでの衝撃ではなかったのか、体勢は崩れておらず、出血などの怪我をしている様子もない。阿南はそんな彼女を観察するように見下ろしている。

てっきり阿南が、あの高名な修行僧の骨から作られた鏃を育子のこめかみに突き立てたと思い込み、気が動転していた。だが被害が及んだのは、眼鏡だけだったようだ。力が抜け、安堵のため息が漏れると同時に、猛然と怒りが込み上げてきた。

「いきなり何するの、阿南君！」

怒鳴《どな》りつけた私を無視して、阿南は床に転がった壊れた眼鏡の方へ、すたすたと歩み寄った。拾い上げたそれをしげしげと眺めると、こちらに戻ってきてテーブルに置く。

「フェイクではなく、天然のべっ甲だと見て分かりました。こちらは相当に貴重なものだと思いますよ」

その高価な眼鏡を突如として破壊しておいて、なぜだか阿南は得意げな顔をしてみせる。いくら彼女の罪を暴《あば》こうという局面であっても、阿南と育子は今日が初対面で、しかも向こうは高齢女性だ。彼の行動の意図がまったく分からず、混乱を通り越して恐怖すら覚え始めた時だった。

「――ごめんなさいね。なんの話をしていたのだったかしら」

呆《ほう》けたような声にそちらを見ると、育子は首を傾げ、不思議そうに目を瞬かせた。その瞳は膜がかかったふうに少し濁っていたが、先ほどの不気味な青白いきらめきは消えていた。

「昴太君のことをお聞きしていたんですよ。十日ほど前から、昴太君の行方が分からなくなっていまして、彼の行き先に心当たりはありませんか」

阿南は落ち着き払った態度で尋ねると、私の隣に腰を下ろした。「あらあら、それは大変ね」と育子は頼りなげにおろおろと眉を下げる。先ほどの人が変わったような悪辣《あくらつ》非道とも呼べる様相は、すっかり失せていた。

「そうねえ……言われてみればこの間、昴太君から電話があったの。確か、十日くらい前のことだったわ。三連休の中日だったかしら」

育子はおっとりとした、おばあちゃん先生らしい口調で語った。それはまさしく、昴太が行方不明になった日だ。ロケハンで訪問した際、寿江は今も育子と年賀状のやり取りがあると話していたが、それを見て番号を知ったのだろうか。突然飛び出した驚くべき証言に、前のめりで問い詰める。

「その電話、どんな用件だったんですか。昴太はなんて言ってましたか?」

私の剣幕にたじろいだように身を引きながらも、育子は「それがね、おかしなことを聞かれたのよ」と続ける。

「昴太君ったら、急に『あの赤ちゃんたちをどこにやったの』って」

「『あの赤ちゃんたち』というのは?」

硬い声で質した阿南に、育子はなんでもないことのように言った。

「見つからないように捨てた、赤ん坊のことよ」

ぎょっとして阿南の方を見るが、彼は「それで、どこだと答えたんですか」と平然と先をうながす。

そうねえ、と育子は目をすがめると、皺《しわ》の浮いた手を頬に当てる。

「私と征三先生の、誰にも見つからない秘密の隠し場所があったのよ。でもあんまり昔のことだから、場所ははっきりとは覚えていなくて——村から車でそんなに離れていない、古い廃寺の井戸の中だって、昴太君には教えたと思うんだけど」

どこか華やいだ表情で明かした事実に戦慄する。育子が殺害した嬰児は二十人とされていたが、それは白土征三が偽造した死亡診断書により自然死として処理され、埋葬された遺体の数だ。実際の被害者はそれ以上だったのではという話のとおり、育子は征三と共謀して、赤ん坊の遺体を人目につかない場所に捨てていたのだ。

「昴太はきっと、その場所に行こうとしたんだよ。バスに乗って」

訴えると、阿南も緊迫した面持ちでうなずきを返してきた。

小隈はあの日、昴太がいなくなったと気づいた時に、枕が湿っていたと話していた。頭が痛いと言って寝ていた昴太は、その時に《涙の夢》を見たのだ。どんな夢だったかは想像するしかないが、それはきっと殺した赤ん坊を捨てにいく育子の姿を、別の亡くなった赤ん坊の視点で見た光景だったのではないか。

畳に並べた経文から現れた女の顔を見て、蔵の中にいた巨大な女が保育園のおばあちゃん先生だと気づいていた昴太は、年賀状から番号を調べて育子に電話した。そしておそらくは遺棄された赤ん坊を見つけてやらなければという思いから、育子に聞いた廃寺を探そうとしたのだ。スマートフォンを持っていれば、ネット検索くらいはできただろう。

「早く捜しに行こう。行方不明になってもう九日も経ってる。山の中とかで迷って、遭難したのかも」

勢い込んで急き立てる。昴太が持ち出した荷物の中には食料や飲み物も入っていたらしいが、もはや一刻の猶予もなかった。しかし、阿南はなぜか呆けたような顔で、自身の手元を見つめている。ねえ早く、と焦れる私に、ようやくこちらを向くと、何かに憑かれたような眼差しを向けた。

「誰にも見つからない、無垢な魂とともにある場所……そこがあ、る、べ、き、と、こ、ろ——」

阿南は言うが早いか立ち上がった。暗示めいたつぶやきを理解できずにいる私を置いてきぼりにして、ファイルとリュックを摑んでドアの方へと歩き出す。

「ちょっと、阿南君。どうしたの？」

こちらを振り返りもせず、阿南は張り詰めた声で告げた。

「きっとその井戸が、白土征三氏が《鬼の鏡》を隠した場所です」

何が起きているのか分からないといった表情の育子に、一応は「お邪魔しました」と声をかけると、すでに玄関を出ようとしている阿南のあとを追った。ほとんど走り出しそうな早足で歩く彼に追いすがり、待ってよ、と呼びかける。

「育子先生、あのままでいいの？　本当に警察に通報しないつもり？　ていうか途中から、なんか、様子がおかしくなったよね。目の色が一瞬変わったように見えて、だけど阿南君に眼鏡を壊されたら、そのあとは変に穏やかな感じになって」

一連の状況に混乱しつつ尋ねた私に、足を止めずに腕時計に目をやりながら答える。

「事情聴取に時間を取られたくないので、今日のところは放っておきましょう。なるべくなら関わりたくありませんし、僕らが通報しなくても、彼女自身隠すつもりはないようです。いずれそう遠くないうちに逮捕されるでしょう。それより思いのほか遅くなってしまいましたね。この分だと向こうに着くのは、四時近くになりそうです」

美津の命を奪った罪をきちんと償わせることができるのなら、私だってこれ以上、あんな恐ろしい罪を犯した人物と関わりたくはなかった。だが放っておくという提案は、容易には受け入れられない。

何よりあの異様なまでの豹変《ひょうへん》ぶりをはじめとして、私にはまだ理解できないことだらけだった。住宅街から駅前の商店街の方へと出て、信号待ちで止まったところで再び阿南に問いかける。

「さっきのやり取りだとはっきり認めてはいなかったけど、事故や病死に見せかけて二人の男性が殺された事件も、育子先生が犯人ってことだよね」

阿南はちらりと視線を寄越すと、「そうでしょうね」と断じた。

「美津さんと同様に、二人が自身の正体に気づいたために殺害したのでしょう。彼らの年代なら事件当時の報道で、彼女の顔写真を目にしていた可能性があります。あれだけ騒がれた事件ですから、記憶に残っていてもおかしくない」

その返答に、不意に強い違和感を覚えた。だったらなぜ……と浮かんだ問いを、そのまま投げかける。

「ねえ——白土夫妻は、紘乃さんの就職先ということで、野城保育園とは昔から付き合いがあったんだよね。秀継さんと寿江さんは、彼女があの重大事件の犯人だって知らなかったのかな」

当時園長だった育子とは、収穫した野菜を送ってお礼の手紙をもらうなど、密な関係にあったと聞いた。私が差し向けた新たな疑問に、わずかに目を細めた阿南は「僕の見解ですが——」と考えを述べる。

「白土夫妻にとっては生まれる前に起きた事件ですし、顔写真や実名が掲載されたのは事件直後の新聞のみでした。その上、姓も三橋から野城に変わっていますから、気づかなかったとしても不思議ではありません」

確かにあの時の屈託のない話しぶりからすると、彼らは娘が働いていた保育園の元園長が大量殺人事件の犯人だとは、微塵《みじん》も考えていないようだった。納得していると、信号が青へと変わる。再び歩を進めながら、阿南が「しかし……」と、こちらを一瞥した。そして重い声で告げた。

「野城育子の側は当然、紘乃さんが白土家の娘と知った上で雇い入れたはずです。彼女がどのような意図を持って紘乃さんを自分のもとに呼び寄せたのかは分かりませんが、小隈さんと彼女が出会ったのは、偶然ではなかったのではないでしょうか」

横断歩道の真ん中で、凍りついたように足が止まった。どす黒い不穏な憶測が、濁流のごとく胸の内を駆け巡る。もしも、そうだとすれば——。

二人が結婚したことも、小隈が白土家をモデルに『赤夜家の凶夢』のドラマ企画を立て、あの家を撮影しようとしたことも、昴太があの家に呼び寄せられたこともすべて、初めから、そうなるように導かれていたのではないか。

恐ろしい想像に、膝が震え、その場からしばし動けずにいた。迷惑そうに私を避けていく歩行者の舌打ちでようやく我に返り、阿南の背を追ってぎくしゃくと歩き出す。泥の中を進んでいるかのように、足が重かった。口の中がやけに乾いていた。

阿南はなぜ育子がそんなことをしたのか、意図が分からないと述べた。だが私は先ほどの育子の言動から、一つだけ、その理由に思い当たることがあった。

『私と征三先生の、誰にも見つからない秘密の隠し場所があったのよ』――そう明かした時の、彼女の華やいだ表情。

もしかすると育子は当時から、白土征三を密かに慕っていたのではないか。だから彼の血を引く紘乃を自身のそばに置きたいと望み、東京での勤務を希望して人材バンクに登録していた彼女を採用したのではないか。

その結果起きたことの、どこまでが育子の目論見によるものだったのかは、分からない。けれどこれまでにもたらされたいくつもの不幸と悲劇の起点は、育子が征三と出会ったことにあったのではないかと思えた。

飲食店や商店の並ぶ通りもそろそろ終わりに近づき、駅前アーケードの入口に差し掛かろうとしていた。私は最後に、一番気になっていた件を尋ねた。

「阿南君が鏃を使って育子先生の眼鏡を壊したのには、どういう意味があったの？」

のんびりと買い物を楽しむ通行人たちを足早に追い越しながら、阿南はもどかしげに解説を始めた。

「あのべっ甲縁の眼鏡は、呪物だったんです。《鬼の鏡》を祀るための修験道の呪法で、生きたまま解体した亀の甲羅を用いるとあったでしょう。あのべっ甲も、そうして無垢な魂を犠牲にして作られたものだと思います」

　早口で語られたが、すぐには状況が呑み込めなかった。育子が身につけていたその呪物を、阿南はお守りの鏃で破壊した。要は呪いを祓《はら》ったということなのか。そう確かめると、阿南は硬い表情で「逆です」と首を横に振った。

「祓ったのではありません。あの呪物は、呪いに取り込まれるのを防ぐために身につけていたものでしょうから。ですから僕がしたことは、むしろ呪いの力が及ぶのを加速させる行為のはずです」

　それはつまり、どういうことなのか。そもそも私は、育子が取り込まれまいとしていたという呪いの正体も把握できていなかった。

「ねえ、きちんと説明して。過去の大量殺人だけじゃない。あの人は昴太の母親の美津さんまで手にかけたんだよ。何が起きたのか分からないままじゃ、納得できない」

　美津は私にとっても、学生時代をともに過ごし、長く付き合ってきた大切な存在だった。強い口調で要求すると、阿南はそのことに触れたくないというふうに、忌避の表情を浮かべてこちらを見た。だが譲る気配がないと分かったのか、ややあって観念したように告げた。

「彼女はおそらく六十数年前——事件を起こす以前に、白土家に祀られていた《鬼の鏡》を見たのだと思います」

阿南の言葉の意味するところを考え、理解した瞬間、全身が総毛立った。

「《鬼の鏡》を見た者は、人でなくなる。そして最後には身を滅ぼす。人でなくなった野城育子は、二十人を超える嬰児を殺し、自分の身内に害を為すものを殺し、そして今まさに、身を滅ぼそうとしているのでしょう」

そう補足するのを聞きながら、先ほど目の前で起きたことを思い返す。

阿南は育子が《鬼の鏡》の力に取り込まれるのを防ぐために身につけていた呪物を破壊した。その結果、都合の悪いことは何も知らないというふうに取り繕っていた育子は、自身が過去に犯した罪について隠すことをやめ、あけすけに語り出した。それはまさに身を滅ぼす行為だろう。

何よりあの一瞬、不気味な青白い光を帯びたように見えた育子の両の瞳が、阿南の言葉は真実なのだと思わせた。

六

商店街の外れのパーキングから車を出すと、阿南の運転で青梅街道《おうめかいどう》に入る。しばらく都道を進んだあと、甲州街道を経由して中央道に乗った。

小隈には出発してすぐに連絡を入れていた。だが野城育子が嬰児大量殺人事件の犯人であり、さらには美津を殺害したと認めたことは、今の時点では伏せた。これらの経緯をすべて話すのには時間が必要だ。千歌の件もそうだが、昴太が見つかってから改めて説明する方がいいだろう。私は育子とのやり取りで判明した、昴太が集落からバスで行ける範囲内の井戸のある廃寺に向かった可能性があることのみを伝えた。

「分かった。すぐに警察に話して、俺もこっちで調べてみる。井戸のある廃寺なんて、きっとそんなに数はないから探し出せるはずだ」

すでに退院し、白土家で征三の遺品を調べたものの収穫がなかったという小隈は、この情報にかなり期待を抱いたようで、声に力がこもっていた。警察が動いてくれるなら、場所が複数であっても人員を割り振って捜索してもらえる。昴太が市街地から乗ったバスの路線も分かっているので、さらに範囲を狭めることができるだろう。私もそう楽観していた。

だが意外にも、事態はここから難航した。午後三時半に須玉インターチェンジで高速を降りたところで小隈に電話をすると、先ほどとは打って変わって口調は沈んでいた。

「そもそも地元の人の話じゃ、井戸のある廃寺なんて存在しないっていうんだ。育子先生の勘違いってことはないか？　一応、廃寺だけなら二つあって、その内の一つが昴太が乗ったバスの路線の地域から近いっていうので、その周辺の林の中を捜してる。もう一つの方も、警察が調べてくれてるらしい」

電話の向こうでは、昴太の名前を呼ぶ大人たちの声が繰り返ししていた。その中に「昴太くーん！」と一際必死にその名を叫ぶ秀継の声が交じり、胸が詰まった。

「私たちも、もうすぐそちらに着けると思います。お寺の場所を教えてもらえますか」

「いや、こっちは人数的に足りてるし、車道から距離があるんだ。暗くなったら捜索は打ち切りだから、できたらもう一方の寺に向かってくれるか」

そちらは昴太が乗ったバスとは別方向だが、私たちがいる位置からは向かいやすい場所だった。昴太が目当ての井戸のある廃寺を見つけられず、右往左往した可能性もあるとのことで、私は小隈から聞き取った廃寺の所在地をメモすると、地図アプリを起動して阿南に指示を出した。しかし運転席の阿南は、どこか納得のいかない顔で考え込んでいる。やがて急にハンドルを左に切ると、路肩に停車した。どうしたのかと尋ねた私に、阿南は険しい表情で告げた。

「こうしてこのまま廃寺の周辺を捜していて、本当に昴太君は見つかるんでしょうか」

何を言い出すのかと目を剝いた。

「昴太が廃寺に行こうとしたのは間違いないんだから、これだけの人数で捜せばきっと見つかるよ。どうしてそんなこと言うの？　みんな一生懸命捜してくれてるのに」

阿南を責める言葉が、途中から上滑りしていくのが自分でも分かった。これまで映像プロダクションのディレクターとして十年近く番組を制作してきて、一生懸命であることそのものに意味はないと知っている。必要なのは、結果を出すことだ。

きっと私たちは何かを間違えている。野城育子は、確かに古い廃寺の井戸に赤ん坊の遺体を捨てたと語った。だが集落の周辺に、そのような寺はない。

「昴太君が見つからないのは、単に迷子になったから、遭難したからという理由ではないでしょう。それはおそらく白土家に降りかかった《鬼の鏡》の呪いのためです。そちらを解除しないことには、戻ってこないのではないでしょうか」

無情な結論に、気づけば涙がにじんでいた。つまり、井戸のある廃寺が見つからないこと自体が、呪いのためだというのか。そうであれば、どうやっても昴太を取り戻すことなど不可能だ。

カーナビの時計表示に目をやった。もうあと数時間で日付が変わり昴太は十二歳になる。ゲームを禁止されて愚痴を言いながらも、中学受験に向けて勉強を頑張っていた。驚くほど食べるのに手足が細くて、愛嬌のある八重歯を含めて整った顔立ちで、華やかな外見だった美津に似てくるのを眩しく感じた。

無垢な魂を求める《鬼の鏡》の呪い——そんな馬鹿馬鹿しいもののために、私たちは本当に昴太を失ってしまうのか。胸が潰れる思いで車の天井を仰ぐ。

なぜこんな事態に巻き込まれることになったのだろう。小隈が紘乃と出会い、惹かれ合ったためか。『赤夜家の凶夢』などというホラーモキュメンタリードラマの企画を立ち上げたからか。私がディレクターさえ引き受けなければ、あんな脚本を書かなければ、昴太がロケのために白土家を訪れることはなかった。

ロケハンの日、阿南が白土家にまつわる呪いについて語った際に、頭ごなしに否定せず、もっと耳を傾けていれば良かった。あの時は山梨へ向かう車中で延々と似たような怪談話を聴かされて、辟易していたのだ。いや、少しは毛色の変わった怪談も交ざっていた気もするけれど……と、その折のことをつくづくと思い返していた時、突如雷に打たれたような感覚がした。

そうだ。あの話は確か——。

「——阿南君、二人でロケハンに来た時に、車で流してた怪談のデータ、今持ってる？」

阿南は一瞬、何を聞かれているのか分からないという顔をしたが、すぐに後部座席に手を伸ばし、リュックからスマートフォンを取り出した。

「あの時はSDカードに入れてましたけど、同じものはクラウドで聴けますよ」

胸を高鳴らせながら、私は阿南に確かめる。

「その中に、山梨のご当地怪談があったよね。廃墟になった建物で大学生が行方不明になって、捜しに来た家族が赤ん坊の手形がたくさんついた車を見つけたって――それって、元はお寺だったところに新興宗教の施設を建てたって話じゃなかった？」

阿南ははっとした顔になり、「確認しましょう」と画面を操作する。あの時、延々と流れる怪談にうんざりしながらも、お寺の跡地に宗教施設が建つというディテールが、宗教法人売買にありがちな話でリアリティがあり、記憶に残っていたのだ。

息を詰めて待っていると、ややあって「見つけました。これですね」と阿南が並んだ音声ファイルの一つをタップする。私たちは、その八分間にもわたる情報量の多い怪談を、最後まで聴いた。そして行方不明となっていた大学生が、敷地内の涸《か》れ井戸の中で見つかったという結末に、ガッツポーズをとった。


怪談に登場した廃墟の場所については、阿南が所属する会員制オンライングループのチャットで質問したところ、ものの数分で正確な住所に加え、座標まで教えてもらえた。

国道沿いのホームセンターでロープ、園芸用シャベル、軍手、懐中電灯といった少々物騒《ぶっそう》とも取れる日用品を買い込むと、それらを軽ワゴンの荷室に放り込み、カーナビに入力した目的地へ向かう。そこは町外れの丘の上にある建物で、敷地の周辺に住宅などはなく、勝手に忍び込むのに適していた。

すでに時刻は夕方で、先ほどまで橙色だった西の空は、だいぶ藍色《あいいろ》が濃くなっていた。辺りを包む冷たい空気に、車に積んでいたパーカーを羽織る。

鉄柵《てっさく》で囲まれた敷地の入口には、車が通れないようにチェーンが張ってあるが、特に鍵が掛かっているわけでもない。鉄柵も一部老朽化した箇所が撤去されていて、容易に中に入ることができた。

三階建ての学校の校舎のような廃墟には、今日のところは用はない。私たちは懐中電灯で足元を照らしながら、建物の裏手へ回った。そちらは中庭のようで、銀杏《いちょう》やハナミズキといった大きな庭木が荒れ放題に枝葉を伸ばし、一面を腰ほどの高さの雑草が覆っていた。

その中庭の奥の方に、用具倉庫のような物置、そして中央に小さな窪地《くぼち》がある。これが目当ての井戸かと中を覗き込むが、ほとんど深さはなく、枯れ葉が積もっているだけだった。かつては池か何かだったのだろう。落胆して顔を上げた時、阿南がそこから少し離れた柘榴《ざくろ》の木の下で、草に隠れていたそれを見つけた。

「ありました」という声に、弾かれたようにそちらへ駆け出した。高さ数十センチの古井戸には、錆《さ》びた鉄板で蓋がしてあった。赤く熟れた実をつけた枝をよけながら、どうにか二人掛かりでずらすと、濃い土の臭《にお》いが漂ってくる。ジーンズのポケットから懐中電灯を出し、中を照らした。そこまでの深さはなく、三メートルほど下の乾いた地面に、細かな石ころが転がっているのが見える。

「役割分担としては、ロープを引き上げるのは力のある方、井戸の中に降りるのは、体重が軽い方が良いでしょうね」

おずおずと提案した阿南が、気の毒そうに私を見る。こんなことでもなければ嬰児の遺体が捨てられたという井戸など、絶対に入りたくなかった。だが確かに、私の力では井戸の底に降りた阿南を引き上げることはできない。覚悟を決め、ボディバッグにシャベルや軍手を突っ込んで背負うと、腰にロープを巻きつけた。

阿南がロープの反対の端を柘榴の木の幹にしっかりと結んだ。その上でロープの中ほどを自身の手に巻いて握る。準備のできたところで、井戸の縁に腰をかけた。左足、次に右足とゆっくり乗り越え、徐々に阿南が支えるロープに体重をかけていく。そして最後は思い切ってぶら下がった。足が宙に浮いた瞬間、ざわざわと虫が這い上ってくるような感覚がして、ロープに強くしがみつく。

「ねえ、ゆっくり降ろしてよ。あんまり揺らさないで」

「揺れてるのは、佑季さんが動くからです。じっとしててください」

「ちょっと！　今なんか頭に落ちてきた」

ロープで擦れて落ちたらしい枯葉を払ったその動作で、また体が大きく揺れる。泣きたい思いで、なるべく下を見ないように、体を硬直させていた。阿南が徐々にロープを出し、じりじりと位置を下げていく。ほんの二メートルくらいしか移動していないのに、急に辺りが冷え、空気が薄くなったように感じた。早くこの時間が過ぎてほしいと、祈るような気持ちでロープを握りしめていた。やがて足先が、ざらついた地面を捉える。

「今、下に着いた。懐中電灯点けるね。あ、中の方は結構広くなってる」

腰のロープを解きながら、恐怖心から口数が多くなる。井戸の底には、直径二・五メートル程度の空間が広がっていた。ざっと周囲を確認し、ひとまず嬰児の骨と思しきものが露出していないことに安堵する。六十年も経っている上に、当時はまだ水が涸れていなかったはずだ。土に埋もれているのは当然だろう。

しかし、ほっとしたのは束の間《つかま》だった。ということは、《鬼の鏡》も土の中にあるのだと気づき、愕然とする。懐中電灯でゆっくりと土の表面を照らしながら、目を凝らした。革袋らしきものは、どこにも見当たらなかった。

「やっぱり、掘らなきゃいけないみたい」

震える声で報告すると、ロープを引き上げながら阿南が「頑張ってください。僕も上から照らしていますから」と殊勝《しゅしょう》な面持ちで励ましてくる。掘るのと照らすのとじゃ全然労力が違うじゃない、と苦々しさを覚えつつも、私はボディバッグからシャベルを取り出すと、井戸の底の地面の隅に屈み込んだ。

お気に入りの海外ミステリーシリーズでお馴染みの、ヒロインの女性巡査が行う『グリッド捜査』と呼ばれるアプローチの要領で、井戸の底の地面を端から三十センチ四方ずつ、十センチほどの深さまで順番に掘り返していく。小説の中で何度となく登場するこの捜査の手法を、まさか自分が現実に行う日が来るとは思わなかった。ヒロインのように慢性関節炎を抱えていないだけましだが、ずっと同じ姿勢で地面を掘り返していると、次第に膝や背中が固まったようになって痛み出した。

「――阿南君、今、何時くらい？　捜索はもう終わっちゃったのかな」

　面積全体の六分の一となる畳半畳分ほど進んだところで、一度立ち上がって肩を回した。井戸の底の土は比較的柔らかく、園芸用のシャベルでも掘るのに支障はなかった。

「六時を過ぎたので打ち切られたって、少し前に小隈さんから連絡がありました。でも小隈さんと紘乃さんは、まだしばらく林の側道を捜してみるそうです」

　問いかけに応じた阿南の声には、彼らを案じる響きがあった。諦められず、その場に留まっている小隈たちの心情を思う。二次遭難を防ぐために、暗くなってからの捜索は認められていないとしても、きっと小隈は昴太を見つけるまで捜し続けるつもりなのだろう。

　その後も阿南と時折、そうして捜索の状況やこちらの進捗《しんちょく》をやり取りしながら注意深く地面を掘り進めていく。六十年の歳月のためか、それとも嬰児の骨とあって脆《もろ》かったからか、砂利や小石の混じる土の中にはっきりと骨だと分かる形をしているものはなかった。それでもいくつか白い小枝のようなものが見つかり、心の中で手を合わせた。なんの罪もなく殺された赤ん坊に対しては、やはり恐怖よりも、哀《あわ》れみの思いの方が強かった。

　十九枚目の一辺三十センチの正方形を掘っていた時、シャベルの先端が、石や木片とは異なる、柔らかなものに触れた。

　シャベルを地面に置き、懐中電灯を脇に挟むと、軍手をはめた手で、慎重に土をどける。やがてそれが、薄茶色の袋状のものだと分かった。

　心臓がぎゅっと縮んだ。阿南を呼ぼうとしたが、喉が締まり声が出ない。

　恐る恐る手を伸ばし、その表面に触れた瞬間、絶対にこれを開けてはいけないという凄まじい畏怖《いふ》と、どうあっても開けて中身を見なければという強烈な衝動に、同時に襲われた。

これだ――。間違いない。強張る手をどうにか動かして掘り出すと、袋の中のものの輪郭をなぞる。それは、直径十五センチほどの円盤型をしていた。あえぐように息を吸う。

「阿南君、見つけた」

呼びかけた声が、滑稽《こっけい》なほど震えていた。すぐ引き上げます、と言うが早いか、ロープが降ってくる。

パーカーの前を開き、袋を懐《ふところ》に入れた。ファスナーを閉め、ロープを腰に巻き直していた時、胸元に入れた革袋が、もぞりと動いたような感触がした。

悲鳴を押し殺し、頭上から注ぐ眩しい懐中電灯の光を仰ぐ。その向こうにいる後輩に、「早く上げて！」と叫んだ。


鹿革の袋を携えて白土家に到着したのは、午後七時のことだった。小隈と紘乃はまだ戻っておらず、家には寿江と秀継だけが待機していた。

詳しい事情はあとで説明すると告げ、蔵の二階に上がらせてほしいと頼む。私が手にしているものから尋常でない気配を感じたのか、了承した秀継は寿江と二人、私たちが脚立を蔵へと運ぶのを遠巻きに見守っていた。

伸ばした梯子を立てかけ、花瓶に注ぐ水など必要な物を準備すると、私、阿南の順で荷物を手に二階へ登る。阿南が長持の蓋を開けるのを手伝い、懐中電灯で照らして中にあるものを確かめた。

「祀り方についての詳細な記録は残っていないので、ここにあるものを使って、ごく一般的な神道の祭壇の要領で祀ります」

阿南の指示に従い、まずは机に亀の甲羅の台座を置くと、紫の小さな座布団を敷き、鹿革の袋を載せた。次いで白い花瓶と茶碗、小皿を取り出す。ホームセンターの園芸売場で買い求めた榊を花瓶に活け、二つある皿の片方に塩、もう片方には米を供えた。それから秀継に出してきてもらった日本酒を茶碗に注ぐ。

これが正しい祀り方なのか、確証はなかった。だがこの場にあった祭具は、これですべてのはずだ。

「念のため、こちらの中身を検めておきませんか」

祭壇を前に落ち着かない気持ちでいると、背後で阿南の声がした。なんのことかとそばへ寄ると、阿南は長持の中に一つだけ残された、印伝の巾着袋に目を落としている。紺の地に白い小花紋様を散らした袋の口は、トンボ玉のついた組紐で、固く結ばれていた。ためらいつつも、そろそろと手を伸ばす。

持ってみた軽さからしても、祭具が入っているようには思えなかった。しかし他のものと一緒に仕舞われていたことを考えると、祀るのに必要なものなのかもしれない。

「分かった。開けてみよう」

阿南にペンライトで照らしてもらい、苦労して組紐を解く。どうにか紐を緩めて口を開けると、中を覗き込んだ。袋の底の方に、小さな油紙が畳まれて入っている。紙を透かして、何か黒いものが包まれているのが見て取れた。指を入れて引っ張り出すと、床の上で油紙を開く。埃っぽい、乾いた土のような臭いが漂った。

「この黒いのって、髪の毛だよね。それから、こっちは……」

ライトの光に浮かぶ、風変わりな形状の固体を凝視する。指先ほどの大きさの黄色い干し肉のような塊に、幾本もの髪の毛が絡まるようにして巻きついている。さらにその肉の割れ目から、人の歯の形をしたものが飛び出しているのが見えた。だがその中には、動物か何かの犬歯――牙《きば》としか見えないものも交じっている。

髪の毛と歯。そこで、もしやと思い当たった。異様な内容物に絶句している阿南に、予想をつけたそれの正体を語って聞かせる。

「ここに閉じ込められていた《鬼眼》の娘――照子さんは、卵巣の病気に罹っていたらしいの。原因は分からないんだけど、未受精の卵子が人の体になるための分裂を始めて、卵巣の中に、髪の毛や脂肪や歯が入った瘤ができるんだって。多分これは、切除した瘤の中身じゃないかな」

私はその疾患について知った経緯を説明する。白土征三の遺影の裏に照子の診断書が隠されていたこと。その疾患の名を以前耳にしたことがあり、どんな病気なのか秀継から聞き取ったこと。さらに野城育子が過去に同じ疾患に罹っていたことを伝えると、阿南は床の上の小さな肉塊を見つめたまま、深刻な表情で考え込み始めた。

「――佑季さんは、どうしてこの内包物が長年保管されていたのだと思いますか」

やがて顔を上げた阿南が、静かに尋ねた。出し抜けに問われ、「それは……」と口ごもりながら、一応の考えを述べる。

「寿江さんの話だと、征三さんは娘の照子さんを大切に思っていたというから、多分、彼女の形見としてここに置いていたんじゃないの」

「ですがここには、照子さんの衣類も、筆や硯《すずり》といった私物も、残されていませんでした。それらの身の回りのものを処分しておいて、これだけを形見として取っておいたというのは違和感があります」

だったらなんのために――と問い返した私に、阿南は低い声で告げた。

「もしかするとこの内包物には、《鬼の鏡》に通じるなんらかの力が宿っているのかもしれません」

慎重な手つきで油紙を持ち上げると、阿南は続ける。

「過去に《鬼の鏡》を目にしたと思われる野城育子は、卵巣に瘤が生じた。照子さんが同じ疾患と診断されたのは、祀られた《鬼の鏡》とともにこの場所に閉じ込められていた彼女が何かの折に鹿革の袋を開け、それを見てしまったからではないでしょうか」

阿南の言葉に、先ほど井戸の底で《鬼の鏡》を手にした瞬間の、この袋の中身を見たいという抗《あらが》いがたい衝動のことを思い出した。あのように包帯で固く目を覆われていた彼女でも、長年《鬼の鏡》が身近にあったとすれば、誘惑に勝てず、包みを開けてしまったのかもしれない。

「他に診断のつけようもなく病名が当てられたのでしょうが、野城育子や照子さんの体にできたものは、そもそも病気を原因とするものではないのかもしれません」

阿南は牙のような白い欠片《かけら》の覗く塊を油紙で包むと、印伝の巾着に戻し、組紐を結び直した。そして祭壇の方へと進む。《鬼の鏡》の置かれた台座の横に、袋をそっと供えると、こちらを振り返った。

「鏡の中に現れた虚像——忌むべき鬼の姿を見てしまった者は、その体内に鬼を宿し、人でなくなる。野城育子と照子さんの卵巣に生じた瘤は、疾患などではなく、そのことの証なのではないでしょうか」

全身の皮膚が粟立つのを感じながら、言葉を発することもできず、その場に立ち尽くしていた。祭壇の上の袋を見つめるうち、吸い込まれるように視界が狭まっていく。不意に阿南に肩を摑まれ、我に返った。立ちくらみを起こしたようだ。

「行きましょう。あまりここに長く居ない方がいいと思います」

うながされ、梯子を下りる。蔵を出ると、すぐに小隈に電話をかけた。彼らに合流するつもりで、まだ同じ場所を捜しているのかと尋ねると、思わぬ答えが返ってきた。

「紘乃がどうしても気になる場所があるって言い出して、そこに向かってるんだ。集落からそう遠くない場所にある廃屋なんだけど、昔は助産院か何かだったらしい。子供が肝試しに入り込んで、騒ぎになったことがあるんだそうだ」

助産院という言葉にはっとする。それはもしかすると野城育子と繋がりがある——彼女が過去に働いていた産院ではないのか。詳しい場所を聞くと、それは先ほど訪れた廃墟からも近い場所だった。昴太が育子から教えられた廃寺を目指したのであれば、そこへ迷い込んだ可能性もある。

白土照子と同じ血が流れる紘乃には、やはり未来を見通す《鬼眼》の力が、わずかながらでも残っていたのかもしれない。そして元どおり《鬼の鏡》を祀ったことで、抑えられていたその力が一時的にでも蘇ったのだろうか。

あるいは——ともう一つ、想像した理由があったが、今はそんな考察をしている余裕はなかった。

小隈の言葉を阿南に伝えると、再び車に乗り込み、伝えられた住所へ向かった。集落を出て曲がりくねった県道を二十分ほどひた走り、町はずれにあるその場所に到着すると、木造二階建ての診療所のような佇まいの廃屋の手前に、無人のグレーのセダンが停まっている。点けっぱなしのライトの光が周囲を明るく照らしていたが、小隈たちの姿は見えない。私たちも同様にヘッドライトをハイビームにして敷地の方へと向け、車を降りる。

阿南が早足で建物の方へ歩き出す。正面の引き戸は閉じられており、いくつかある窓も磨りガラスで中の様子は窺えなかった。阿南のあとを追いながら、小隈さん、と大声で呼びかけると、廃墟の右手の方で小さな光が動くのが見えた。次いで「昴太！」と叫ぶ声がした。阿南と視線を交わし、そちらへ駆け出す。

「いた！　紘乃が見つけた！」

再び響いた小隈の声を頼りに、足をもつれさせながら、敷地の裏手にある庭らしき空き地へ走り込む。伸び放題の雑草の向こうに、仁王立《におうだ》ちして懐中電灯を振り回す小隈と、その足元にしゃがみ込む紘乃の姿が見えた。紘乃の腕の中に、紺色のパーカーを着た小柄な人物が抱かれている。

昴太を認めた阿南が「警察と消防に連絡します」と立ち止まり、電話をかけ始める。紘乃のそばに膝をつくと、目を閉じた昴太の頬に触れた。ひんやりとしたその表面の奥から、確かな温かさが伝わってくる。全身の力が抜けると同時に安堵と喜びが胸を満たし、両目から涙があふれた。

「あそこの納屋の中にいたんだ。戸の建てつけが悪くて、閉じ込められたのかもしれない」

目を赤くした小隈が、庭の一角にある小屋を指差す。

「なぜだか分からないけど、昴太君はここにいるんじゃないかって……急に何かに突き動かされるような感覚がしたんです」

自身も困惑している様子で、紘乃が説明する。そこへ電話を終えた阿南が走ってきた。

「救急車、十分くらいで来るそうです」と息を切らしながら報告する。そして「温めた方がいいでしょう」とジャケットを脱いだ。小隈が急いで昴太を抱き取り、阿南のジャケットで体を包む。

その時、昴太が身じろぎをし、薄目を開けた。昴太、と小隈が呼びかける。昴太の瞳が何かを探すように揺れ、やがて自身を抱く父親の顔に焦点を結ぶ。だがすぐに、ほっとしたように再び目を閉じてしまった。やはり相当衰弱しているのだろう。昴太の耳元に口を寄せ、私は語りかけた。

「美津さんは――お母さんは、昴太をずっと捜してたんだよ。知らない人に食べられる夢、覚えてるでしょう」

聞こえているのかいないのか、目を閉じたまま、昴太は小さく顎を動かす。

「自分を囲んでいる人たちの中に、探している人がいなくて、でもその人にどうしても会いたいって思うあの夢は、お母さんが、昴太に一目でいいから会いたいって、捜している夢だったの」

今、昴太がすべてを理解してくれなくてもいい。それでも伝えずにはいられなくて、私は話し続けた。きっとあの夢を見た理由は、昴太が母親の美津のことを思い出したからというだけではなかった。

昴太が何度も、あの夢だけを繰り返して見たのは、おそらくは収骨に立ち会うことのなかった息子に最期に会いたいという、美津の心残りのためだったのだ。

そしてその美津の思いが《鬼眼》の力を得た紘乃に宿り、こうして昴太を見つけ出すことができたのではないか。昴太を無事に取り戻すことができたのは、《鬼の鏡》を見つけ出して元どおり祀った——それだけに起因した結果ではないという気がしていた。

美津のことを語って聞かせるうち、昴太は静かに胸を上下させ、寝入ってしまったようだった。代わりに昴太を強く抱いた小隈が、何度もうなずいた。その目がまた赤く潤《うる》み始め、私はそっと視線を逸らした。


やがて到着した救急車に、担架に寝かされた昴太とともに小隈が乗り込んだ。血圧は少し下がっているが心拍、呼吸ともに異常はなく、救急隊員の呼びかけに受け答えもできたことから、意識障害もないようだった。その場にいる全員が胸を撫で下ろしたところで、紘乃が白土夫妻にも報告する。電話に出た寿江は涙声で喜んでいたという。

紘乃は車でこのまま病院に向かうそうだが、私と阿南はあまり大人数では迷惑だろうと、白土家で待たせてもらうことにした。車の方へ戻りながら、思い出して会社に連絡を入れる。まだ事務所に残っていた渡瀬は、感極まった様子で良かった――とつぶやくと、すぐに九条社長に伝えると言った。

「正直、もう難しいんじゃないかと思ってたんだ。千歌も昴太君のこと、ずっと心配してたからな。知らせてやりたかったよ」

渡瀬は昴太の無事を喜びながらも、亡くなった千歌の件に触れた。まだ遺体の検視が済んでおらず、葬儀の予定も知らされていないが、花輪と香典だけでも供えてもらえるように、手配するつもりだという。

「ところで杉田――」と、用件を話し終えた渡瀬が、急に真剣な口調で尋ねた。

「例の蔵のカットを見たあと、お前、本当に何も変わりはないか」

昨日話した時も気づかわれたが、なぜそんなにも、その件にこだわっているのだろう。

渡瀬は千歌があのような酷《むご》い方法で自ら命を絶ったことと、彼女が蔵の二階に映り込んでいたという真っ赤に濡れた顔をした者の姿を見てしまったことを、関連づけているらしい。だが私はあの映像を途中までしか見ていないし、最後まで見たという渡瀬にも、特に影響はなかったはずだ。見込み違いではないのかと意見すると、渡瀬は言いにくそうに告げた。

「確かに俺や横山、阿南は映像を見ても、何も起きなかった。それがもしかして性別の違いのせいだったらと思えてきたんだよ。だって、千歌の死に方って……」

千歌は自らの下腹部を、包丁で裂いて死んだ。

先ほど阿南が語った見解を思い起こした。《鬼の鏡》に映る忌むべき鬼の姿を見てしまった者は、体内に鬼を宿し、人でなくなる。その証に卵巣に生じる、髪の毛や歯——あるいは鬼の牙を内包した瘤を、千歌は取り除こうとしたのだろうか。

しかしなぜ彼女が……と疑問を抱いた時、ある忌まわしい考えが脳裏に湧き上がった。

《鬼の鏡》の持つ、人の目には見えない禍々《まがまが》しい存在の姿を映し出す機能。

その虚像を映す装置としての役割を、あの瞬間ビデオカメラが果たしていたのだとしたら——あの映像に、《鬼の鏡》と同様の呪いをもたらす力があったのだとしたら。

あの家はまさしく、撮ってはいけない家だった。

恐ろしい想像に、冷や汗がにじむ。葉山翔が聞いた「おい、見るな」という声はむしろ、このことへの警告だったのだろうか。

スマートフォンを握り直した私に、渡瀬が遠慮がちに、一つだけ、確認してほしいことがあると言った。

通話を終えると、今にも秀継の車で病院に向かおうとしていた紘乃を呼び止めた。そして先日ロケを見学した際に、渡瀬が撮影した映像をチェックしているところを見たかと尋ねた。あの日、紘乃はずっと和室で渡瀬の撮影を見学していた。

「ええ、モニターを見せてもらいました。庭の方から、蔵を撮ったあの映像ですよね」

何気ない調子で返され、戦慄しながらどんな映像だったかを確かめる。

「二階の窓の奥に、赤く濡れた顔をした人が、映っていませんでしたか」

息の詰まるような思いで問うと、紘乃はきょとんとした表情で、「いいえ」と首を横に振った。

「映っていたのは、人間の顔の皮を裏返しに被って笑っている、人ではない何かでした」

妙にひび割れた声で告げると、艶然《えんぜん》と微笑む。昂太が行方不明となって憔悴しているはずなのに、この十日ほどでさらにふくよかになったふうに見える紘乃は、愛おしいものに触れるように、自身の下腹部に手を添えた。

優しげに細められたその瞳は、鬼火のように青白く光っていた。

＊この物語はフィクションです。
実在するいかなる個人、団体、
場所等とも一切関係ありません。

初出――「メフィスト」2023年 AUTUMN VOL.9〜2024年 SUMMER VOL.12

矢樹 純（やぎ・じゅん）

1976年青森県生まれ。弘前大学人文学科卒業。
実妹との『加藤山羊』の合同ペンネームで、
2002年に漫画原作者デビュー。2012年、
第10回「このミステリーがすごい！」大賞に応募した
『Sのための覚え書き　かごめ荘連続殺人事件』で小説家デビュー。
2020年、『夫の骨』に収録された表題作で、
第73回日本推理作家協会賞短編部門を受賞。
主な著作に『血腐れ』『マザー・マーダー』
『彼女たちの牙と舌』がある。

著者エージェント　アップルシード・エージェンシー

撮《と》ってはいけない家《いえ》

2024年11月11日　第1刷発行
2025年7月22日　第6刷発行

著者　矢樹《やぎ》純《じゅん》
発行者　篠木和久
発行所　株式会社講談社
〒112-8001
東京都文京区音羽2丁目12-21
電話　編集　03-5395-3506
販売　03-5395-5817
業務　03-5395-3615

本文データ制作　講談社デジタル製作
印刷所　株式会社KPSプロダクツ
製本所　株式会社国宝社

ISBN 978-4-06-537603-4　N.D.C.913 287p 19cm

KODANSHA